Elena & Michela Martignoni
Borgia
Die Vergeltung

GOLDMANN
Lesen erleben

Elena & Michela MARTIGNONI

BORGIA

DIE VERGELTUNG

Historischer Roman

Aus dem Italienischen von
Ingrid Exo und Christine Heinzius

GOLDMANN

Die Originalausgabe erschien 2010 unter dem Titel »Autunno rosso porpora« bei Casa editrice Corbaccio, Mailand, und 2018 zusammen mit den Borgia-Romanen »Requiem per il giovane Borgia« und »Vortice di inganni« bei Garzanti, Mailand.

 Dieses Buch ist auch als E-Book erhältlich.

MIX
Papier aus verantwor-
tungsvollen Quellen
FSC
www.fsc.org   FSC® C083411

Verlagsgruppe Random House FSC® N001967

1. Auflage
Deutschsprachige Erstausgabe November 2019
Copyright © der Originalausgabe by Elena e Michela Martignoni
Copyright © der deutschsprachigen Ausgabe 2019
by Wilhelm Goldmann Verlag, München
in der Verlagsgruppe Random House GmbH,
Neumarkter Str. 28, 81673 München
Gestaltung des Umschlags und der Umschlaginnenseiten:
UNO Werbeagentur, München
Umschlagfoto: © getty images/ZU_09, FinePic®, München
Redaktion: Kerstin von Dobschütz
BH · Herstellung: kw
Satz: Vornehm Mediengestaltung GmbH, München
Druck und Einband: CPI books GmbH, Leck
Printed in Germany
ISBN: 978-3-442-48962-6
www.goldmann-verlag.de

Besuchen Sie den Goldmann Verlag im Netz

Stammbaum

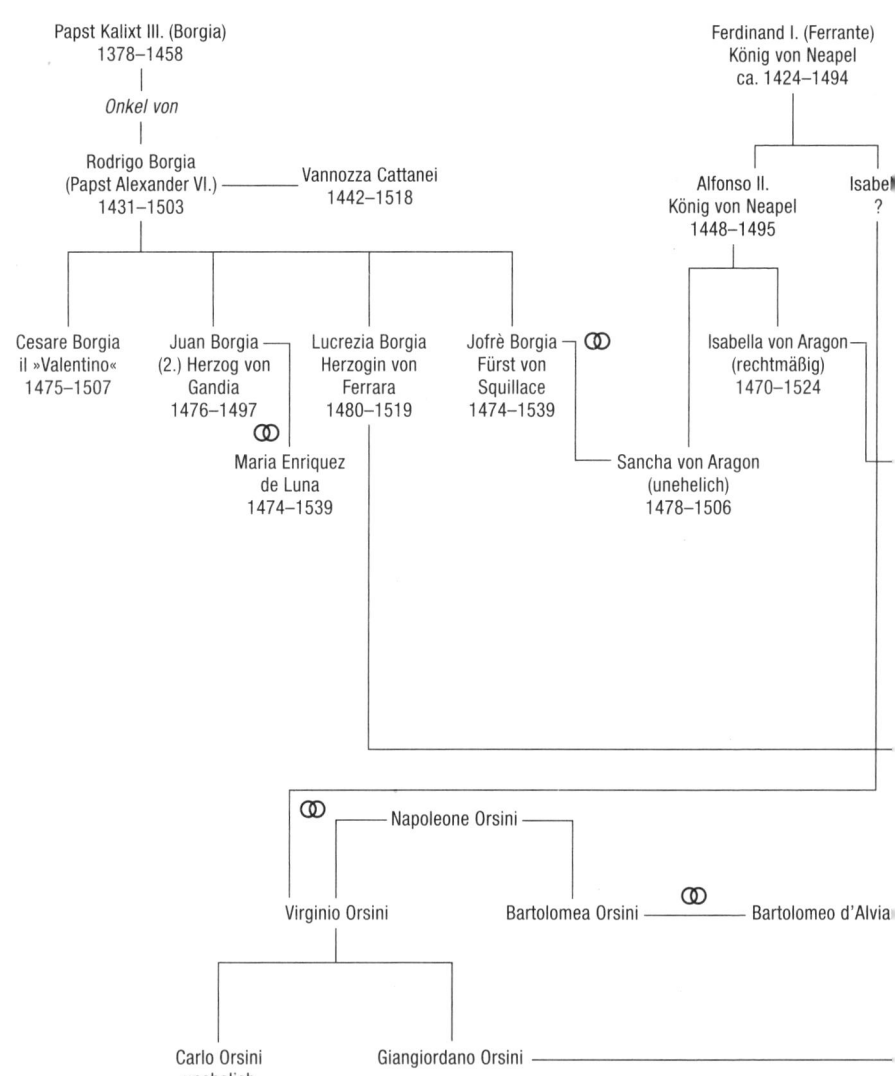

Papst Kalixt III. (Borgia)
1378–1458

Onkel von

Rodrigo Borgia
(Papst Alexander VI.) ———— Vannozza Cattanei
1431–1503   1442–1518

Ferdinand I. (Ferrante)
König von Neapel
ca. 1424–1494

Alfonso II.   Isabel
König von Neapel   ?
1448–1495

Cesare Borgia
il »Valentino«
1475–1507

Juan Borgia ———
(2.) Herzog von
Gandia
1476–1497

Lucrezia Borgia
Herzogin von
Ferrara
1480–1519

Jofrè Borgia —
Fürst von
Squillace
1474–1539

Isabella von Aragon —
(rechtmäßig)
1470–1524

Maria Enriquez
de Luna
1474–1539

Sancha von Aragon
(unehelich)
1478–1506

Napoleone Orsini ———

Virginio Orsini

Bartolomea Orsini ———— Bartolomeo d'Alvia

Carlo Orsini
unehelich

Giangiordano Orsini ———

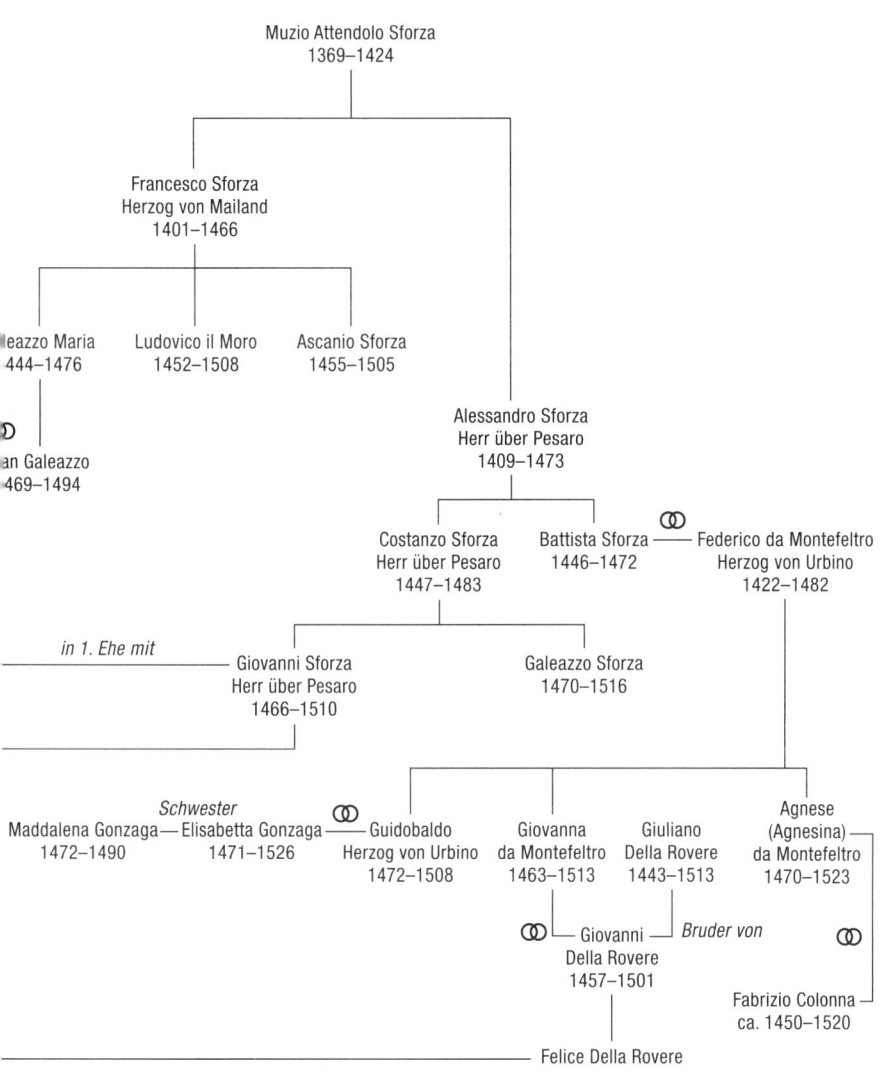

Muzio Attendolo Sforza
1369–1424

Francesco Sforza
Herzog von Mailand
1401–1466

...eazzo Maria
...444–1476

Ludovico il Moro
1452–1508

Ascanio Sforza
1455–1505

Alessandro Sforza
Herr über Pesaro
1409–1473

...an Galeazzo
...469–1494

Costanzo Sforza
Herr über Pesaro
1447–1483

Battista Sforza
1446–1472

Federico da Montefeltro
Herzog von Urbino
1422–1482

in 1. Ehe mit

Giovanni Sforza
Herr über Pesaro
1466–1510

Galeazzo Sforza
1470–1516

Schwester

Maddalena Gonzaga
1472–1490

Elisabetta Gonzaga
1471–1526

Guidobaldo
Herzog von Urbino
1472–1508

Giovanna
da Montefeltro
1463–1513

Giuliano
Della Rovere
1443–1513

Agnese
(Agnesina)
da Montefeltro
1470–1523

Giovanni
Della Rovere
1457–1501

Bruder von

Fabrizio Colonna
ca. 1450–1520

Felice Della Rovere

Die Handlungen der Menschen haben oft eine enorme Tragweite, die weit über ihre ursprüngliche Absicht hinausgeht und ihre Wahrnehmung und Vorausschau übersteigt.

Clemente Fusero

Die wichtigsten Personen
der Handlung

Segundo – Mörder
Andrea Gianani – römischer Adeliger
Riccardo Fusco – Bargello (Roms Polizeihauptmann)
Lorenzo Calvi – Kardinal
Gemma – junge Römerin
Isabella – Andreas verwitwete Schwägerin
Jacopo Gianani – Andreas Bruder
Mario Gianani – Andreas Bruder
Rodrigo Borgia – Papst Alexander VI.
Francisco Flores – Diplomat
Giovanni Marradès – päpstlicher Kammerdiener
Uberto Roncaglini – Kardinal
Gherardo Ravelli – Kardinal
Johannes Burckard – päpstlicher Zeremonienmeister
Bruder Ernesto – Klostervorsteher
Teodoro – Ubertos Diener
Mora – Dirne
Doralice – Kurtisane
Oliviero Barocelli – Florentinischer Händler
Mastro Simone – Kunstmaler
Bartolomeo Flores – Kanzler der Borgia
Ephraim – jüdischer Händler

Lapo – Gedungener Mörder
Tito Ferro -Fuscos Adjutant
Bastiano – Diener der Gianani
Parola – Schauspieler
Lupa – Gastwirtin
Michelangelo Buonarroti – Künstler
Tonio – Küchenjunge
Hans – Gherardos Kammerdiener

ERSTER TEIL

Der geheime Name

Pisa, August 1497

Der Pater blieb vor der einsamen Hütte stehen, der letzten vor den Feldern, die sich hinter der Gasse erstreckten.

Er schaute über seine Schulter, lauschte einen Moment lang den Geräuschen der Nacht, dann griff er nach dem eisernen Türklopfer, der an die Tür genagelt war, und klopfte laut.

Als er zwei Augen sah, die ihn misstrauisch durchs Guckloch betrachteten, zog er die Kapuze auf seinem Kopf etwas zurück.

»Pater Tommaso schickt mich«, sagte er leise.

Die Kette wurde geöffnet, eine Alte tauchte auf der Schwelle auf und zischte: »Endlich.« Sie bat ihn, am Ende eines schmalen, düsteren Flurs eine Treppe hinaufzusteigen. Oben zündete die alte Frau eine Öllampe an, die einen kahlen Raum erleuchtete, an dessen Wänden die dunkle Farbe abblätterte. Der Weihrauch, der in einem Kohlebecken im kalten Kamin brannte, konnte den von der Augusthitze noch verstärkten Gestank der Krankheit nicht überdecken.

Auf einem Metallbett in einer Ecke des Zimmers lag ein Mann.

»Komm näher, Bruder«, murmelte er keuchend. Dann musterte er ihn und fragte: »Wer bist du?«

»Pater Tommaso wurde an ein anderes Krankenlager gerufen und hat daher mich geschickt«, antwortete der Geistliche.

Der Mann betrachtete konzentriert die fadenscheinige Kutte, die nackten Füße in Sandalen, die fromm gefalteten Hände und versuchte, die von der Kapuze verdeckten Gesichtszüge zu erkennen.

»Er wäre mir lieber gewesen, aber … im Grunde … ist ein Pfarrer so gut wie ein anderer, denn ich möchte beichten.«

Mit einer Handbewegung schickte er die Diener hinaus.

»*In nomine Patris et Filii, et Spiritus Sancti*«, begann der Beichtvater und machte ein Kreuzzeichen, dann setzte er sich neben das Bett. »Ich höre.«

»Du darfst das, was ich dir beichte, nicht weitererzählen, richtig?«

»Das Beichtgeheimnis schützt dich.«

Der Kranke schwieg einen Augenblick, dann begann er stockend zu sprechen.

»Ich habe das Rattenloch meiner Eltern verlassen, noch bevor mir ein Bart gewachsen war. Da drinnen verhungerte man, aber Kälte und Prügel gab es im Überfluss. Ich habe alles Mögliche gemacht, um zu überleben: Ich habe gestohlen. Das musste ich, um essen zu können! Ich habe viele mit Würfeln und Karten betrogen und auch so manche Frau. Ich war auch Soldat, und der Krieg hat sich ein Stück hiervon geholt«, sagte er und legte eine Hand auf sein rechtes Bein, das dünner war als das linke. »Jetzt siehst du mich so, aber früher wurde der Name Lapo il Pisano respektiert!«

Der Pater, den Kopf gesenkt, folgte ihm aufmerksam.

»Du willst wissen, ob ich die Zehn Gebote kenne. Ja, Pater, die kenne ich gut: Man hat sie mir eingeprügelt, daher habe ich sie nie respektiert«, fuhr Lapo fort. Er stützte sich mit schmerzverzerrtem Gesicht auf einen Ellbogen. »Aber ich bin immer davongekommen. Beim letzten Mal jedoch ...« Er wandte den Blick zur Tür, aus der die Alte gegangen war, und bat den Beichtvater, etwas näher zu kommen, dann wisperte er: »Gott hat es mir geschworen!«

Er ließ sich auf die Kissen fallen, dann räusperte er sich und sprach weiter: »Es war Februar. Hier in Pisa war es bitterkalt, und ich hätte auch Asche gegessen. Ich wusste nicht, wie ich weitermachen sollte. In der Taverna del Leone suchte ich an diesem Abend jemanden, der mir ein Bier bezahlte, als ich an einen Tisch zum Kartenspielen gerufen wurde. Da traf ich auf meinen Waffenbruder, einen gewissen Bernardo. Ich wusste, dass er es in Rom geschafft hatte, als Vertrauter eines mächtigen Mannes, aber ich hatte ihn lange nicht gesehen. Ich tat so, als würde ich ihn nicht erkennen, dann spielten wir. Er ließ mich gewinnen. Die anderen Spieler verließen den Tisch bald, und ich sagte ihm: ›Freund, was willst du von mir? Du weißt, dass ich nicht dumm bin, ich begreife sofort, wenn jemand falschspielt.‹ Aber er beharrte darauf, dass ich das Geld behalten sollte, ja, er versprach mir sogar noch mehr, so viel, wie ich noch nie gesehen habe, wenn ich ihm einen Gefallen täte. Mit ihm nach Rom reisen, um die Gunst von Juan Borgia, dem Sohn des Papstes, zu gewinnen und ihm dabei zu helfen, sich so sehr zu amüsieren wie noch nie. ›O nein‹, habe ich ihm gesagt, ›du legst mich nicht aufs Kreuz! Du willst, dass ich den Katalanen zum letzten Dolchstoß präsentiere. Nein, mein Freund, das ist selbst für Lapo zu viel: Wer einen Borgia angreift, verliert sein Leben!‹ Aber er erinnerte mich an den Gefallen, den ich ihm schuldete, denn er hatte mir in einer

Schlacht das Leben gerettet. Weißt du, Pater, wenn es um die Ehre geht, dann kann Lapo sich nicht weigern, außerdem riskierte ich nicht viel dabei, einen Kuppler zu spielen, während ich in Pisa verhungert wäre. Also habe ich zugesagt.«

Er hielt inne, um Luft zu holen, und zeigte auf einen Krug mit Wasser. Der Mönch schenkte ihm ein und half ihm beim Trinken.

»Das Vertrauen dieses Bastards zu gewinnen war leicht«, fuhr Lapo leise fort. »Ich habe ihm gegeben, was er suchte: Frauen, Spiel, Ausgelassenheit. Er wollte mich immer an seiner Seite haben, auch wenn er mein Gesicht nie gesehen hat. Er dachte, ich würde die Folgen der französischen Krankheit verbergen mit dieser ...« Lapo hob seinen Arm etwas und deutete auf eine schwarze und zerschlissene Maske, die anstelle eines Kreuzes über dem Bett hing.

»Am Abend des 14. Juni habe ich ihn bei einem Bankett im Palazzo seiner Mutter getroffen. ›Don Juan‹, habe ich ihm gesagt, ›wenn Ihr Euch die kleine Gräfin della Mirandola gönnen wollt, dann ist das die richtige Nacht: Sie hat ihre Dienerin geschickt, um zu sagen, dass sie allein ist und Euch erwartet, aber sie wird nur Euch und mich in den Palazzo einlassen, wir müssen also dieses Muskelpaket Alonço loswerden. Ihr wollt Euren Leibwächter doch nicht mitnehmen ins Bett Eurer Schönen! Er schaute mich zweifelnd an, aber ich sagte nur: ›Keine Sorge, Alonço werden wir mit einer List los. Wir betreten das Freudenhaus an der Piazza Giudea und lassen ihn draußen auf uns warten, aber wir gehen auf der anderen Seite wieder hinaus und dann zum Palazzo Mirandola. Ihr amüsiert Euch mit der Gräfin und ich mich mit der Dienerin!‹ Borgia hat akzeptiert, aber so ist es nicht abgelaufen. Ich habe Bernardo in meinen Plan eingeweiht, und er ist mit seinen Männern zur Piazza Giudea gekommen, während Borgia und ich aus der Hintertür des Freudenhauses traten. Sie haben Alonço umgebracht, dieser treue Hund hat etwas über mich erfahren, das er nicht wissen durfte. Dann haben sie uns auf der Straße abgefangen, und ohne dass er auch nur Zeit für einen Schrei hatte, haben sie diesem verdammten Katalanen die Kehle durchgeschnitten und ihn in den verdreckten Tiber geworfen, in die Scheiße von Rom!«

Lapo wurde von einem Hustenanfall geschüttelt, spuckte dunkles Blut in ein Taschentuch. Er wartete, bis er wieder zu Atem gekommen war, dann fragte er in ironischem Tonfall: »Hast du gehört, was ein Krüppel tun kann?«

Der Mönch schwieg und berührte das Kreuz, das an der Kordel seiner Kutte hing.

»Meine Ehrenschuld war bezahlt«, sagte Lapo. »Bernardo hat mir sofort gegeben, was mir zustand, und so habe ich mich schnell aus Rom davongemacht. Ich hatte noch nie in meinem Leben so viel Geld und hatte es in wenigen Monaten verspielt und versoffen, bis ich mich ruiniert habe. Aber immer noch besser als Bernardo. Ich habe gehört, dass er ermordet wurde ... Verfluchtes Geld! Und verflucht sei, wer es ihm gegeben hat!« Er dachte einen Augenblick nach, dann platzte er heraus: »Ich will mein Gewissen ganz reinwaschen. Wer es gewollt hat, ist verdorbener als ich. Er hat sich die Hände nicht schmutzig gemacht, aber die Seele, o ja, die Seele schon! Ich sage dir ihre Namen ...«

Er näherte sich dem Ohr des Mönches und befreite sich von seinem Geheimnis.

»Jetzt weißt du alles ... Nun vergib mir.«

»Vorher musst du bereuen und um Gottes Gnade bitten.«

»Bereuen? Ich?«, der Sterbenskranke lachte keuchend. »Das habe ich noch nie getan!«

Der Beichtvater stand auf, aber Lapo hielt ihn an einem Zipfel seiner Kutte fest.

»Nein, warte! Ich will nicht in der Hölle enden.«

»Doch, genau dort wirst du enden, Neco«, verkündete der Pater und änderte den Tonfall.

Lapo sah ihn ungläubig an.

»Warum nennst du mich bei diesem Namen?«

»Mit diesem hast du deine Seele verdammt.«

»Du irrst dich, Freund, ich bin Lapo il Pisano …«

»Ich irre mich nicht, Neco.«

»Wer bist du?«, murmelte Lapo und suchte in seinem Gedächtnis, zu wem diese feurigen Augen gehörten, die aus der tiefen Schwärze der Kapuze Blitze schleuderten.

Der Pater nahm die Kapuze ab.

Lapo riss die Augen auf, als sähe er einen Geist vor sich.

»Ihr!«, rief er ungläubig aus.

Er öffnete den Mund, um zu schreien, aber es war zu spät. Der Pater hatte ihm bereits die Hände um den Hals gelegt.

Lapo schoss hoch, erdrückt vom Klammergriff um seine Kehle, der ihm den Atem nahm. Mit blauem Gesicht kämpfte er verzweifelt, schlug mit den hageren Armen ins Gesicht des Angreifers, aber sein müdes Herz wurde langsamer, hielt an und schlug nicht mehr.

Nach wenigen Augenblicken fiel Lapo wie eine Puppe zurück.

Der Pater blieb noch eine Minute schnaufend über ihm, dann ließ er ihn los und schloss die aufgerissenen Augen des Toten.

»Jetzt bist du dort, in der Hölle«, murmelte er und zog seine Kapuze erneut über den Kopf. Ohne Zögern ging er die Treppe hinunter in das Zimmer, in dem die Alte in einer Ecke saß und den Rosenkranz betete.

»Lapo ist in Frieden gegangen. Betet für ihn«, sagte er ihr und trat zur Tür, die zur Straße führte.

Die Dienerin unterbrach ihr Flüstern und schlug ein Kreuzzeichen. Dann stand sie auf und ging die Treppe hinauf zum Zimmer, während der Pater die Tür öffnete und in der dunklen Gasse verschwand.

Nur wenige Schritte von der Hütte entfernt erreichte Segundo die unbewohnte Kate, in der er den Sack mit seinen Kleidern zurückgelassen hatte. Er zog Kutte und Sandalen aus und seine Kleider an. Während er in seine Stiefel stieg, warf er dem ohnmächtigen Mann, der barfuß auf dem Boden lag, einen Blick zu. Er beugte sich über ihn und lauschte nach dem Atem. Der Schlag, den er ihm verpasst hatte, war nicht tödlich gewesen, und schon bald würde Pater Tommaso wieder erwachen, benommen, aber lebendig.

Segundo bedeckte den Mönch mit dessen Kutte, nahm seinen Sack und verließ die Kate.

Es war schon tiefe Nacht, die Stille nur vom Wellenschlag des Flusses unterbrochen. Er schritt zwischen den Elendshütten hindurch, die sich wie Pflanzen auf der Suche nach Licht entlang des Arnos ausbreiteten.

Segundo ging vorsichtig den Damm entlang und versuchte, in den gewundenen Gassen, vorbei an den Bruchbuden, den Weg zu finden.

Als er die Poststation erreichte, um sein Pferd zu holen, dämmerte es schon. Er stieg in den Sattel und galoppierte davon.

Jetzt kannte er die Wahrheit.

I.

Die kranke Kastanie

Rom, Oktober 1497

Die Äste der Kastanie bogen sich, kaum dass der leichte Westwind durch den Garten wehte. Robust, mit tiefen Wurzeln, widerstand der Baum der Zeit, aber er schien müde zu sein, sich der Kraft des Windes entgegenzustellen, der seine gelben Blätter abriss und mit sich trug. Sein Pflanzensaft faulte, und bald wäre er nur noch Feuerholz.

Das dachte Andrea Gianani, der vom Malzimmer aus die jahrhundertealte Kastanie betrachtete, deren Früchte der treue Bastiano in einem Korb sammelte. Sein Molosser, Ercole, die beiden waren unzertrennlich, lag unter dem Baum, hob bei jedem Geräusch die Augenlider und knurrte sanft.

Andrea ging vom Fenster zur Werkbank voller Farbtöpfe und Pinsel, die einen großen Teil des Raumes einnahm, ein helles Zimmer, in dem ein Holzstuhl und eine Staffelei mit einer großen Leinwand standen.

Der junge Mann betrachtete das Gemälde seiner Familie, an dem er seit Monaten arbeitete, das ihm aber immer noch nicht fertig erschien.

Jeden Tag korrigierte er die Gesichter, in der Hoffnung, die Blicke lebendig werden zu lassen und die verworrenen Verbindungen der Gianani darzustellen.

In die Bildmitte hatte Andrea seinen Vater gesetzt, auf einen abgewetzten Ledersessel, auf dem er viele Tage seines Lebens mit Nachdenken und dem Geben von Befehlen verbracht hatte.

Der alte Baron in einem steifen schwarzen Gewand, die Schultern trotz des Alters gerade, blickte direkt vor sich. Seine ausdrucksvollen Augen waren mit den Jahren nicht schwächer geworden.

Andrea tupfte mit dem Pinsel in die Farbe und bemerkte, dass die Falte fehlte, die der letzte Schmerz seinem Vater auf die Stirn gezeichnet hatte: der Verlust seines Sohnes Ippolito, ohne Prozess auf Befehl der Borgia hingerichtet. Er malte sie hastig, bevor er dieses Detail vergaß.

Andrea hatte seinen Vater nie geliebt, einen Heerführer, der immer darum kämpfte, Ländereien und Macht zu erhalten, einen unflexiblen Mann, der nur an sich selbst glaubte und keinen seiner Söhne der Kirche gegeben hatte, wodurch er sich mit dem Papst überworfen hatte.

Am Mittelfinger seiner linken Hand steckte der Ring mit dem Familienwappen, einer belaubten Kastanie, und seine Brust zierte ein Medaillon mit dem Bildnis seiner Frau.

Andrea erinnerte sich kaum an seine Mutter, und um sie zu malen, hatte er im Gedächtnis nach lebendigen Kindheitserinnerungen gesucht.

Ippolito, der Erstgeborene, stand rechts neben dem Vater. Der arme Bruder! In seinem Blick sah man die Lebenslust und das Verlangen, die Welt zu verändern, aber seit inzwischen drei Monaten verrottete er im Familiengrab. Während eines Banketts im Palazzo von Kardinal Ascanio Sforza hatte er

Juan Borgia beleidigt, ihn Bastard genannt. Er hatte es getan, um Sforza zu verteidigen, den Juan beleidigt hatte, aber das war für den Borgia keine Entschuldigung. Ippolito war von der päpstlichen Wache abgeholt und noch in derselben Nacht aufgehängt worden.

Vor ihm saß Isabella, seine Frau. Es war einfach gewesen, ihre regelmäßigen Gesichtszüge und frische Farbe auf die Leinwand zu bannen, aber Andrea begnügte sich nicht mit dem Äußeren, und das machte ihm die Entscheidung schwer, ob er die unbekümmerte Braut aus Mailand malen wollte oder die Frau, die durch vorzeitiges Witwentum düster geworden war.

Mit einem Strich ließ er Isabellas Lächeln erstrahlen, aber kein Pinsel konnte den Schatten der Traurigkeit verdecken, der ihre Augen verschleierte.

In den Armen hielt Isabella Ruggero, das Kind, das wenige Tage nach Ippolitos Tod geboren worden war: Auf seinem Bild wollte Andrea Vater und Sohn, die sich wegen eines grausamen Schicksals nie getroffen hatten, vereinen.

Neben Ippolito stand Jacopo, der Zweitgeborene.

Er war nicht großzügig und spontan wie Ippolito, er sprach wenig, aber er kümmerte sich um die Familie und die Einheit der Gianani. Er war streng und unnachgiebig und machte daher den Eindruck, er wolle sich als Herr über alle aufspielen.

Er wollte wie der Alte werden, aber hatte weder dessen Kraft noch dessen Ausstrahlung, dachte Andrea, der auf dem Gemälde die Unterschiede zwischen den beiden betont und den Bruder mit einem düsteren Blick gemalt hatte. In letzter Zeit war jedoch ein neues Licht in Jacopos braunen Augen aufgetaucht, eine Zärtlichkeit, die vorher nicht da gewesen war: Er liebte Isabella; vor dem Tod von Ippolito hatte er seine Gefühle verborgen, doch wenn er sie jetzt anschaute, erstrahlte sein Gesicht.

Andrea sah den anderen Bruder an: Groß, mit markanten Gesichtszügen und einem spöttischen Blick, war Mario ein liederlicher Mensch, der nur an sein Vergnügen dachte. Er war ein Schürzenjäger und suchte nach einer Heeresführung, um seine überbordende Energie und seine gewalttätigen Instinkte in der Schlacht ausleben zu können.

Schließlich betrachtete Andrea sich selbst.

Braune, glänzende Haare, grüne Augen, eine gerade und große Nase, volle, gut gezeichnete Lippen, umgeben von einem kurzen Bart, der das spitze Kinn bedeckte. Seine Schönheit, von allen gerühmt, kompensierte sein Minderwertigkeitsgefühl gegenüber seinen Brüdern, die es ihm mit ihrem Spott eingepflanzt hatten.

Ein Sonnenstrahl traf plötzlich die vier Brüder und vereinte sie in einem leuchtenden Keil. Sie alle vereint? Ja, etwas verband sie, und zwar nicht nur das Blut. Als Kind hatte er nicht viel Zärtlichkeit erlebt. Von einem Vater erzogen, der geizig mit seinen Gefühlen war, und von einer Mutter, die in den spitzenbesetzten Krankenkleidern verloren war, waren sie alle unterschiedlich aufgewachsen und doch mit demselben Liebesbedürfnis.

Meine Familie, dachte Andrea und schaute melancholisch sein Werk an. Er blieb noch einen Augenblick, um es zu betrachten, dann, einem spontanen Wunsch folgend, zog er seinen farbverspritzten Kittel aus und lief aus dem Zimmer.

Isabella stickte nah am Fenster. Ihr Witwenkleid war einfach, ohne Ornamente, sie trug keinen Schmuck, außer einem dünnen Ring am linken Ringfinger und filigranen Goldohrringen. Sie hob oft den Blick zur Zimmerecke, in der Ruggeros Wiege stand, und lächelte, als sie die fröhlichen Geräusche des Kindes hörte, das die Amme gerade in den Schlaf zu singen versuchte.

Als sich die Tür öffnete und Andrea erschien, legte Isabella die Stickerei beiseite und ging ihm entgegen.

Der junge Mann stand neben der Wiege und sah liebevoll das Kind an. Er reichte ihm eine Hand, die Ruggero neugierig zwischen seinen Händen hielt.

»Ippolito wäre stolz auf dich«, sagte Andrea. Dann sah er Isabella, die näher gekommen war, in die Augen und ergänzte: »Und auch auf dich.«

»Er ist mein Leben«, murmelte Isabella und betrachtete ihren Sohn, »ich habe sonst nichts mehr.«

Andrea nahm sie an der Hand und sagte begeistert: »Komm, ich will dir etwas zeigen!«

Isabella übergab das Kind der Amme und folgte Andrea ins Malzimmer.

Sie blieb erstaunt vor dem Gemälde stehen, und ihr Blick wanderte voller Bewunderung von einem Gesicht zum anderen, bis sich ihre Augen mit Tränen füllten.

»Ich wollte dich nicht zum Weinen bringen«, sagte ihr Schwager zu ihr und errötete.

Isabella trocknete sich rasch die Augen und blickte ihn an. Andrea sah gut und begehrenswert aus, aber er war sich dessen nicht bewusst.

Er ging nur selten aus, besuchte keine Bankette, keine Feste und auch keine Frau.

»Du hast Stunden hier drin verbracht!«, rief sie aus und lächelte ihn an.

»Für mich ist die Malerei der beste Zeitvertreib. Es gefällt mir, die Gedanken und Gefühle von allen abzubilden … Was hältst du vom Alten? Ähnelt es ihm?«

»Es ist, als stünde er vor mir, aber ist es nicht respektlos, ihn so zu nennen?« Isabella musterte von Nahem das Gesicht ihres Schwiegervaters.

»Vielleicht«, erwiderte Andrea bitter und begann, die Farben zu ordnen. Dann sagte er mit harter Stimme: »Er hat mich mein ganzes Leben lang ändern wollen.« Mit einem Lumpen putzte er geschäftsmäßig einen Pinsel, er legte ihn zu den anderen in eine Schachtel und trat ans Fenster.

»Er wollte, dass ich so robust wie unsere Kastanie bin«, fuhr er fort und zeigte darauf.

Isabella stellte sich neben ihn und sah Bastiano, der gerade einen Korb gefüllt hatte. Sie erinnerte sich daran, was Ippolito ihr erzählt hatte: Einer ihrer Vorfahren hatte den Baum vor Jahrhunderten gepflanzt, und die Macht der Gianani wuchs Jahr um Jahr wie er.

»Aber ich bin ein Strauch«, seufzte Andrea, »und biege mich leicht. Jetzt ist auch die Kastanie krank, wie unsere Familie ... Hörst du?«

Die zwei erregten Männerstimmen waren zu hören, noch bevor die beiden im Garten auftauchten. Jacopo Gianani ging entschlossen vor Mario her.

»Nein, ich bezahle deine Schulden nicht!«

Der Bruder packte ihn am Arm, damit er stehen blieb.

»Das Testament des Alten ist eindeutig. Es gehört nicht alles dir!«

Jacopo riss sich los, sah ihn streng an und sagte: »Du hast deinen Teil schon vergeudet.«

»Das bisschen!«

»Ich werde nicht an die Grundlagen der Familie gehen, um dir den Hals zu retten.«

»Um die Ehre unseres Namens zu retten! Sag du's ihm, Bastiano!«

Der Diener unterbrach seine Arbeit und brachte Ercole fort, band ihn an einen nahen Pfahl.

»Es ist etwas spät, an unsere Ehre zu denken«, sagte Jacopo bitter.

»Wir haben noch Geld.«

»Nicht mehr viel, und das werde ich nicht für deine Laster hinauswerfen.«

»Die Wahrheit ist, dass du Ippolito nicht das Wasser reichen kannst. Du warst immer neidisch auf ihn, stimmt's? Ihm war der Name der Gianani wichtig! Er ist gestorben, weil er ihn verteidigt hat.«

»Deine Schulden zu bezahlen bedeutet, die Ehre zu verteidigen? Vergiss es. Ich bezahle deine Schulden nicht und auch nicht die Mütter deiner Bastarde!«

»Deine unterhält ein anderer, was?«, giftete Mario. »Der alte Hahnrei, dessen Frau du gevögelt hast.«

Jacopo näherte sich drohend Mario, der ihn abschätzig angrinste.

»Du dagegen begnügst dich mit Dienerinnen und Huren!«

»Besser Huren und Dienerinnen, als zu versuchen …«

Aber Jacopo ließ ihn nicht aussprechen, sondern verpasste ihm einen Kinnhaken.

»Ich entschuldige mich für sie«, sagte Andrea zu Isabella und ging vom Fenster weg. »Ich muss sie aufhalten. Bleib hier«, wies er sie an und lief hinaus.

Aber sie folgte ihm in den Garten.

Während Andrea sich auf Jacopo warf und seinen Arm hielt, packte Bastiano Mario, der sich wehrte. Die beiden Brüder standen sich keuchend gegenüber. Doch als Isabella auftauchte, hörten sie auf zu kämpfen und senkten beschämt den Blick.

Bastiano ließ Mario los, der sich den getroffenen Kiefer

massierte, während Jacopo sich von Andrea losriss und seine gerissene, blutende Lippe berührte.

»Verzeih uns«, murmelte er zu Isabella, nahm das Taschentuch, das sie ihm reichte, und wischte sich damit den Mund ab. Er sah sie geknickt an, um ihr sein Bedauern zu zeigen, dann wandte er sich an Mario: »Heute Abend erwarte ich dich im Arbeitszimmer des Alten. Dann sprechen wir noch einmal darüber.«

Nachdem Mario zustimmend genickt hatte, drehte er sich um und ging in den Palazzo.

»Ihr habt euch wie Tiere benommen!«, rief Andrea empört aus.

»Willst du mir eine Predigt halten? Wie dein Freund der Kardinal?«, sagte Mario spöttisch, während er sich die Kleider richtete.

»Was weißt du denn schon von der Freundschaft?«

»Genug, um dir zu sagen, dass es früher oder später böse endet.«

»Ich kann mich verteidigen«, erwiderte Andrea und hielt seinem Blick stand.

Mario sagte nichts mehr und wandte sich stattdessen an Bastiano.

»Lass mir mein Pferd satteln. Ich gehe auf die Jagd.«

Er verbeugte sich steif vor Isabella und ging dann zu den Stallungen, gefolgt von Bastiano.

»Wieso verlässt du diese Hölle nicht?«, fragte Andrea mit brüchiger Stimme die junge Frau, die gegen Tränen ankämpfte.

»Ruggero muss in der Familie seines Vaters aufwachsen … Ippolito hätte es gewollt.«

Isabella drückte ihn geschwisterlich an sich, dann entfernte sie sich schnell.

Wieder allein legte Andrea eine Hand an die raue, trockene Baumrinde der Kastanie. Sie löste sich in Stücken und zerfiel zu Staub.

Das war seine Familie, nicht die, die er gemalt hatte: Hass und Groll, Missverständnisse und Gegensätze, keine Liebe.

Mit geballten Fäusten drosch er mehrfach auf den Baum ein.

Bastiano, der aus den Ställen zurückgekehrt war, legte ihm eine Hand auf die Schulter.

»Kann ich etwas für Euch tun?«

»Du tust schon viel für uns«, sagte Andrea wehmütig und ging fort.

Der Diener sah ihm traurig nach, dann sammelte er die Rinde und abgefallenen Blätter ein.

II.

Das spanische Rom

Als Francisco Flores am Konstantinsbogen vorbeiritt, empfand er eine Mischung aus Hektik und Ergriffenheit. Sein Vater hatte ihm oft beschrieben, was er gefühlt hatte, als er vor vielen Jahren in die Stadt gekommen war. Er stammte aus Xàtiva, einem armen und kargen Dorf, sein Landsmann Kardinal Alonço Borgia, der spätere Papst Kalixt III., hatte ihn zu sich gerufen. Er traute den römischen Höflingen nicht und wollte nur Edelmänner aus seiner Region. Die Flores gehörten dann zum Gefolge von Kardinal Rodrigo Borgia, jetzt Papst Alexander VI., und mogelten sich seit Jahren durch die Komplotte am päpstlichen Hof. Sie teilten die Gebräuche und die Sprache ihres Herkunftslandes mit einer geschlossenen Gruppe von Familien.

Francisco seufzte, er hatte katalanisches Blut, aber ein römisches Herz.

Als Diplomat musste er oft andere Höfe besuchen und an politischen Spielchen teilnehmen, was ihn stolz machte, aber wenn er zurückkehrte, beeindruckte ihn die Lebendigkeit der Stadt der Päpste, das mannigfaltige und laute Gewühl der Menschen auf den Plätzen und in den Gassen. Es war ein Meer, das stetig in Bewegung war, bereit zu lachen und zu spotten, sich bedrohlich zusammenzuschließen, um nach Brot und Hoffnung zu verlangen, und jubelnd die neuen Herren zu begrüßen und sie zu verleugnen, wenn sie in Ungnade fielen; eine Vielfalt von Priestern und Mönchen, Adeligen und Kardinälen, großen Damen und Huren, Pilgern und Müßiggängern, Plebs und Söldnern, die sich rund um den Tiber versammelten, einem ungesunden und fauligen, manchmal wütenden Fluss, der das Leben in Rom bestimmte.

Francisco konnte sich nicht vorstellen, weit weg von den beeindruckenden Ruinen der Antike sowie der neuen Pracht der Stadt zu leben.

Ihre Mauern, die Straßen, die Palazzi zeugten von Macht. Und die Macht brauchte Männer wie ihn.

Er überquerte den Fluss auf der Engelsbrücke und erreichte die Piazza San Pietro.

Er ließ das Pferd in den Stallungen des Apostolischen Palastes, die Wachen grüßten ihn, dann ging er den langen Korridor entlang zum Arbeitszimmer des Papstes. Er schritt voran und schaute sich um, als sich eine schwere Hand auf seine Schulter legte.

»Francisco, bist du heute auch hier?«

Flores drehte sich um und sah das aufrichtige Lächeln von Giovanni Marradès. Für seine vierzig Jahre immer noch stattlich bewegte sich der Bischof von Toul und Lieblingskammerdiener des Papstes locker zwischen den Intrigen der Kirche, und viele waren der Überzeugung, dass der Papst die Wirklichkeit durch Marradès' Katzenaugen sah.

Francisco nickte als Antwort und ging mit ihm auf die päpstlichen Gemächer zu. Ihre Schritte hallten streng auf dem Marmorboden wider, der so glänzend war, dass er die Hellebardenträger, die in den Korridoren aufgereiht waren, reflektierte.

»Hat seine Heiligkeit dich gerufen?«, fragte Marradès. »Gibt es eine heikle Mission für dich?«

»Vielleicht«, entgegnete Flores lakonisch.

»Ich war in den letzten Monaten auch viel unterwegs, in Florenz, Mantua, Venedig, Mailand. Ich hasse es, Rom zu verlassen, aber Rodrigo befiehlt es mir.«

Als sie am Ende des Korridors angekommen waren, fiel den Katalanen ein ungewöhnliches Hin und Her von Arbeitern auf, die Bilder und Hausrat aus einem der großen Säle der Gemächer trugen, angeleitet von einer Stimme mit deutschem Akzent.

Francisco und Marradès blieben stehen, um sich vor Johannes Burckard, dem Zeremonienmeister des Papstes, zu verbeugen.

»Don Francisco, Eure Exzellenz!«, rief Burckard aus und verbeugte sich ebenfalls. »Dieses Durcheinander tut mir leid. Seine Heiligkeit hat angeordnet, das Arbeitszimmer von Don Juan zu leeren …« Er blickte düster zu einigen Porträts des jungen Borgia, die an der Wand lehnten.

Auf einem davon war der zweifellos schöne Sohn des Papstes in seinen Lieblingskleidern verewigt worden: einem eleganten Umhang aus Goldbrokat im orientalischen Stil und einem Turban, auf dem eine Brosche mit Rubinen und Smaragden steckte.

»Jetzt ist von Juan nur noch das übrig«, murmelte Marradès Francisco zu, während ein Arbeiter das Bild entfernte und es Burckard zeigte.

»Wo soll ich es hinbringen, Exzellenz?«, fragte der Arbeiter respektvoll.

»Runter ins Lager«, antwortete der Zeremonienmeister. »Und sei vorsichtig!«

Der Arbeiter wickelte die Leinwand in Stoff und trug sie

mit anderen Gemälden weg, während Francisco, Marradès und Burckard das große Vorzimmer erreichten, in dem zehn Wachen standen. Einige Sekretäre, die an Schreibtischen saßen, verfassten Dokumente, vier Prälaten sprachen leise miteinander, ein Botschafter wartete mit seinem Gefolge in einer Ecke.

»Geht es Seiner Heiligkeit gut?«, fragte Francisco Burckard.

»Ja, er ist guter Gesundheit, und auch seine Stimmung wird von Tag zu Tag besser.« Der Zeremonienmeister lächelte. »Wie heißt es doch, die Zeit heilt alle Wunden.«

Flores machte eine zustimmende Geste.

»Es ist ein gutes Zeichen, dass er das Arbeitszimmer seines Sohnes leeren lässt«, fuhr Burckard fort. »Unser Pontifex muss ans Wohl der Kirche denken, bevor er an sich selbst denkt. Er kann sich nicht der Trauer ergeben, er muss vergessen, und um sich herum die Dinge seines toten Sohnes zu sehen hilft ihm sicher nicht dabei.«

»Was meint Ihr?«, fragte Francisco.

»Die Kirche braucht einen neuen Generalkapitän«, schaltete Marradès sich ein, während Burckard nickte. »Es braucht einen Mann, der dem Heiligen Vater treu ist, wie es Don Juan war. Ein Mann der Familie Borgia … Und wer wäre besser für diese Aufgabe geeignet als Cesare?«

»Aber Cesare ist Kardinal!«, rief Flores verblüfft aus.

»Da findet sich schon eine Lösung.« Marradès zwinkerte. »Es ist kein Geheimnis, dass es im Kardinalskollegium viele unversöhnliche Kardinäle gibt, und Seine Heiligkeit wird bei diesem Projekt kein leichtes Spiel haben. Aber er wird seine Saat schon keimen lassen, wie er es immer geschafft hat.«

»Natürlich im Interesse der Kirche!«, rief Burckard aus und bekreuzigte sich.

»Das bezweifeln wir nicht«, sagte Marradès mit einem ironischen Lächeln und zeigte seine perfekten Zähne, dann wandte er sich an Francisco und ergänzte leise: »*Lupus in fabula.*«

Cesare Borgia und Micheletto Corella, seine stets präsente rechte Hand, kamen heran, vorbei an Verbeugungen und Ehrbezeugungen. Hut, Umhang und Gewand schwarz, ruhig und sicher wie Panther, die einen Hinterhalt planten.

Sie verbeugten sich knapp und eilten mit wehenden Umhängen weiter, bis sie hinten im Korridor verschwanden.

»Wenn du mal Zeit hast, würde es mir gefallen, mit dir die Klinge zu kreuzen«, sagte Francisco zu Marradès, ohne das Auftauchen des päpstlichen Sohnes zu kommentieren.

»Großartige Idee. Dann kann ich auf deine Kosten mit der Technik meines neuen französischen Lehrers experimentieren, aber ich will nichts verraten. Du siehst mich dann im Fechtsaal«, schloss der Kammerdiener.

»Folgt mir, Don Flores, ich kündige Euch beim Pontifex an«, sagte Burckard streng, um deutlich zu machen, dass er ihre Gespräche missbilligte. »Doch Ihr, Exzellenz, wartet …«

»Burckard zieht den Kelch der Klinge vor«, sagte Marradès leise zu Francisco, dann ging er.

Das Zimmer, vor dem bewaffnete Wachen standen, war nicht groß und wurde vom vergoldeten Schreibtisch des Pontifex und einem breiten Pult, an dem Kopisten arbeiteten, beherrscht. Borgia stand neben einem Fenster und diktierte einen Brief auf Latein.

Francisco zog den Hut und trat auf ihn zu.

»Francisco! Wie schön, dich zu sehen, wie geht es dir?«, rief Alexander VI. aus und hieß ihn mit offenen Armen und einem breiten Lächeln willkommen.

Flores kniete sich hin, um die Hand des Borgia zu küssen.

Burckard hatte recht, der Papst war nicht mehr der graue

und verzweifelte Mann der letzten Monate: Seine Gesichtsfarbe war gesund, die Augen klar, die Gesten sicher. Bloß einige tiefe Falten hatten sich in die breite Stirn gegraben.

»Sehr gut«, antwortete Flores und stand auf Aufforderung des Papstes auf, dann sah er ihn freundlich an. »Auch Ihr, Heiligkeit, seht sehr gut aus.«

Borgia wurde ernst, und in seinen Augen tauchte ein Schatten auf.

»Das Leben geht weiter, wir müssen die Vergangenheit hinter uns lassen, so schmerzhaft es auch ist. Ich habe in diesen Monaten viel gebetet, ich habe Gott um Vergebung meiner Fehler gebetet … Der Herr hat nicht gewollt, dass ich den Mörder meines Sohnes finde, aber ich kann es mir nicht mehr erlauben zu weinen. Christus hat mir seine Kirche anvertraut, und ich muss an sie denken … Juanito bleibt in meinem Herzen.«

Der Papst machte eine Pause, als schnüre ihm die Erinnerung an diesen Schmerz den Hals zu, bevor er mit belegter Stimme fortfuhr: »Ich habe versucht, ihn gegen das Böse zu verteidigen, ihn zur Vorsicht zu erziehen, und um ihn zu schützen, habe ich ihm treue Männer an die Seite gestellt, und du, Francisco, weißt es … Ich habe ihn mehr geliebt als all meine anderen Kinder, aber es hat nichts genutzt.«

Er ließ den Satz so stehen und drehte sich zu einem Fenster um, um seine Gefühlsregung zu verbergen. Dann wandte er sich mit einer brüsken Bewegung Francisco zu und legte ihm eine Hand auf die Schulter.

»Ich will nicht, dass der Wunsch nach Rache an demjenigen, der ihn mir genommen hat, die Heiligkeit meiner Mission beeinträchtigt«, sagte er, und seine Stimme klang jetzt ganz emotionslos. »Wir müssen an die Zukunft denken, und ich will, dass Cesare Juans Posten als Generalkapitän der Kirche übernimmt. Dafür brauche ich die Unterstützung des Kardinalskollegiums und auch der katholischen Herrscher. Unsere Gruppe ist stark, aber Römer und Franzosen widersetzen sich uns. Wir brauchen Zustimmung, verstehst du, Francisco?« Der Blick des Papstes wurde gebieterisch. »Die Kardinäle dürfen nicht glauben, dass ich mich aus Trauer all ihren Wünschen beugen würde! Um die Römer kümmern ich und Cesare uns«, fuhr Borgia fort. »Du dagegen wirst nach Spanien reisen, an den Hof. Wir bereiten eine bessere Strategie vor, damit die katholischen Majestäten die Ernennung Cesares zum Kommandanten der päpstlichen Truppen akzeptieren. Ihren Widerstand wirst du mit unserem Vorschlag kontern, einen spanischen Kardinal für die Stadt Valencia auszuwählen. Du wirst sie von der absoluten Notwendigkeit und Gerechtigkeit dieser unserer Entscheidung überzeugen.«

Francisco senkte den Kopf.

»Heiligkeit, ich bitte Euch nur darum, noch einige Wochen in Rom bleiben zu dürfen. Meine Mutter verlangt nach meiner Anwesenheit.«

Der Gesichtsausdruck des Borgia entspannte sich, und seine Augen erstrahlten.

»Donna Inés! Ist sie immer noch so schön und stolz?«

»Für meine Mutter scheinen die Jahre nicht zu zählen, auch wenn sie unter meiner ständigen Abwesenheit leidet.«

Einen Augenblick lang schwieg Rodrigo, während sein Blick matter wurde. Er schien mit Bedauern an die Vergangenheit zu denken.

»Ich kann Donna Inés nicht unzufrieden machen. Eine Ecke meines Herzens gehört für immer ihr. Ich gebe dir einen Monat, Zeit genug, um deine neue Mission vorzubereiten.«

Francisco hielt den Kopf gesenkt und sagte nichts.

»Ich brauche Männer wie dich«, begann der Pontifex erneut und trat auf Flores zu. »Dein Vater hat mir bis zu seinem Tod hingebungsvoll gedient, und auch dein …«

Es klopfte an der Tür, dann trat Johannes Burckard ein.

»Heiligkeit, wir erwarten Euch bei der Messe.«

Der Papst sah Francisco liebevoll an.

»Ich habe die Berichte deiner Missionen gelesen und möchte sie mit dir besprechen. Ich werde dich in den nächsten Tagen rufen lassen. Hast du noch Fragen, Francisco?«

»Nein, Heiligkeit, keine, die nicht warten könnte.«

»Nun dann, Gott sei mit dir, mein Sohn.«

Flores ging in die Knie, um den päpstlichen Ring zu küssen, der Papst segnete ihn, bevor er sich hinter Burckard auf den Weg machte.

III.

Ein unverschämtes Porträt

Das Schlafzimmer von Kardinal Lorenzo Calvi duftete erlesen.

Die gewölbte Decke, mit mythologischen Fresken bemalt, war mit Stuck verziert, in dem das pompejanische Gold und Rot mit ihren kraftvollen Tönen dominierten. Ein Wandteppich, auf dem Achilles und Patroklos einander umarmend dargestellt waren, bedeckte eine ganze Wand, und die Statuen zweier Jünglinge aus rosa Marmor auf Holzsockeln standen rechts und links des Kamins, ebenfalls aus Marmor. An den hohen Fenstern hingen üppig drapierte Vorhänge aus Brokat und Damast, daneben befand sich eine chinesische Kommode aus Ebenholz mit Elfenbeinintarsien, auf der eine antike Vase und ein Kandelaber mit langen Armen standen.

Wertgegenstände aus unterschiedlichen Epochen und Stilen, zusammengebracht vom guten Geschmack desjenigen, der sie ausgewählt hatte.

Das einzige Gemälde im Raum zeigte den nackten Narziss, der sich im Wasser spiegelte.

Auf dem Himmelbett liegend streichelte Kardinal Lorenzo abwesend den jungen Blonden, der neben ihm schlief.

In diesen warmen Oktobertagen, die nicht herbstlich werden wolltcn, nahm ihm eine ungesunde Mattigkeit jegliche

Kraft und führte ihn in Gedanken zurück zu einem stechenden Schmerz.

Nach Juans Tod waren seine Tage düster geworden, leer, ohne das Ziel, das ihn berauscht hatte: ihn verführen zu wollen.

Vor Monaten, im Haus der Kurtisane Doralice, hatte er einen Moment lang fälschlicherweise geglaubt, dass es möglich sei. Juan, vom Wein etwas berauscht, hatte akzeptiert, ihm in einen abgelegenen Salon zu folgen. Lorenzo erschauderte, als er sich an die Erregung dieses Augenblicks erinnerte und an die Schmeicheleien, mit denen er den Borgia dazu hatte überreden wollen, sich seiner Liebe hinzugeben. Juan hatte ihm schweigend zugehört, den sinnlichen Mund zu einem Lächeln geöffnet, das er für einige wunderbare Augenblicke als Zustimmung gedeutet hatte, und dann … hatte er ihn geohrfeigt.

Ohne ein Wort, aber mit einem Gesicht, das deutliche Abscheu ausdrückte.

Lorenzo legte instinktiv eine Hand auf die Wange. Die Ohrfeige brannte noch so sehr wie damals: Juan hatte ihn erniedrigt, indem er ihre körperliche und geistige Vereinigung ablehnte, die einzige, die ihn über die gewöhnlichen Menschen hätte erheben können.

Auch wenn er sich bemühte, sie zu verbergen, indem er sich mit Schönheit umgab, so erdrückte ihn die Schäbigkeit der Menschen. Die Menschen teilten dasselbe Schicksal: geboren werden, leben, sterben. Er dagegen wollte sich erheben und die Grenzen dieser elenden existenziellen Abfolge überschreiten.

Er wollte etwas von sich hinterlassen, deswegen wollte er, dass jeder Gegenstand, der ihm gehörte, gekennzeichnet wurde, dass er unbedingt ihm gehörte, dass er bezeugte, von seinen sensiblen Fingern berührt worden zu sein.

Er begann erneut, die glatte Haut seines jungen Liebhabers zu streicheln.

Er war bezaubernd in dieser Hingabe, aber er schaffte es nicht, ihm den höchsten Orgasmus zu verschaffen. Die perfekte Harmonie von Juan dagegen war wie die flüchtige Stimme einer Flöte: eine Ekstase, die in seine Seele drang, die aber unmöglich für immer einzufangen war und genau deswegen ewig gesucht wurde. Juan war das Meisterwerk, das er nie besitzen würde.

Nach drei Monaten nahm der Schmerz seines Verlustes ab, wie bei einer langsamen Heilung, und hinterließ an seiner Stelle eine düstere Leere, von der er sich nur dank der Kunst befreien konnte.

Ohne die Gefühle, die er empfand, wenn er neue Talente suchte und Sammlerstücke fand, die er genießen konnte, hätte ihn die Verzweiflung verschluckt.

Doch in letzter Zeit war in ihm ein Funke entzündet worden, eine neue Liebe, Andrea.

Ein leichtes Klopfen an der Tür ließ ihn aufschrecken.

»Was gibt's?«, fragte er verärgert.

Die Stimme des Haushofmeisters antwortete ihm ehrerbietend.

»Eminenz, die Gepäckträger sind angekommen und auch Messer Andrea Gianani.«

Lorenzo stand auf, schlüpfte in einen blauen Seidenmorgenrock und sagte: »Lasst ihn in der Galerie warten, ich komme gleich.«

Er nahm einen Knochenkamm und kämmte seine blonden, langen und dünnen Haare, nahm sie zu einem Pferdeschwanz zusammen und betrachtete sich im Silberspiegel. Seine Haut war hell und faltenlos, die Stirn breit, inzwischen vielleicht zu breit, die Augen klein und wimpernlos, die Nase kaum gebogen, die Lippen schmal.

Ihm hatte sein Gesicht nie gefallen, er fand es nichtssagend, es hatte nichts attraktiv Männliches an sich, was er bei einem Mann so schätzte. Seine Höflinge machten ihm Komplimente, aber es waren nur Schmeichler ohne ästhetischen Sinn. Er streichelte ein letztes Mal den Jungen, der sich kaum bewegte und weiterschlief.

Im langen Saal waren Gemälde ausgestellt, Wandteppiche, Silber und klassische Skulpturen. Es gab zwei Eingänge: einen, der mit dem restlichen Palazzo verbunden war, der andere ging nach draußen, in einen Seitenweg des Gartens. Diese zweite Tür diente auch dazu, Werke anzuliefern und abzuholen, und in diesem Moment war sie geöffnet, damit die Gepäckträger mit einer Truhe eintreten konnten.

Ihre Stimmen untermalten die Wartezeit von Andrea, der durch den Saal schritt und die ausgestellten Stücke bewunderte.

Auch wenn er sie alle bereits kannte, war er von ihrer Raffinesse immer wieder fasziniert.

Ein Gemälde, das auf einer Staffelei stand und von einem roten Tuch bedeckt war, weckte seine Neugier. Darunter lagen mehrere Holzstücke mit Intarsien, aus denen ein Rahmen ausgesucht werden sollte. Andrea schlug das Tuch entschlossen zurück.

Vor Überraschung entwischte ihm ein Schrei: Von der Leinwand schaute ihn Juan Borgia an.

Der Blick war so ausdrucksstark und das Lächeln so verabscheuungswürdig, dass es Andrea schien, als würde er ihn lebend vor sich sehen.

»Ich habe dich nicht erwartet!«

Lorenzos Stimme ließ ihn zusammenfahren. Andrea drehte sich abrupt um, und der Kardinal, der ganz nah stand, streckte eine Hand aus, um ihn zu streicheln, aber er schob sie brüsk beiseite, zeigte auf das Bild und rief aus: »Was macht dieser Bastard hier?«

Lorenzo versuchte, seinen Missmut, das Bild nicht in seinem Schlafzimmer behalten zu haben, zu verbergen. Ein Versehen, das ihm jetzt Andreas Zorn einbrachte.

»Es ist von einem Schüler von Pinturicchio.«

»Das interessiert mich nicht!«

»Dich nicht, aber mich schon.«

»Wenn du ein Freund bist, müsstest du meine Gründe verstehen.«

»Und du meine. Es war nicht leicht für mich, dieses Bild zu bekommen ...«

Aber Andrea hörte ihm nicht zu. Er schaute sich ungehalten das Porträt von Juan an.

»Dieser Mörder hat meinen Bruder töten lassen! Er hat das Herz meines Vaters gebrochen! Er hat meine Familie ruiniert! Und du ...«

»Sprich leiser«, bat ihn Lorenzo und zeigte auf die Gepäckträger, die in der Nähe arbeiteten. »So viel Leid Juan dir auch bereitet hat, er hat es mit seinem Leben bezahlt. Die Kunst geht über persönlichen Groll hinaus, und der Wert eines Werkes bemisst sich nicht an der Wahl des Motives, sondern an der Fähigkeit des Malers.«

»Belehre mich nicht! Ich hasse Juan, auch wenn er tot ist, und ich danke seinem Mörder, der ihn in den Fluss geworfen hat!«, brüllte Andrea, immer stärker aufgebracht.

Lorenzo drehte sich um, um einen plötzlichen inneren Aufruhr zu verbergen. Er öffnete das Fenster, das auf den Innenhof ging, und atmete tief ein. Aber als er merkte, dass Andrea sich nicht von dem Porträt abwandte, kehrte er zurück. Er stellte sich vor das Bild, als müsse er es verteidigen.

»Ich werde es verkaufen«, flüsterte er Andrea zu, »wenn es

dich glücklich macht. Siehst du, ich wollte einen Rahmen aus diesen Proben aussuchen, aber dir zuliebe verkneife ich es mir.«

Er hob das Tuch vom Boden auf und bedeckte das Porträt erneut.

Andrea entfernte sich mit bleichem Gesicht vom Bild.

»Entschuldige, ich habe übertrieben«, sagte er, schlug die Augen nieder und gewann seine Fassung wieder.

Lorenzo umarmte ihn leidenschaftlich, strich ihm übers Haar, aber Andrea löste sich mürrisch aus der Umarmung des Kardinals.

»Ich verstehe deinen Schmerz«, sagte Lorenzo wie mit Engelszungen. »Ich will dich nicht verärgern, und du weißt, dass ich dir alles verzeihe. Komm mit, ich habe eine Überraschung.«

Andrea folgte ihm zu einer Marmorskulptur, die die Arbeiter aus der Verpackung geholt und auf einen Sockel gestellt hatten, bevor sie gegangen waren. Es war ein Cupido, ein schlafendes Kind von herzzerreißender Zartheit.

Mit einer anmutigen Handbewegung rief der Kardinal aus: »Umwerfend! Ein Schüler von Ghirlandaio hat ihn gemacht, er heißt Michelangelo Buonarroti. Kardinal Riario hat den Cupido bei einem Kunsthändler im Glauben erstanden, es handele sich um ein antikes Stück. Aber Riario ist ein Kenner und hat sofort bemerkt, dass es eine Fälschung ist. Er hat sich über den Betrug aufgeregt, doch die Perfektion der Skulptur hatte ihn bereits gefangen genommen. Er hat den Händler angerufen und ihn dazu gebracht, ihm den Namen des Künstlers zu nennen, um ihn nach Rom zu rufen. Und hier ist der Buonarroti.«

Lorenzo streichelte den Cupido und streckte seine Hand aus, sodass sie Andreas Hand berührte, der es zuließ, ganz auf das Werk konzentriert. Lorenzo lächelte vor Vergnügen über diesen Kontakt, aber Andrea nahm seine Hand wieder weg, ohne darüber nachzudenken.

»Es ist also eine Fälschung«, sagte er und schaute Lorenzo erstaunt an.

»Ja, aber von hoher Qualität. Riario hat mir den Cupido für ein paar Tage ausgeliehen.«

»Was für ein Wunderwerk! Nicht einmal die Natur verleiht der Haut diese Perfektion.«

»Ich wusste, dass er dir gefallen würde. Wenn du möchtest, gehen wir zusammen zu Buonarroti. Er wohnt bei einem Adelsmann des Kardinals Riario und arbeitet in einem Atelier nicht weit von hier. Gehen wir zu ihm.«

»In den nächsten Tagen, jetzt werde ich beim Papst erwartet.«

Andrea verließ schweren Herzens die Skulptur.

»Wenn du hier hinausgehst, sparst du Zeit«, schlug ihm der Kardinal vor und zeigte auf die zweite Tür, die von einem Wandbehang bedeckt war. Andrea verabschiedete sich mit einer Geste und verließ den Raum.

Lorenzo verschloss die Tür mit einer großen Kette, dann kehrte er zum Porträt zurück und entfernte erneut das Tuch, das es bedeckte. Er strich zart über Juans Gesicht.

»Andrea ist eine unschuldige Seele«, wisperte er, »er ist nicht wie wir …«

Er sah das Porträt ein letztes Mal an, dann rief er den Haushofmeister.

»Lasst später dieses Bild in mein Schlafzimmer bringen«, ordnete er an. »Und seid vorsichtig, es ist sehr wertvoll.«

Beim Gehen ein Bein hinter sich herziehen, als wäre er behindert, gebückt gehen, um seine hohe Statur zu kaschieren, den linken Arm an den Rumpf drücken, als könne er ihn nicht bewegen, mit einem anderen Geist denken und mit einer anderen Stimme sprechen.

Ein anderer werden: Das könnte er schaffen.

Sein abgelegenes Lager war still. Segundo nahm einen falschen Bart aus einer Truhe und befestigte ihn an seinem glatten Gesicht. Er war einer der wenigen, die sich rasierten, was jetzt praktisch war: Ein falscher Bart half ihm dabei, seine Gesichtszüge zu verändern. Er hatte weiße, gleichmäßige Zähne, die durch ihren Glanz auffielen, aber das könnte er mit einer Kräutertinktur ändern. Nur sein Blick konnte ihn verraten.

Keine Übung, egal wie häufig, könnte das Feuer darin löschen.

Segundo legte eine Gesichtsmaske und einen Umhang an, setzte sich einen Hut schief auf die zusammengebundenen Haare und begann, hinkend durch das Zimmer zu gehen. Seine Verkleidung musste makellos sein. Er probierte noch einmal die Stimme aus.

Eine Stunde lang trainierte er, dann warf er sich müde in einen Sessel und nahm Umhang, Hut und Maske ab. Er streckte die Beine aus und wischte sich mit dem Hemdsärmel über die verschwitzte Stirn.

Er hörte die Stimme des Tibers, der in der Nähe floss.

Der Fluss weiß wohin, dachte Segundo, und ich?

Er erinnerte sich daran, wie er, nachdem er Lapo umgebracht hatte, in tiefer Nacht in Pisa am Arno entlanggelaufen war.

Seitdem hatte kein Zögern, keine Unentschlossenheit seinen Plan aufgehalten, und sein Geist hatte immer weitergearbeitet, geplant, jede Möglichkeit abgewogen.

Er biss die Zähne zusammen. Schmerz und Wut brüllten Tag und Nacht in seinem Herzen.

Er nahm zwei Fläschchen mit Korkverschlüssen von einem Regal. Er hielt sie an eine Kerze und betrachtete sie: Eines enthielt eine durchsichtige Flüssigkeit, das andere eine, die dunkel und ölig war. Der alte Kräutersammler, der sie ihm gegeben hatte, hatte ihm große Vorsicht empfohlen … wenige Tropfen dieser Flüssigkeit, und …

Er musste die Wirkung ausprobieren. Er brauchte ein Opfer.

Er warf sich den Umhang um die Schultern und trat hinaus.

IV.

Die Steine des Kardinals

Die Kutsche, der vier Wachen vorausritten, hielt vor dem Palazzo von Kardinal Uberto Roncaglini.

Eine kleine Menge aus Neugierigen und Bettlern beobachtete die Szene. Kardinal Uberto erschien mit einem Stock in der Hand und gestützt auf Teodoro, einen schielenden Jungen, der etwas schwachsinnig aussah, im Tor. Er ging würdevoll zum Wagen, aber das Lachen eines Mädchens lenkte den Diener ab, der über einen großen Stein stolperte und das Gleichgewicht verlor.

Der Kardinal rutschte aus und fiel fast zu Boden.

»Idiot! Ich stopf dir diesen Stein in den Hals!«, brüllte Uberto und schlug mit dem Stock auf Teodoros Rücken ein. Ein Chor aus lautem Lachen begleitete seine Worte.

Der Kardinal starrte feindselig in die Menge, dann beruhigte er sich und stieg in die Kutsche, gefolgt von Teodoro mit hängendem Kopf. Der Wagen fuhr los, begleitet vom Spott einiger Jungen.

»Ich stopf ihn dir in den Hals, Idiot!«, rief ein Lausbub, hob den Stein auf, über den Teodoro gestolpert war, und warf ihn einem Freund zu.

»In den Hals! Uh, uh! Du Esel!«, entgegnete der andere, der ihn aber nicht auffing. Der Stein landete zwischen den Füßen eines Soldaten mit rotem Bart, der ihn mit dem Fuß stoppte, ihn aufhob und in Richtung des Jungen warf, der ihn aus der Luft auffing und mit einem schüchternen Blick verschwand. Die Kutsche fuhr durch die Porta San Giovanni und erklomm eine kleine Landstraße. Als die Steigung zu steil und eng für die Pferde wurde, blieb sie stehen. Teodoro öffnete schnell die Tür, nahm eine Decke heraus, die er schulterte, dann half er Uberto beim Aussteigen.

»Ihr bleibt hier«, befahl der Kardinal der Eskorte.

Mit schwankenden Schritten machte er sich auf den Weg zum Gipfel des kleinen Hügels. Er stützte sich weiter halb auf den Stock und halb auf den Arm des Dieners.

Teodoro strauchelte jedoch über eine Wurzel und zögerte kurz. Der Kardinal knurrte: »Pass auf, Dummkopf! Willst du mich heute noch umbringen? Halt mich fest und schau nicht in der Gegend herum!«

»Verzeiht, Eminenz.«

»Verzeiht, verzeiht, mehr weißt du nicht. Wenn ich dich nicht aufgenommen hätte, wer weiß, wo du jetzt wärst!«

Uberto dachte an den schmächtigen Neugeborenen, zweifellos die Frucht einer unerlaubten Liebe, der vor zwanzig Jahren vor den Toren seines Palazzo abgelegt worden war. Er hätte ihn den Schwestern im Konvent della Carità übergeben, aber seine Schwester, eine sehr fromme Frau, hatte ihn aufgenommen, großgezogen und Teodoro, »Gottesgeschenk«, genannt, weil dieses Kind ihre leeren Tage als Witwe gefüllt hatte. Sie hatte ihn ihm auf dem Sterbebett anvertraut, und er hielt sich an dieses Versprechen. Teodoro war groß, kräftig und treu geworden, ein bisschen träge, aber bereit, seine schlechte Laune und seine Schläge klaglos zu ertragen.

Die beiden blieben an einem quadratischen Felsen stehen, der den kleinen Gipfel beherrschte. Teodoro breitete die

Decke auf dem Stein aus und half dem Kardinal sich hinzusetzen.

Seufzend blickte Uberto auf das Tal, das von großen Feldern und Olivenhainen beherrscht wurde. In der Mitte befanden sich die Kirche, ein Kloster und die Häuser der Dorfbewohner. Die Olivenernte stand kurz bevor, und die Bauern überprüften die Pflanzen, gefolgt von Mönchen, die ihnen Anweisungen gaben. Auch von Weitem sah die Pfarrei geordnet und reich aus.

Der Kardinal donnerte den Stock wütend auf den Boden.

»Dieb! Mir meine Pfarrei zu stehlen! Nach allem, was ich getan habe, um sie gedeihen zu lassen! Wer hat denn neue Felder angelegt? Wer hat den Bauerntölpeln beigebracht, wie man die Ernte steigert? Das war alles ich!«

»Schaut da unten … wie viele Körbe für die Ernte!«, rief Teodoro aus.

»Glaubst du, ich sehe nicht, dass meine Olivenbäume voller Früchte hängen? Aber sie werden im Mund der Borgia landen!« Sie sollen alle verrecken und auf dem Grund des Tibers enden!, dachte er.

»Die Borgia haben die schönsten Frauen von ganz Rom«, bestätigte Teodoro.

»Frauen! Du hast nur das im Sinn.«

Uberto hustete zornig und spuckte auf den Boden.

»Genug! Ich habe genug gesehen. Kehren wir zurück.«

Auf Teodoro gestützt stieg Uberto die Treppe hinauf, die in sein Schlafzimmer führte. Er war düsterer Stimmung, wie nach jedem kurzen Besuch der Pfarrei. Er beschimpfte einen Diener, warf ihm Faulheit vor und verjagte einen anderen, bloß weil seine Livree unordentlich war. Niemand stellte ihn je zufrieden, von den Dienern angefangen bis hin zu seinen

Mitbrüdern. Er war von Unfähigen umgeben, die Welt war unvollkommen, das war die Wahrheit!

»Ist das Tor geschlossen?«, fragte er Teodoro.

»Ja, Eminenz.«

»Überprüf, dass die Diener nicht trinken.«

»Ja, Eminenz.«

Der Junge zündete das Feuer im Kamin an und schlug die Bettdecke auf, Uberto schaute ihm von einem Sessel aus zu.

»Du bist langsam, ich muss dir alles sagen! Zieh mir diese Kleider aus.«

»Ja, Eminenz.«

Teodoro half Uberto beim Ausziehen der Kleider und beim Anlegen des Nachthemds und eines Morgenmantels aus violettem Brokat. Dann verbeugte er sich.

»Gute Nacht, Eminenz.«

»Geh sofort schlafen. Aber vorher zünde mir noch den Doppelleuchter an und stelle ihn da drauf«, er zeigte auf einen langen, schmalen Tisch mit einem goldenen Samttuch.

»Ja, Eminenz.«

Teodoro hielt seine Kerze an den Leuchter, und als alle Lichter brannten, schloss er hinter sich die Tür. Aber er ging nicht sofort weg. Er wartete vor der geschlossenen Zimmertür und lauschte.

Er spionierte ihm seit Jahren hinterher, schaute durchs Schlüsselloch: Kaum dass er allein war, ging Uberto mit einer Beweglichkeit, die er tagsüber kaum zeigte, zu einem seidenen Wandteppich. Er schob ihn zur Seite, sodass ein in der Wand eingelassenes Schränkchen sichtbar wurde, das Teodoro selbst, verborgen vor den anderen Dienern, für ihn eingebaut hatte. Er nahm einen Schlüssel aus der Tasche seines Morgenmantels und öffnete es.

Jeden Abend dieselbe Zeremonie, dachte Teodoro. Uberto nahm einen kleinen Tresor heraus und stellte ihn feierlich auf den Schreibtisch. Mit ungeduldigen Gesten öffnete er den Deckel des Kästchens und kippte langsam den Inhalt aus: Eine Flut aus bunten Steinen purzelte auf den Goldsamt.

Alter Geizhals!, schimpfte Tedoro in Gedanken. All diese Gaben und nichts für mich! Jetzt wirst du sie streicheln, als wären es Frauen, dann nimmst du ein Tuch und polierst deinen Schatz ... Hätte ich ein so weiches Tuch! Das würde mir einen schönen Körper machen! Jetzt bist du eine Weile still. Teodoro entfernte sich lautlos und ging durch einen Korridor, der zu einer Tür führte. Er öffnete die Tür mit einem großen Schlüssel, schlüpfte hindurch und schloss sie wieder. Er stieg die enge Steintreppe zum Keller hinab und durchquerte den staubigen Raum bis zu einer kleinen Tür, die er mit einem anderen Schlüssel öffnete.

Er schloss auch diese zweite Tür, durchschritt einen schmalen Gang, der zu einem Platz führte. Es war eine Stelle für Feuerholz. Teodoro huschte an den Stapeln vorbei zu einer Tür, die auf die Straße ging, er trat hindurch und schloss sie dreifach ab. Langsamen Schrittes nahm er den Weg zur Taverne.

Die mit Nieten beschlagene Tür des Gallo Nero hing schon ganz schief.

Seit Jahren öffnete sie sich, um Abenteurer und Pilger auf der Suche nach fleischlicher Lust einzulassen, und schloss sich mit quietschenden, verrosteten Angeln hinter ihnen.

Ein lautes Kommen und Gehen von Soldaten, Händlern und Handwerkern herrschte vor der Theke des Gastwirts, der für die Eigentümerin das Geld kassierte, eine habgierige römische Matrone. Die Gäste verloren sich in den großen

Zimmern des Erdgeschosses oder gingen mit einer Dirne in die oberen Räume.

Die Fackeln, die an den verrußten Wänden befestigt waren, brachten mehr Rauch als Licht, und auf den Holztischen erhellten flackernde Kerzen die erregten Gesichter der Gäste, die würfelten oder Karten spielten, aßen und vor allem tranken.

Niemand achtete auf Teodoro, der mit einem leeren Krug dasaß und die junge Mora beobachtete, die gerade die Treppe herabkam.

Er hatte sie schon zweimal die Treppe hinauf- und herabgehen gesehen, die üppige entblößte Brust wogte auf jeder Stufe, und die schwarzen Locken fielen über ihre Schultern.

»Mein Freund, stört es dich, wenn ich mich neben dich setze?« Ein Soldat mit rotem Bart hockte sich ihm gegenüber hin. »Es gibt keinen Platz mehr«, sagte er zu ihm, »und ich trinke nicht gern allein.«

Teodoro sah ihn ohne großes Interesse an, nickte jedoch. Dann reckte er den Hals, um Mora nicht aus den Augen zu verlieren. Der Soldat drehte sich um, um Teodoros Blick zu folgen.

»Die ist schön und wirkt, als beherrsche sie ihr Handwerk«, sagte er grinsend, dann drehte er sich um und packte einen Diener an der Schürze, der mit ein paar Krügen vorbeiging.

»Bring uns einen Krug von diesem Guten«, sagte er und ignorierte Teodoros Kopfschütteln. »Ich lade dich ein! Ich will feiern. Kennst du sie?«, fragte er und zeigte auf Mora.

»Nein, aber sie gefällt mir.«

»Worauf wartest du? Ich rufe sie und …«

Der Soldat hob den Arm, um die junge Frau zu rufen, aber Teodoro hielt ihn auf.

»Nein! Nein!«

»Und warum nicht?«

»Ich habe kein Geld.

Als der Diener mit dem Krug kam, goss der Soldat Teodoro zuerst ein.

»Trinken wir auf mein Glück!«, rief er und hob den Krug. »Heute habe ich beim Würfeln gewonnen.«

Teodoro trank auf seine Gesundheit.

»Heute ist dein Glückstag, mein Freund!«, verkündete der Soldat und knallte den Krug auf den Tisch. »Ich gebe dir das Geld für die Hure.«

Teodoro sah ihn mit offenem Mund an, dann schüttelte er den Kopf und murmelte: »Ich kann es dir nicht zurückzahlen.«

»Ich will es nicht zurück. Es ist ein Geschenk.«

»Wirklich?«

»Sieh hin!«

Der Soldat stand auf und ging mit festen Schritten zu Mora.

»Komm her, meine Schöne.«

»Mit dir sogar bis in die Hölle«, entgegnete die Frau und verließ den Tisch der Spieler.

»Es ist für meinen Freund.«

Er zeigte ihr Teodoro, der aufmerksam zusah.

»Schade, das macht zehn, die musst du dem Wirt geben.«

»Die sind für dich, aber sei lieb zu ihm«, sagte er und nahm zwei Münzen aus seinem Beutel und drückte sie ihr in die Hand.

Mora steckte sie schnell ein und lächelte ihn sarkastisch an.

»Bist du ein guter Samariter?«

»Sagen wir mal so.«

Der Soldat schob sie zu Teodoro, der wollüstig die Brust und die vollen Lippen der Frau ansah.

»Sie gehört dir, mein Freund. Viel Spaß!«

»Danke … ich … ich …«

Mora nahm Teodoro am Arm und führte ihn zur Treppe ins obere Stockwerk, während der Soldat einen dunklen Umhang umlegte, den Wirt bezahlte und auf die Straße trat.

Der Soldat lehnte an einer Mauer, etwas abseits der Fackel, die das Schild des Gallo Nero beleuchtete, und wartete. Jedes Mal, wenn er das Quietschen der Tür hörte, schaute er auf.

Als er Teodoro aus der Taverne kommen sah, ging er zu ihm und bot ihm eine Flasche an, die er in der rechten Hand hielt.

»Und wie war's?«

Der Junge sah ihn verängstigt an, dann erkannte er ihn, lächelte ihn selig an und brummelte: »Gut, gut.«

Der Soldat hob seine Laterne vom Boden hoch und folgte ihm.

»Gehen wir ein Stück zusammen, ja, lass uns noch woanders hingehen, wo es schön ist!«

»Ich kann nicht. Ich muss nach Hause, mein Herr könnte aufwachen.«

Teodoro ging schneller, aber der Soldat packte ihn am Arm.

»Schöne Dankbarkeit! Dann trink noch ein bisschen mit mir.«

Teodoro sah gierig auf die Flasche und nahm einen großen Schluck.

»Wer ist dein Herr?«, fragte ihn der Soldat und ermunterte ihn weiterzutrinken.

»Ein alter Kardinal«, antwortete der Junge, trank noch etwas und ging dann weiter.

Der Soldat schloss zu ihm auf, legte die Lippen an die Flasche und reichte sie dann wieder Teodoro.

»Er hält dich aber knapp, dein Kardinal! Bezahlt er dich nicht?«

»Er ist geizig! Dabei hat er Juwelen, sogar viele.«

»Und wo befinden die sich?«

»Er zählt sie jeden Abend. Er poliert und streichelt sie in seinem Schlafzimmer.« Teodoros Zunge wurde durch den Wein schwer.

»Das im ersten Stock?«

»Das letzte im Flur …«

»Wieso stiehlst du sie nicht?«

»Er wird früher oder später sterben, und dann bekomme ich meinen Anteil. Seine Schwester hat mir gesagt, dass ich wie ein Sohn für sie sei, aber er gibt mir nichts …«

Sie waren in der Nähe des Palazzo angekommen, Teodoro wurde blass und schwankte.

»Ich fühle mich … erschöpft …«, murmelte er.

»Mora hat dich erschöpft!«, rief der Soldat aus und stützte ihn. »Komm, mein Freund, ich bringe dich nach Haus.«

»Oh, mein Kopf!« Teodoro hielt seinen Kopf mit beiden Händen, dann nahm er den Schlüsselbund aus einer Tasche, wählte einen Schlüssel und versuchte, ihn ins Schlüsselloch zu stecken. Er schaffte es nicht und reichte ihn dem Soldaten, der die Tür öffnete, ihn hineinschob und fragte: »Wo sind wir?«

»Im Holzlager … jetzt nach da … in den Keller …«

Teodoro zitterte immer stärker und ging in Richtung der zweiten Tür. Inzwischen fiel ihm jede Bewegung schwer, und der Soldat, der ihn stützte, nahm den Schlüssel und öffnete die Tür zum Keller.

Nach ein paar Schritten verlor Teodoro das Bewusstsein und fiel zu Boden. Der Soldat zog ihn hinter einen Holzstapel, und nachdem er ihm den Schlüsselbund abgenommen hatte, stieg er die Steintreppe hinauf und steckte einen

Schlüssel ins Schlüsselloch. Er brauchte ein paar Versuche, bis er den richtigen gefunden hatte. Dann drehte er ihn leicht, hängte die Laterne an eine Wandhalterung und betrat vorsichtig das Vorhalle des Palazzo.

Im flackernden Licht des Doppelleuchters sortierte Kardinal Uberto die Edelsteine nach Farben; er tat es feierlich, als sei es eine heilige Aufgabe.

Die Kerzenflammen beleuchteten nur einen kleinen Teil des Tischs, aber der Kardinal brauchte nicht viel Licht: Er kannte seine Schätze in- und auswendig, besser als seinen eigenen Körper.

Rubine, Topase, Smaragde strahlten vor ihm, unverschämt perfekt, aus einem unbestechlichen Material, das Würmer niemals auffressen würden.

Ein gerührter Seufzer drang von seinen trockenen Lippen, als seine Fingerkuppen dieses leuchtende Meer berührten.

Nichts und niemand hatte ihm jemals ein so intensives Vergnügen bereitet.

Er hatte Bitterkeit und Erniedrigung ertragen, aber am Ende hatte er seinen Tresor füllen können.

Er ließ seine eiskalten Hände noch etwas in diesem ewigen Licht verweilen. Warum hatte Gott die Menschen nicht aus derselben beständigen Substanz gemacht? Warum hatte er seine Lieblingskreatur der unwürdigen Unbill der Verwesung preisgegeben?

Uberto wusste, dass sein Fleisch, nur noch eine dünne Schicht unter der Haut, stank. Seine Auszehrung kam von tief innen, er bemerkte den stärker werdenden Gestank, den keine Essenz überdecken konnte. Vielleicht war sein Ende nah, aber er dachte so wenig wie möglich ans Jenseits, weil sein Glaube nicht so fest war, dass er an das glaubte, was er predigte.

Die Edelsteine dagegen blieben unverändert und perfekt und stellten sich dem Vergehen der Zeit mit der Gleichgültigkeit von Unsterblichen.

In ehrfürchtiger Bewunderung kniete er sich vor ihnen hin.

Zwei Diener stiegen die Marmortreppe herab, sie gähnten und sprachen leise miteinander.

Segundo wartete, bis sie weg waren, dann stieg er leise die Stufen hinauf, bis er einen langen Korridor erreichte, von dem viele Räume abgingen. Die Tür des letzten war geschlossen: das Zimmer des Kardinals.

Segundo drückte langsam die Klinke herunter und trat ein.

Uberto, über den Schreibtisch gebeugt, wandte der Tür den Rücken zu, aber als er ein leichtes Knarren hörte, drehte er sich um.

»Was …? Wer …?«, stotterte er überrascht, als er den Schatten sah, der über ihm schwebte.

Ohne ihm Zeit zum Schreien zu lassen, presste Segundo ihm eine Hand auf den Mund und zischte ihm ins Gesicht: »Kardinal Uberto, dieses Mal bezahlt Ihr.«

Die schreckensgeweiteten Augen des Kardinals waren voller Fragen. Er versuchte, sich zu befreien, aber Segundo hatte ihm bereits ein Lederband um den Hals gebunden.

Uberto bog den Rücken, kämpfte mit einer unerwarteten Kraft, während seine Hände sich wie angeschnallte Krallen krümmten, im vergeblichen Versuch, das Band von seinem Hals zu reißen. Segundo zog noch fester zu. Der Alte röchelte, kämpfte um Luft, während gelbliche Spucke ihm das Kinn entlanglief und sein Blick trüb wurde. Als sein Körper aufhörte zu kämpfen, lockerte Segundo den Griff und ließ den Leichnam auf den Schreibtisch fallen, zwischen die Edelsteine.

Eine leichte Schweißschicht perlte auf Segundos Stirn. Sein Blick wurde vom Glanz der Juwelen angezogen. Männer und Frauen ruinierten sich, verkauften ihren Körper, brachten sich um, um sie zu bekommen …

Segundo zog ein Kissen ab und begann, die Edelsteine in den Bezug zu packen. Als er fertig war, schaute er ein letztes Mal auf die hagere Figur, die zu schlafen schien.

»In der Hölle brauchst du deinen Schatz nicht«, murmelte er, bevor er die Tür hinter sich schloss und in den verlassenen Korridor trat.

Er ging vorsichtig ein paar Stufen hinunter, dann blieb er abrupt stehen.

Die Wachen, die gerade ihre Runde im Palazzo machten, näherten sich der halb geschlossenen Tür, die zum Keller führte.

Segundo hielt die Luft an.

»Lass mich los, du Schwein! Hilfe! Helft mir!« Die Schreie einer Frau lenkten die Wachen von ihrem Rundgang ab.

»Das muss die neue Dienerin sein«, feixte der eine. »Der Koch will es ihr besorgen, aber sie will nichts davon wissen.«

»Sie weckt noch den ganzen Palazzo auf, und wer bekommt dann was vom Kardinal zu hören? Gehen wir und erteilen den beiden eine Lektion.«

Kaum hatten sich die Wachen entfernt, huschte Segundo in den Keller, schloss von innen die Tür, nahm seine Laterne von der Wand und wollte durch das Lager hinausgehen. Er blieb nicht vor Teodoro stehen, der immer noch schlief, sondern eilte durch das Holzlager, tauchte kurz darauf auf der Straße auf und verschwand in der Dunkelheit.

Ohne Verkleidung und schwarz gewandet, um ganz in die Nacht einzutauchen, ging Segundo schnell durch die dreckigen Gassen, vorbei an den überfüllten Häusern des Gettos. Unter seinem Umhang seine prall gefüllte Satteltasche versteckt.

Er blieb einen Augenblick an einem der Brunnen der Piazza Giudea stehen, dann klopfte er an eine Haustür.

Oben öffnete sich ein kleines Fenster, ein Frauengesicht war schemenhaft zu erkennen.

»Ich bin's, Rachel! Macht auf«, sagte Segundo zu ihr.

Die Frau schloss eilig die Fensterläden, und nach wenigen Augenblicken öffnete sich die schmale Tür gerade weit genug, sodass Segundo hindurchschlüpfen konnte. Dann wurde sie hektisch geschlossen.

Rachel führte ihn in ein kleines, dunkles Zimmer, wo sich ein Alter über einen von einer Kerze beleuchteten Schreibtisch beugte und präzise Zahlen und Wörter über ein Bild schrieb.

»Shalom, Ephraim!«, rief Segundo beim Eintreten aus.

Der Jude blickte auf und lächelte ihn an, dann schlug er das Heft zu und legte die Feder ab.

Segundo zeigte ihm die Satteltasche.

»Ich brauche dich für ein heikles Geschäft.«

»Setzt Euch hierhin«, antwortete der Jude und zeigte auf den Stuhl vor sich.

Segundo blieb jedoch stehen.

»Mach mir Platz, Ephraim, ich muss dir etwas zeigen.«

Der Alte stand auf und deutete auf einen leeren Tisch, auf den Segundo vorsichtig den Schatz von Uberto kullern ließ.

»Frag mich nicht, woher sie stammen.« Segundo erkannte Ephraims Verblüffung. »Es ist besser, wenn du es nicht weißt.«

Ephraim nahm die Juwelen in die Hand, betrachtete sie und wog sie.

»Ich bin daran gewöhnt, keine Fragen zu stellen. Soll ich sie für Euch aufbewahren?«

»Du sollst sie schätzen.«

»Es sind viele ... und von großem Wert.«

»Du bekommst deinen Anteil.«

»Das meine ich nicht. Ihr seid schon großzügig zu mir und meinen Leuten.«

Segundo legte dem Alten eine Hand auf die Schulter.

»Beeil dich, Ephraim, dann werde ich es wieder sein«, sagte er und ging zur Tür.

»Wartet!«, rief der Jude ihn zurück.

Segundo drehte sich zu ihm um. Ephraim sah ihn freundlich an, bevor er fragte: »Das Feuer ... das Euch das Herz verbrannte ... ist es erloschen?«

Segundo seufzte unwillkürlich auf, und sein aufrechter Rücken beugte sich vor wie durch einen Krampf. Sein Blick verlor die übliche Härte und verlor sich in der Vergangenheit.

»Nein, es brennt noch«, murmelte er.

»Mit der Zeit wird es verlöschen ... und es bleibt nur Asche«, schloss Ephraim.

Segundo war einen Augenblick lang nachdenklich, dann senkte er den Blick und ging hinaus.

V.

Die blasphemische Skulptur

Der Westwind, der über Rom und seine tausend Kirchen wehte, fuhr in Haare und Soutanen, wirbelte trockene Blätter vom Boden auf.

Andrea Gianani ritt auf einem Maultier neben Lorenzo Calvi den Tiber entlang. In gebotenem Abstand ritten zwei Knappen voraus.

»Die Malerei ist die edelste aller Künste, davon bin ich absolut überzeugt!«, verkündete Andrea und hielt seinen Hut mit einer Hand fest, damit er nicht wegwehte.

»Und was ist mit der Bildhauerei?«, neckte ihn der Kardinal mit einem amüsierten Lächeln. »Dieser schlafende Cupido hat deine Augen zum Leuchten gebracht, wie es noch kein Gemälde vermocht hat.«

»Ich liebe auch die Bildhauerei, aber für mich ist die Malerei die umfassendere Kunst. Sie kann eine Landschaft mit ihren natürlichen Farben darstellen, einen Gesichtsausdruck, die Vielstimmigkeit einer Szene.«

»Aber nicht die Rundungen einer Figur. Das kann nur die Bildhauerei leisten. Von der benötigten Technik ganz abgesehen. ›Aus einem Stein, aus einem völlig formlosen Beginn arbeitet der fähige Bildhauer die Perfektion heraus, die die Natur nicht erreicht‹, deine Worte!«

»Das bestreite ich nicht, aber …«

»Eigentlich sind mir die Debatten darüber, welches die edelste aller Künste ist, gleichgültig. Mich fasziniert das ›Schöne‹ in jeglicher Form: Malerei, Skulptur, Musik, Poesie und auch Architektur.« Lorenzo warf Andrea einen anzüglichen Blick zu. »Die Geschöpfe Gottes will ich gar nicht erst erwähnen …«

»Und doch bin ich mir sicher, dass bestimmte Künste dich mehr bewegen als andere.«

»Nein, es ist das Gefühl selbst, das ich suche. Wenn man die Gefühle aus dem Leben entfernt, was bleibt dann noch? Nur eine Aneinanderreihung von leeren Tagen, langweilig, sinnlos. Überleg mal, Andrea, und sei nicht immer so unnachgiebig … Wir sind da.«

Vor einem niedrigen Haus, das von einer Kletterpflanze zugewachsen war, stiegen sie von den Maultieren. Nicht weit entfernt hatten sich ein paar Bettler um eine Feuerstelle versammelt, und drei streunende Hunde umkreisten sie hungrig und feindselig.

Lorenzos Eskorte vertrieb sie mit einem Stock.

»Komm, gehen wir hinein«, sagte Lorenzo, überließ das Maultier seinen Leuten und ging vor Andrea ins Gebäude.

Es war ein weiter rechteckiger Raum, in den das Sonnenlicht durch große Fenster in breiten, staubigen Strahlen fiel. Der Kardinal und Andrea schauten sich neugierig um, bewegten sich vorsichtig zwischen Steinblöcken, Gipsfiguren, Tischen voller Farben, Krügen mit Verdünnungsmitteln, Pinseln und Meißeln. Erregte Stimmen drangen aus der Tiefe des Lagers, das am Ende des Raums durch einen Paravent und einige zerrissene Vorhängen abgetrennt war.

Lorenzo und Andrea schoben sie beiseite, um zu beobachten, was dahinter passierte.

»Das ist Parola«, flüsterte Andrea amüsiert. Er kannte den Mann mit der wirren Frisur, der mit Baritonstimme deklamierte. Vor ihm gestikulierte ein junger Mann von Anfang zwanzig, dünn und dunkel, mit schweren Locken, die zerzaust auf seine flache Stirn fielen. Sein Gesicht war hager, und die Augen brannten durchdringend. Seine Nase, schief und platt, hatte eine gebrochene Nasenscheidewand.

»Und der andere ist Michelangelo Buonarroti«, wisperte Lorenzo und legte den Zeigefinger an die Lippen, damit Andrea schweigend lauschte.

Parola schlug sich theatralisch auf die Brust.

»Ich werde dich bezahlen, glaub mir!«

»Nur ein Dummkopf vertraut einem Schauspieler«, erwiderte Michelangelo finster.

»Du hast mir den Bühnenhintergrund geliefert … und ich … und ich …« Parola wollte versöhnlich klingen, doch es war nur deklamatorisch.

»Und du hast mich nicht bezahlt!«

»Ich bitte dich nur um wenige Tage.«

»Du hattest versprochen, sofort zu bezahlen.«

»Ich musste alle Künstler im Voraus bezahlen …«

»Aha! Die Künstler! Und was bin ich dann?«

»Du solltest es verstehen!«

»Und wieso?«

»Weil du … weil du … der Beste bist, deshalb.«

»Du willst mich reinlegen.«

Michelangelo nahm einen Meißel von einem Tisch und ging drohend auf Parola zu, der zurückwich.

»Ich muss einschreiten, bevor es böse endet«, sagte Lorenzo zu Andrea.

Er ging entschlossen vor, gefolgt von Andrea. Die beiden Männer drehten sich schlagartig in ihre Richtung um.

Als Parola Lorenzo erkannte, verbeugte er sich ehrfurchtsvoll.

»Eminenz! Und Ihr, Messer Gianani ...«, stotterte er, während der Kardinal Michelangelo verführerisch anlächelte. Der Bildhauer warf den Meißel aus der Hand und senkte den Kopf zum Gruß.

»Ich wollte den Schöpfer des erhabenen Cupido treffen!«, verkündete Lorenzo. »Kardinal Riario hat ihn mir ausgeliehen, und ich kann mich nicht mehr davon trennen. Bravo!«

»Euer Besuch ehrt mich, aber ich muss zuerst das hier klären«, erwiderte der Künstler und zeigte auf den Schauspieler.

»Nicht einmal die Lobeshymnen können ihn beruhigen!«, rief Parola mit schauspielerischem Witz aus. »Er ist härter als sein Marmor.«

»Bezahl mich, dann werde ich weicher«, entgegnete Buonarroti.

Lorenzo und Andrea lachten laut auf.

»Jetzt habe ich kein Geld. Die Lupa gibt keinen Kredit, und ich ...«

»Du hättest nicht in ihren Fängen enden sollen!«

»Du hast leicht reden, du bist Gast eines Kardinals. Aber ich und meine Schauspieler, wir müssen das Gasthaus bezahlen.«

Michelangelo zog die Augenbrauen zusammen und trat wieder drohend auf ihn zu, aber Lorenzo stellte sich vor Parola. An den Bildhauer gewandt sagte er: »Ich werde einen meiner Diener schicken, um die Schuld zu begleichen.«

Bei dieser Ankündigung verbeugte sich Parola komödiantenhaft.

»Danke, Eminenz! Ihr seid ein wahrer Mäzen! Ich bin Euer Diener, und wenn Ihr wünscht, werde ich für Euch auftreten ... vor seinem Bühnenhintergrund, da Euch seine Arbeit gefällt«, beteuerte er und zeigte auf den Künstler.

Aber Buonarroti achtete nicht mehr auf ihn. Er musterte aufmerksam Andreas Gesicht, als wollte er ihn porträtieren.

»An welchem Werk arbeitet Ihr gerade?«, fragte Gianani und blieb vor einem langen Tisch stehen, der mit Zeichnungen bedeckt war. Den intensiven Blick des Künstlers bemerkte er nicht.

Michelangelo zog die Schultern hoch und antwortete nicht.

»Ihr seid eifersüchtig, was Eure Werke betrifft, und ich verstehe Euch. Wenn ich solche Wunderwerke erschaffen könnte, würde ich sie auch lieber zerstören, als sie anderen zu überlassen«, bestätigte Lorenzo und sah Buonarroti provozierend an. »Andererseits«, fuhr er fort, »ist die Kunst ein Gewerbe, und man lebt davon. Also besser die Käufer auswählen, die das Genie erkennen und zu schätzen wissen – wie wir! Na los, Michelangelo, erzählt uns von Euren Projekten!«

Buonarroti lächelte ironisch und zeigte auf einen Marmorblock. »Kardinal Riario hat mir den hier geschickt, aber er hat noch nicht entschieden, was ich daraus machen soll. Also arbeite ich an diesen Zeichnungen, die Stigmata des heiligen Franziskus.«

Der Maler deutete auf eine Serie von Zeichnungen, die auf einem halb kaputten Stuhl lagen. Andrea und Lorenzo traten näher, um sie zu betrachten. Auch Parola folgte ihnen und heuchelte Interesse.

»Für ein anderes Theaterstück? Man muss wirklich sagen, dass unser Michelangelo ein gutes Händchen hat! Ich selbst wollte bei ihm mein Porträt in Auftrag geben …«

Michelangelo schob ihn barsch beiseite.

»Was werdet Ihr mit diesem Marmor machen?«, fragte Andrea und ignorierte Parolas Geschwafel.

Buonarroti legte rasch die Zeichnungen zurück und antwortete: »Er ist für das, was ich im Sinn habe, nicht geeignet. Seit ich sie gesehen habe, denke ich darüber nach und zeichne. Ich würde sofort beginnen, wenn ich das richtige Stück Marmor hätte.«

Michelangelo nahm eine Schriftrolle aus einem Korb und rollte sie vor seinen Gästen aus.

Lorenzo war der Erste, der sich über die Zeichnung beugte, auf der der tote Christus auf den Knien der Heiligen Jungfrau zu sehen war. Die Überraschung nahm ihm den Atem: Jesus hatte das Gesicht von Juan! Er bemühte sich, seine Gefühle unter Kontrolle zu bringen, und konzentrierte sich auf die Figur der sitzenden Madonna in einem Kleid mit üppigen Falten, die bis zur Erde reichten, und auf die anderen Studien: die Hand Christi und die Gelenke seines hängenden Arms, ein Fuß von unglaublicher anatomischer Genauigkeit und, als Letztes, das Gesicht der Heiligen Jungfrau. Alterslos, von engelsgleicher Feinheit und menschlicher Zartheit, Maria, weltliche Mutter und göttliches Wesen blickte auf ihren Sohn. Ihre gefasste Verzweiflung vermittelte den Schmerz und die Annahme des Todes, sublimiert in ihrer Schönheit. Ein perfektes Werk, dachte der Kardinal verzückt.

Andrea brach das Schweigen, indem er verwirrt fragte: »Ihr habt gesagt, dass Ihr sie gesehen habt?«

Buonarroti rollte die Zeichnungen auf, als fürchte er, sie zu lange der Musterung seiner Gäste auszusetzen, und erwiderte: »Vor Monaten bin ich der Beerdigung gefolgt, von Weitem natürlich, aber ich habe Juan Borgia in der offenen Bahre gesehen … Und ich habe auch seine Mutter gesehen. Es war dieser Mord, der mich inspiriert hat.« Michelangelo betrachtete Andrea, der erbleichte und Lorenzo unruhig ansah.

»Eine hässliche Geschichte!«, warf Parola ein. »Ein schrecklicher Moment! Denkt nur, dass ich an diesem Tag …«

Der Kardinal scherte sich nicht um den Schauspieler und verkündete in feierlichem Tonfall an Michelangelo gewandt: »Macht diese Skulptur für mich.«

Zwei Augenpaare sahen ihn an. Die geschmeichelten Augen des Künstlers und die verblüfften von Andrea.

»Was sagst du denn da?«, rief Gianani.

»Begreifst du nicht? Die Heilige Jungfrau trägt die Züge einer Konkubine, deren Sohn zum Erlöser wird«, antwortete Lorenzo begeistert.

»Du lästerst Gott!«

»Menschlichkeit und Heiligkeit für immer im Marmor vereint.«

»Das ist ein Sakrileg!«, rief Andrea aus und suchte Unterstützung bei Michelangelo.

Der sagte: »Ihr täuscht Euch, Messere. Das, was zählt, ist nicht das Motiv, sondern seine Perfektion. Die Kunst gehört nicht der Erde, sie kommt von Gott, und ein gutes Bild hat einen Wert, weil es das Werk des Schöpfers imitiert.«

»Die menschliche Armseligkeit zu verwandeln ist Kunst«, bestätigte Lorenzo.

»Die Kunst zählt hier nicht!«, unterbrach ihn Andrea. »Du willst mich provozieren! Zuerst dieses Bild bei dir zu Hause und jetzt …«

Mit zornigem Blick packte Gianani den Kardinal an der Weste, als wolle er ihn hochheben. Im Raum entstand eine drückende Stille. Sogar Parola schwieg.

»Andrea«, murmelte Lorenzo getroffen, »lass mich los!«

»Du behauptest, mein Freund zu sein«, fuhr der junge Mann fort, ohne auf ihn zu hören. »Doch du erinnerst mich beständig an den Mann, der meine Familie ruiniert hat. Ich will ihn vergessen, verstehst du das nicht?«

Lorenzo schaute tief in Andreas feurige Augen.

»Wieso solche Wut auf einen Toten? Eine Statue bringt ihn nicht ins Leben zurück.«

Andrea ließ ihn abrupt los.

»Weil er ein Mörder war! Und du bist von ihm besessen!« Er ging Richtung Ausgang, ohne die anderen beiden, die abseits standen, auch nur eines Blickes zu würdigen.

»Warte!«, kreischte der Kardinal. Dann wandte er sich in seinem üblichen gleichgültigen Tonfall an Parola und an Michelangelo: »Er ist ein emotionaler Mann und auch recht hitzköpfig …« Lorenzo hielt inne, verbarg, wie sehr dieser öffentliche Streit ihn verstört hatte.

»Er wirkte so ruhig«, warf Parola ein.

»Aber, Buonarroti«, fuhr der Kardinal fort, »mein Angebot steht.«

Er nahm die schmutzigen Hände des Künstlers, der schweigend die verschränkten Finger betrachtete.

»Meinen Respekt, Eminenz«, sagte er mit einer Verbeugung und zog seine Hände zurück.

Parola dagegen folgte dem Kardinal. »Was für ein Feuer, welche Leidenschaft!«, verkündete er und versuchte, mit Lorenzo Schritt zu halten.

Der ignorierte ihn und stieg schnell auf sein Maultier, ein Knappe half ihm dabei.

»Ich bin mir sicher, dass Messer Gianani die tiefgründigen Ideen, die Eure Eminenz gerade ausgesprochen hat, noch verstehen wird«, meinte Parola. »Auf alle Fälle danke ich Euch für Eure Großzügigkeit. Ich werde es nicht versäumen, zu Eurem Palazzo zu kommen, um nachzusehen, welcher Ort der beste für meinen …«

Aber der Kardinal war bereits enteilt.

»… Auftritt ist«, schloss Parola und ließ den Arm hängen.

Er bemerkte, dass Buonarroti zu ihm gekommen war, und sah ihn spöttisch an.

»Und? Was schaust du?«, fragte ihn der Maler. »Wir haben das Geld gefunden. Hoffen wir bloß, dass er es nicht wegen dieses überspannten Kerls vergisst!«

Impulsiv und intolerant! Spannende Eigenschaften, dachte der Kardinal und spornte das Maultier an. Die Wut ließ Andreas Augen leuchten und die weiche Kurve seiner Lippen härter werden … volle und zitternde Lippen, die mit leidenschaftlichen Küssen beruhigt werden sollten …

Das erboste Kinn und die vor Zorn angeschwollenen Halsmuskeln betonten seine Ähnlichkeit mit Juan.

Lorenzo seufzte unwillkürlich auf. Was für eine anregende Situation! Andrea hasste Juan, dem er jedoch ähnlich sah. Vielleicht war das auch Buonarroti aufgefallen, denn sein Blick war mehrere Male von Andreas Gesicht zur Skizze Christos gewandert.

Lorenzo streichelte den grauen Rücken des Maultiers und dachte, Gianani zu besitzen wäre, wie Juan und seinen Doppelgänger zu haben. Samtaugen und perfekte Formen, aber unterschiedliche Seelen: eine weiße und eine schwarze, eine gute und eine böse.

Aber auch dieses Mal war die Beute schwer zu erlegen.

Andrea war nicht so entgegenkommend, wie er es zu Anfang geglaubt hatte. Umso besser. Eine leichte Eroberung erregte ihn nicht.

Er war sich sicher, dass er mit der Zeit sein aufsässiges Gemüt bändigen würde, um schließlich die begehrte Frucht zu erhalten, und dieses Mal würde es nicht enden wie beim Katalanen.

Um ihn zu besänftigen, würde er ihm einen Entschuldigungsbrief und ein Geschenk zukommen lassen. Er dachte an ein kleines Weihwasserbecken, das Andrea oft bewundert hatte …

Als er das Maultier vor dem Laden anband, sah Andrea einen Mann, der mit einer Rolle unter dem Arm heraustrat. Sicher einer der vielen, denen Mastro Simone, Maler und Händler, Bilder verkaufte.

Als er eintrat, bemerkte er den stechenden Geruch von Farben und Verdünnern, einen Geruch, der ihm immer gefallen hatte, der ihn im Moment jedoch störte.

Drei Gesellen ordneten widerwillig Farben und Pinsel, und ein korpulenter Mann um die fünfzig, mit einem braunen Barett auf dem Kopf, zählte die Münzen, die er in einer Hand hielt. Er hob den Blick, als er Gianani hereinkommen sah, und steckte das Geld in seinen schmutzigen Kittel.

»Messer Andrea!«

Ohne seine Begrüßung zu erwidern, ging Andrea zu einem Schränkchen und durchsuchte die Zeichnungen darin.

»Wo sind meine neuesten Skizzen?«

Mastro Simone folgte ihm.

»Es ist nicht mehr das richtige Licht …« Er hielt inne, als ihm die ungehaltenen Gesten des jungen Mannes auffielen.

Andrea nahm einige Blätter und breitete sie auf dem Tisch aus.

»Das nennt Ihr ›Kunst‹?«

»Was habt Ihr, Signore?«, fragte Mastro Simone und musterte Andreas zorniges Gesicht.

»Sie sind miserabel! Und Ihr seid ein Betrüger.«

»Aber …«

»Warum ermuntert Ihr mich zu malen? Weil Ihr daran verdient! Nur deswegen! Ihr wisst, dass ich nichts wert bin! Für Euch zählt nur das Geld!«

»Du!«, befahl Mastro Simone einem der Gesellen. »Bring Kerzen und diesen Krug mit Rotwein.« Dann fuhr er ruhig, an Gianani gewandt, fort: »Trinkt und erklärt es mir.«

»Da gibt es nichts zu erklären«, sagte Andrea aufgebracht. »Heute habe ich die Arbeit eines wahren Künstlers gesehen!« Er schleuderte die Zeichnungen zu Boden und setzte sich.

Mastro Simone nahm den Krug von seinem Gesellen entgegen und füllte die Weingläser.

»Trinkt, das ist ein guter Wein.«

»Ich bin nicht durstig, ich will nur die Wahrheit von Euch hören. Sagt es mir! Besteht Kardinal Calvi darauf, dass Ihr mir zuredet, um zu malen?«

Mastro Simone trank einen Schluck, stellte das Glas ab, hob die Kohlestudien, die Andrea gemacht hatte, um Isabella auf das Familienbildnis zu malen, an das Licht der Kerzenflamme.

»Schrecklich! Nichtssagend, leblos!«, verkündete Andrea enttäuscht.

»Ihr seid zu streng mit Euch. Ja, der Kardinal glaubt an Euch und findet, Ihr habt wirklich …«

»Talent?«, unterbrach Andrea ihn. »Welches Talent denn? Ich habe nicht den Hochmut, das Heilige mit dem Profanen zu vermischen!«

»Ihr müsst mehr an die Intuition Eures Mäzens glauben und auch an die Erfahrung Eures Meisters.«

»Zeigt es mir!« Andrea schrie fast. »Gerade habe ich gesehen, wie der Kardinal vor einem Meisterwerk erblasste, versteht Ihr? Die Skizzen von Buonarroti strahlen Licht aus, Kraft, sie dringen bis in die Seele. Meine wirken wie das Gekritzel eines Kindes!«

Mastro Simone trank erneut, betrachtete Andrea und fuhr fort: »Nicht alle Künstler sind gleich. Es gibt solche, die instinktiv arbeiten, sie werden so geboren. Sie haben großes Glück, weil die Kunst schon vom ersten Entwurf an ohne Anstrengung aus ihren Händen fließt. Aber manchmal, eben weil sie sich nicht anstrengen müssen, kultivieren sie ihr Talent nicht und lassen es verdorren. Unseres dagegen wächst langsam mit Arbeit, Leidenschaft und Übung – wie ein Efeu, der sich überall ausbreitet.« Simone nahm eine von Andreas Zeichnungen. »Schaut her. Hier fehlt dem Blick Eurer Schwägerin das Licht, aber hier, auf dieser neueren Skizze, ist er lebendig, spricht von ihr, sagt uns, dass sie eine aufrichtige Frau ist.«

»Das ist sie wirklich.«

»Und Ihr habt es geschafft, das in Eurer Zeichnung darzustellen. Euer Strich ist noch nicht sicher, aber Ihr besitzt die wichtigste Gabe, die ein Künstler haben kann: Ihr sprecht das Herz an. Ich habe die Werke dieses Buonarroti nicht gesehen, auch wenn ich von ihm gehört habe, aber meine Schule ist eine ernste Schule, und morgen erwarten wir Euch. Mit der Arbeit werde ich Euch überzeugen«, schloss Simone, legte die Zeichnungen auf den Tisch und blickte Andrea gutmütig an.

Gianani stand auf und sah den Maler ohne rechte Überzeugung an. Er verabschiedete sich mit einer Geste, verließ den Laden und stieg auf sein Maultier.

Nachdenklich ritt Andrea in der Abenddämmerung durch die inzwischen fast menschenleeren Straßen.

Mastro Simone hatte ihn zu überzeugen versucht, dass er mit stetiger Übung ein wahrer Künstler werden könnte, aber der Maler lebte von der Schule! Es war offensichtlich, dass man Talent nicht erlernen kann. Was war das Talent?

Ein mysteriöser Instinkt, eine angeborene Gabe ... die Fähigkeit zu haben, ein originelles Werk zu erschaffen, das die Sinne der anderen bewegen und berühren konnte.

Vielleicht gab es in seinem Herzen nichts so Erhabenes und Universelles, das er der Welt mitzuteilen hatte … Er hatte nur viel nutzlosen Ehrgeiz.

Die Wut, die durch den Streit mit Lorenzo entstanden war, kehrte bleischwer zurück.

Es war das zweite Mal, dass der Kardinal ihn beleidigt hatte, indem er ihn an Borgia erinnerte.

Ein wahrer Freund hätte das Porträt von Juan nicht in seiner Galerie ausgestellt! Aber Lorenzo war doch ein Freund?

Sein Wunsch, ihre Freundschaft auch zu einer körperlichen Verbindung werden zu lassen, war klar. Bisher hatten seine Annäherungen das Erlaubte jedoch nicht überschritten. Daher war es ihm noch recht, mit ihm Umgang zu haben, und er brauchte jemanden, mit dem er seine Liebe zur Kunst teilen konnte. Hätte er das mit Mario oder Jacopo tun können? Nein, in seiner Familie hatte er nie Verständnis gefunden.

Diese Erklärung hatte ihn immer überzeugt, jetzt riskierte Lorenzos morbides Interesse an Porträts von Juan jedoch, ihre Vereinbarung zu ruinieren.

Der verfluchte Borgia schaffte es sogar tot noch, die Seelen zu verderben.

Er trieb das Maultier an, durchquerte das Viertel der Florentiner und kam, ohne es zu bemerken, an einem ockerfarbenen Haus vorbei.

VI.

Die Nische der Jungfrau

Im Licht des Sonnenuntergangs wirkte der Kontrast zwischen dem intensiven Ocker des Hauses und dem Grau der Verzierungen im Putz noch stärker.

In die Fassade war eine Nische eingelassen, in der eine kleine Heilige Jungfrau mit dem Kind auf dem Arm stand. Die Skulptur war aus Gips, und die Farben von Marias Mantel und Kleid waren grell und schlecht aufgetragen. Doch das Gesicht der Madonna war gut ausgeführt und vermittelte Frömmigkeit. Ein paar Rosenkränze lagen um die kleine Statue, vor der eine Vase mit frischen Blumen und eine brennende Kerze standen.

Oliviero Barocelli blieb vor dem Haus stehen und rief seinem Knecht zu, die Waren abzuladen und sich hinter dem Haus um Maultier und Stute zu kümmern. Ohne das heilige Bild eines Blickes zu würdigen, klopfte er entschlossen ans Tor.

Ein intensiver Duft nach Heu und Feldblumen erfüllte das kleine Zimmer im zweiten Stock.

Auf dem Tisch voller Ampullen und Kräutersträußchen zerteilte Gemma die Blumen und band sie mit den Stielen zusammen, dann legte sie sie wieder in kleine Körbe, die auf einer Konsole standen.

Den Lavendel würde sie in die Kommode mit der Wäsche legen und in die Schränke im Erdgeschoss, in denen Oliviero die Waren aufbewahrte, und mit den Kamillenblüten würde sie Schlaftees, Schönheitscremes und Wickel für glänzende goldene Haare machen. Wie der Apothekermönch es ihr beigebracht hatte, würde sie Brusterkrankungen mit Schwertlilienwurzeln kurieren, aus dem Mohn und dem Opium entstünden Pillen zum Einschlafen, während aus Zedern und Nelken solche für einen guten Atem würden.

Ihre dicken blonden Haare waren mit einem blauen Samtband zusammengebunden, aber ein paar Strähnen hatten sich gelöst und fielen ihr ins Gesicht. Eine sollte vor allem eine tiefe Narbe auf ihrer linken Wange verdecken: das Überbleibsel eines kindlichen Spiels, das böse geendet hatte.

Als sie das Klopfen an der Tür hörte, hob Gemma abrupt den Kopf. Die rote Katze, die ihr aufmerksam von einer Kommode aus zusah, streckte sich, sprang auf die Fensterbank und verschwand auf dem Dach.

»Der Herr ist gekommen!«, verkündete Samir beim Eintreten. Der junge Inder arbeitete als Diener.

»Geh und lass ihn ein«, sagte Gemma und sah ihn niedergeschlagen an.

Samir senkte den Kopf und ging schleunigst hinunter, um die Tür zu öffnen. Barocelli gefiel ihm auch nicht, aber er war nur ein Sklave, was sollte er tun?

So früh, dachte Gemma, verließ das Zimmer und betrat das herrschaftliche Schlafzimmer. Hoffen wir, dass er direkt wieder abreist, sonst kann ich morgen nicht nach Ripa gehen.

Sie sah sich um, ob alles bereit war. Ein Himmelbett, bedeckt mit weißem Brokat und Samtposamenten, stand auf einer Seite des Zimmers. Neben dem Bett befanden sich ein Sessel, ein kleiner Toilettentisch und eine Sitztruhe aus kostbarem Holz, die ihre Kleider enthielt. Ein Wandteppich verdeckte die kleine, nun geschlossene Tür, die in eine Kammer voller Haushaltswaren führte, von wo aus man den Dachboden erreichte.

Auf der Treppe waren Barocellis Schritte zu hören. Schwer und brutal wie er.

»Ich bin hier!«, verkündete Oliviero, trat ein und packte die junge Frau an den Armen. Er streichelte ungelenk ihre Brust und küsste ihren Hals.

Gemma regte sich nicht, sein Geruch nach der langen Reise ekelte sie.

Oliviero war groß, hatte eine breite Brust, gerade Schultern und eine entschlossene Art zu handeln, die ihm Autorität verlieh. In seinem ovalen Gesicht trennte der blonde Schnurrbart die Adlernase vom vollen Mund, der sich im Moment übermütig auf Gemmas geschlossene Lippen presste. Das Mädchen spürte verärgert die Hände des Händlers auf sich, Hände, die gewohnt waren, Waren zu kaufen und zu verkaufen, ohne auf Gefühle zu achten.

Die Rückkehr von Oliviero bedeutete Schläge und Bitterkeit, denn wenn er getrunken hatte, wurde er eifersüchtig und unverschämt und schlug sie ohne Grund, um dann zurück ins Wirtshaus zu laufen, wo er seine Gewissensbisse ertränkte.

Der Florentiner warf Gemma aufs Bett.

»Zehn Tage, ohne dich zu berühren! Komm her und amüsiere mich«, sagte er und warf sich auf sie.

Er versuchte, ihr das Mieder zu öffnen, aber die Bänder verknoteten sich unter seinen ungeduldigen Fingern.

»Zieh du dich aus«, meinte er schließlich und begann, sich ebenfalls auszuziehen. Die Kleider warf er zu Boden. »Du hast ein schönes Leben, was? Bleibst hier, vergnügst dich mit deinen Blumen, und ich bin ständig unterwegs ... Venedig, Florenz, Perugia ...«

Gemma zog sich langsam das Hemd aus und sah ihn interessiert an.

»Seid Ihr auch an meinem Haus vorbeigekommen?«

Barocelli, ohne Wams und ohne Schuhe, zog sich jetzt die Strumpfhose aus und betrachtete Gemmas errötetes Gesicht.

»Ja, ja, ihnen geht's gut. Wenn du deinen Bruder Nanni sehen könntest, der hat solche Arme! Jetzt reicht's, wir sprechen nachher. Komm endlich her.«

Er packte sie um die schmale Hüfte und warf sich auf sie. Es war schon Tag, als Gemma ans Fenster trat.

Sie dachte daran, dass die Kräuter vom Vortag noch hier waren, anstatt in der Apotheke von Bruder Claudio, dabei hatte sie versprochen, sie dorthin zu bringen. Sie warf einen Blick auf die Straße, die sich langsam belebte. Barocelli saß am Tisch und aß ein deftiges Frühstück. Er sah sie verärgert an.

»Was ist?«, fragte er und warf die Reste auf den Teller.

»Was starrst du immer aus diesem verdammten Fenster? Ich schlag dich tot, wenn ich merke, dass du mich betrügst!«

Gemma antwortete nicht.

»Hör mal, du Dirne, Schweigen und Launen ziehen bei mir nicht. Und im Bett sollst du nicht wie ein Stück Holz liegen!«

Gemma drehte sich zu ihm um und murmelte seufzend: »Mir fehlt die frische Luft, ich möchte hinausgehen. Glaubt Ihr nicht, dass es an der Zeit ist ...« Gemma konnte den Satz nicht beenden, da sie in Olivieros Augen den raubtierhaften Blick sah, der normalerweise einem Gewaltausbruch vorausging.

»Wozu? Ich lasse nicht zu, dass du für diesen Bruder die

Maria Magdalena machst ... Wie heißt er, ich vergesse es immer!« Barocelli lachte stolz über seinen Witz, während Gemma ihn ansah und ihren Hass nicht verbergen konnte.

Sie hasste es, verspottet zu werden.

»Achtung, meine Schöne!«, rief der Händler drohend. »Sieh dich um! Schau nur, in welchem Überfluss du lebst! Ohne mich wären du und die anderen Hungerleider deiner Familie verschuldet und im Gefängnis!«

Zornig senkte Gemma den Blick.

Barocelli wischte sich mit einem Tuch den Mund ab und schluckte laut.

»Karnickel! Setzen Kinder in die Welt und wissen dann nicht, wie sie sie durchbringen sollen!«

Gemma sah ihn provozierend an.

»Besser als trockene Pflanzen wie Eure Frau!«

»Und hast du mir denn Kinder geschenkt? Mir kommt der Verdacht, dass keine kommen, weil du was mit diesen teuflischen Kräutern anstellst! Pass auf, Hexen wirft man ins Feuer ...« Oliviero lachte erneut höhnisch.

»Kinder bekommt man aus Liebe!«, rief Gemma und sah ihn wütend an.

»Und du liebst mich nicht, was?«

»Nein! Nein!«

»Wenn ich mich nicht um dich kümmern würde, wärst du im Freudenhaus, bei den Soldaten!«

»Besser als bei Euch!«

Barocellis Ohrfeige traf sie so hart, dass sie zu Boden stürzte.

»Hört euch das Miststück an! Und was würde ohne mich aus deiner Familie! Wer bezahlt? Ich bezahle auch für deine stinkenden Mixturen! Ich bring dir schon noch Liebe bei! Anstelle von Flausen im Kopf!«

Der Florentiner zog sie an einem Arm hoch und stieß sie die Treppe hinunter.

Samir wartete vor der Nische der Heiligen Jungfrau auf sie, er hielt das mit Stoffrollen beladene Maultier am Zügel.

Gemma trocknete ihre Tränen und betrachtete Oliviero, der auf die Stute stieg und sich von Samir die Steigbügel und den Sattelriemen richten ließ.

»Seid brav!«, knurrte der Händler den Inder an und zeigte auf das Mädchen. »Sonst verprügele ich euch beide, wenn ich zurückkomme!«

Mit düsterem Gesicht sagte er zu Gemma: »Und das nächste Mal wird nicht geschmollt! Hast du verstanden?«

Gemma schaute ihm in die Augen, ohne zu antworten, und Barocelli gab dem Pferd die Sporen und ritt davon, gefolgt vom Knecht mit dem Maultier.

»Er ist gegangen, Herrin«, sagte Samir und sah sie unterwürfig an.

Gemma antwortete mit einem aufrichtigen Lächeln. Sie mochte den jungen Eunuchen. Ein Venezianer hatte ihn auf einem Sklavenmarkt in Indien gekauft und in die Serenissima gebracht, wo er die schlimmsten Laster kennengelernt hatte.

Eines Tages hatte er rebelliert, er war bis aufs Blut gepeitscht und auf der Straße ausgesetzt worden. Samir erinnerte sich nicht mehr, wie er in Rom gelandet war. Gemma hatte ihn fast sterbend im Konvent San Francesco in Ripa gefunden und geheilt. Sie hatte Barocelli gebeten, ihn als Diener zu bekommen, und der Händler hatte zugestimmt: Die Entmannung des Inders schützte ihn vor seiner Eifersucht.

»Holen wir die Kräuter«, sagte Gemma zu ihm, »im Konvent warten sie auf uns.«

Sie machten sich in die entgegengesetzte Richtung wie Barocelli auf den Weg.

Die Straßen von Rom waren bereits voller Menschen. Die Bauern kamen auf ihren Karren vom Land und brachten Gemüse, Geflügel und Eier auf den Markt; die Handwerker schlossen den Gesellen die Läden auf; Türen und Fenster der Häuser öffneten sich im Morgenlicht.

Sie überquerten die Ponte Sisto und erreichten den Konvent San Francesco in Ripa in Trastevere.

Der Eingang zum Konvent, eine dunkle kleine Tür, lag seitlich der Kirche, vor der sich Bettler jeden Alters befanden, die auf Heilung oder ein Stück Brot hofften.

Der erste Raum war für die Männer reserviert, kahl und überfüllt. Manche hatten Glück und lagen auf Strohsäcken, andere lehnten an den Mauern, einige warteten darauf, die Augen für immer zu schließen, wieder andere klammerten sich noch an die Hoffnung.

Der Gestank und das Stöhnen der Kranken überwältigten Gemma jedes Mal. Sie kam schon länger in das Hospital, doch noch immer schnürte ihr die Übelkeit die Kehle zu wie am ersten Tag.

Das Leben ist furchtbar, sagte sie sich und dachte es jedes Mal, wenn sie jemanden nach viel Leid sterben sah, etwas, das ihr Glauben nicht rechtfertigen konnte.

Eine fette Ratte lief über ihre Füße, und Gemma wäre umgefallen, hätte Samir sie nicht aufgefangen. Mäuse und Insekten kamen zu Hunderten aus dem nahen Tiber und verbreiteten Infektionen, verdarben die Vorräte in den Kellern und verdreckten alles. Die Brüder führten einen unendlichen und unmöglichen Kampf gegen sie.

Ein ersticktes Stöhnen riss sie aus ihren Gedanken. Sie lief mit Samir zu einem Strohsack, auf dem ein Mann röchelte.

»Hilfe, Madonna ... ich sterbe.«

Gemma bückte sich und nahm die schmutzige, hagere Hand des Mannes in ihre.

»Nur Mut, ich rufe jemanden«, sagte sie zu ihm und sah sich nach Hilfe um.

»Es ist nichts mehr für mich zu tun. Betet für meine Seele.« Der Mann schloss die Augen und drückte sterbend Gemmas Hand.

Samir half der jungen Frau beim Aufstehen, und gemeinsam durchquerten sie den Raum und bemühten sich, die anderen Bitten und die Hände, die einen Zipfel ihrer Kleider erhaschen wollten, zu ignorieren.

Sie beeilten sich, in den nächsten Raum zu gelangen, wo die Frauen untergebracht waren.

Welche Schuld hatten diese Unglückseligen auf sich geladen, dass sie so leben mussten, dachte Gemma und sah mit Tränen in den Augen auf eine Mutter, die wie ein Tier in eine Ecke gedrängt ein Neugeborenes stillte, andere Kinder, mager und zerlumpt, an ihrer Seite.

Samir deutete auf einen kleinen, hageren Bruder mit weißem Haar und Bart. Gemma blickte ins kantige Gesicht von Bruder Ernesto.

»Dort hinten ist ein Mann gestorben …«

Der alte Franziskaner bekreuzigte sich und rief einen Mitbruder, damit er sich um ihn kümmerte.

»Das ist der vierte, der uns heute Morgen verlässt. Der Hunger ist erbarmungslos.«

Während Samir die Körbe in die Apotheke brachte, folgte Gemma dem Klostervorsteher.

»Ihr tut Euer Möglichstes.«

»Das reicht nicht«, sagte Ernesto bestimmt. »Die Prüfungen, die der Herr uns auferlegt, dürfen uns nicht erschrecken.«

»Für manche sind diese Prüfungen aber schwieriger, und das scheint mir nicht gerecht. Dieser Arme ist allein gestorben, auf einem Strohsack …«

»Such nicht nach Antworten, die niemand dir geben kann, und urteile nicht über den Willen Gottes. Wir beten und helfen denen, die leiden, wie Franziskus es uns gelehrt hat. Jetzt ist dieser Mann im Himmel, und die Seligen sind bei ihm. Alle sind gleich im Frieden unseres Herrn.«

»Ich wünsche mir diesen Frieden ebenfalls«, stimmte Gemma traurig zu.

»Wenn Gott dich ruft! Dein Leben gehört ihm.«

»Im Moment gehört mein Leben Oliviero, er hat mich und mein Unglück gekauft.«

»Du willst ihn nicht verlassen.«

»Ich kann ihm das Geld, das meine Familie ihm schuldet, nicht geben, und wo sollte ich hin? Er würde mich sofort finden!«

»Der Konvent der Klarissinnen hier in der Nähe würde dich aufnehmen, aber du musst es wollen, ich kann dich nicht dazu zwingen. Geh jetzt, Bruder Claudio braucht dich. Die Brüder sind mit der neuen Kräuterernte zurückgekommen. Wir sprechen ein anderes Mal über deine Ängste.«

Der Bruder verabschiedete sich und wandte sich einer kranken Frau zu.

Er ist so lieb zu den Leidenden, dachte Gemma und ging in Richtung Apotheke, zu anderen dagegen ist er knapp oder sogar barsch, um den Bedürftigen keine Zeit zu stehlen. Wenn der Herr vergessen hatte, Oliviero eine Seele zu geben, so hatte er Bruder Ernesto eine besonders große gegeben.

Sie blieb abrupt stehen, die Dirne, die »Mora« genannt wurde, half einem blassen und leidenden Mädchen, sich auf ein Lager zu legen.

»Ich bitte Euch, helft ihr!«, flehte Mora sie an.

Gemma beugte sich über die Arme, die sich stöhnend den Bauch hielt.

»Die Engelmacherin hat sie so zugerichtet. Sie verliert seit heute Nacht Blut.«

»Ich komme sofort wieder«, sagte Gemma und lief zur Apotheke. Sie überlegte, wie viele Freudenmädchen in Rom lebten: elegante Kurtisanen, Dirnen niederen Ranges, Gastwirtinnen und Puffmütter, die jüngere Frauen ausnutzten, und alle mussten mit unerwünschten Schwangerschaften rechnen. Und so gingen sie zu Engelmacherinnen, die sie ruinierten.

»Bruder Claudio!«, rief Gemma, als sie die Apotheke betrat. »Schnell, hier verblutet eine Frau!«

Der Bruder hob den Blick vom Destillierkolben. Er war mittleren Alters, groß und dick, sein Gesicht war offen und von grau melierten Locken umrahmt. Er trocknete sich die Hände an der Schürze ab, die er über der Kutte trug, nahm ein Fläschchen sowie saubere Verbände und folgte ihr.

Als sie zu den Frauen zurückkehrten, war das Mädchen halb ohnmächtig, und Mora streichelte deren bleiches Gesicht. Bruder Claudio untersuchte sie, wollte ihre Wunden kauterisieren.

»Ich habe die Blutungen gestoppt«, sagte er und richtete sich auf. »Lasst sie jetzt diese Tropfen, die ich in Wasser gegeben habe, trinken. Sie muss viel Wasser trinken ... Ich komme in einer Stunde noch einmal zu ihr.«

»Jetzt wird es dir besser gehen«, sagte Gemma zu dem Mädchen und half ihr, die Mischung zu trinken.

Sobald sich die Arme beruhigt hatte und eingeschlafen war, setzten sich Gemma und Mora unter die Arkaden des Wandelganges, nahe des Orangenbaums, von dem es hieß, dass der heilige Franziskus persönlich ihn gepflanzt hatte, als er den Konvent besuchte.

»Was für ein Frieden hier herrscht! Die letzte Nacht dagegen ...« Mora senkte die Stimme. »Es gab einen Mord in einem Palazzo nicht weit von der Taverne entfernt: Kardinal Roncaglini wurde erdrosselt und dann ausgeraubt.«

»Mein Gott!«, rief Gemma aus.

»Denkt nur, sein Diener, ein einfältiger und schielender Junge, war nur wenige Stunden vorher bei mir! Er kam oft in den Gallo Nero und sah mich auf so eine Art an ... Er tat mir leid, aber es war klar, dass er kein Geld hatte. An diesem Abend ist aber ein großer Soldat mit rotem Bart zu mir gekommen und hat mir Geld gegeben. Versteht Ihr, er hat nicht nur den Wirt bezahlt, sondern im Geheimen auch mich, damit ich nett zu dem Jungen sein sollte! Was für ein merkwürdiger Mann, dachte ich, mit Augen, die einen zum Träumen bringen. Und jetzt heißt es, er habe den Kardinal umgebracht. Zuerst hat er den Diener mit einem Drogentrank betäubt, dann ist er in den Palazzo eingedrungen und hat dessen Herrn getötet ... Ich habe Angst!« Mora drückte Gemmas Hand.

»Ihr seid nicht für das verantwortlich, was geschehen ist«, versicherte sie dem Mädchen und drückte ebenfalls ihre Hand.

»Wenn der Bargello kommt, um mir Fragen zu stellen, wird mich der Herr noch einmal schlagen! Es gefällt ihm nicht, wenn ich in solche Geschichten verwickelt bin.«

»Ihr solltet dort weggehen«, flüsterte Gemma fast wie zu sich selbst. »Aber ich verstehe Euch, ich schaffe es ja auch nicht, mein Leben zu ändern ...«

Sie ließ traurig den Kopf sinken und sprach nicht weiter.

»Ich muss jetzt zurück in die Taverne«, sagte Mora, stand

auf und betrat mit Gemma das Frauenzimmer. »Wenn sie herausfinden, dass ich die Arme hierhergebracht habe, stecke ich in Schwierigkeiten. So zu sterben … wie schrecklich! Es gibt doch sicher auch einen Gott für uns!«, rief sie aus und beugte sich vor, um die schlafende Freundin zu streicheln.

Gemma schnitt inzwischen Stoffstücke als Verband zu, und mit sicheren Händen ersetzte sie die durchnässten Binden der jungen Frau durch frische.

»Ich kümmere mich um sie. Sie kommt durch, wartet nur ab.«

»Gott wird es Euch vergelten«, murmelte Mora, legte sich ein Tuch um den Kopf und ging fort.

VII.

Die Zelle des Inquisitors

In der kalten Zelle flackerte die Flamme der letzten Kerze schwach unter dem schmucklosen Kreuz an der Wand.

Auf dem Schreibtisch lag eine Peitsche ausgebreitet wie ein Fächer, und aus einem geöffneten Koffer an einer Wand hing eine Geißel.

Kardinal Gherardo Ravelli bewegte sich im Schlaf, und das einfache Bett, auf dem er lag, knarrte unter dem Gewicht seines Körpers.

Gherardo träumte ... ein Tribunal ... er saß auf der Bank eines Tribunals unter den schwarz-weiß gekleideten Inquisitoren, die auf einige Frauen zeigten, die an einen Scheiterhaufen gebunden waren ... er stand auf und brüllte lauter als die anderen: »Die Hexen auf den Scheiterhaufen! Die Hexen auf den Scheiterhaufen! Auf den Scheiterhaufen!« Plötzlich jedoch verschwanden die Hexen vom brennenden Holzstapel ... Jetzt befand er sich zwischen den Flammen. Und Uberto und der Papst zeigten erbarmungslos auf ihn und lachten unflätig: »Gherardo auf den Scheiterhaufen! Auf den Scheiterhaufen!«

Er spürte, wie ihn die Flammen verschlangen, sein Fleisch verzehrten ...

Er wachte stöhnend auf, schweißgebadet.

»Mein Herr«, murmelte er und faltete die Hände, »gib mir Frieden.«

Er sah auf die Truhe, aber es war nicht die Geißel, die ihn rief.

Er stand auf und zog das rechte Bein hinter sich her. Vor dem kleinen Fenstergitter, das mit einem Holzbrett verschlossen war, blieb er stehen. Er öffnete den Fensterladen, atmete die frische Luft tief ein und schaute in den schwarzen Himmel. Ein düsterer Mond stand über dem schlafenden Land.

Ich sollte sofort ins Bett zurückkehren, dachte er und schloss das Fenster wieder, aber der Ruf der Truhe war stärker als sein Wille. Er trat näher, warf die Geißel und Gewänder zu Boden und nahm eine kleine Flasche von ganz unten heraus. Er sah sie begierig an, nahm den Stopfen ab und trank durstig drei Schlucke.

Dann legte er die Flasche zurück in die Truhe, versteckte sie unter den Kleidern und kniete sich vor dem Kreuz hin. Diese zarten Linien, dieser leidende Blick, dieser gequälte Körper überwältigten ihn.

Er bemühte sich, das krampfartige Weinen, das ihn erschütterte, zu unterdrücken, und betete: »Sohn Gottes, hilf mir! Ich will nicht mehr sündigen, hilf mir, Jesus Christus.«

Aber Christus schwieg.

Gherardo zog das Leinenhemd aus, nahm die Peitsche vom Schreibtisch und begann, sie sich auf den Rücken zu schlagen, auf die Arme, auf die Schultern.

»Ah! Ah! Ah! Vergebt mir, Herr!«

Ein noch härterer Schlag. Auf seiner hellen Haut entstanden rote Striemen.

Er peitschte sich weiter.

»Ah! Ah! Ah! Säubere mich mit deinem Blut, Christus! Ich gebe dir meines ...«

Als die Morgendämmerung begann, betete Kardinal Gherardo noch immer vor dem Kreuz.

Seine trüben Augen betrachteten das Gesicht des Erlösers, das langsam von den ersten Sonnenstrahlen beleuchtet wurde.

Die Verzweiflung der Nacht war verschwunden, aber seine Seele erdrückte ihn, so wie das Kreuz Jesu auf dem Weg nach Golgota erdrückt hatte. Vor zwei Monaten war er in dieses abgeschiedene, ländliche Dominikanerkloster gekommen, um der Verderbtheit der Stadt zu entfliehen.

Verborgen in seiner Zelle hatte er sich gegeißelt, und die Stacheln der Peitsche gaben den Rhythmus der Tage vor.

Er hatte jeglichen Genuss von seinem Tisch verbannt und ernährte sich ausschließlich von Schwarzbrot, Hülsenfrüchten und Salaten aus dem Garten. Nur am Sonntag nahm er, auf Drängen des Priors, der sich um seine Gesundheit sorgte, ein Schüsselchen Schafskäse und ein Ei an, aber nicht mehr.

Um diese Mühsal zu ertragen, verbrachte er die Tage mit intensiver Andacht, was ihm im Kloster den Ruf eines Heiligen eingebracht hatte.

Sein Gewissen schrie jedoch, wie unverdient dieser Ruhm war.

Die Kerzenflamme, die im Luftzug flackerte, erinnerte ihn an andere Feuer: Papst Sixtus IV. hatte seinem Orden die heilige Aufgabe übertragen, die ketzerischen Hexen auszumerzen, die Stadt und Land heimsuchten. Er hatte sich diesen Auftrag zu Herzen genommen und hatte sie in großer Zahl aufgespürt: junge und alte, alle mit den grünen Augen des Satans, alle besserwisserisch. Manche behaupteten, Gutes zu tun, mit Mixturen und Magie Kranke zu heilen, schlugen um sich und sprachen teuflische Litaneien, andere schienen es zu genießen, Luzifer anzurufen und sich fleischlich mit ihm zu vereinigen, und zitterten nicht vor den weißen Kutten, die sie unerbittlich verurteilten.

Gherardo senkte vor dem Kreuz den Blick.

Warum verlangte der Herr jetzt eine Rechtfertigung für diese gerechten Scheiterhaufen? Warum konnte er die Frauen nicht mehr ansehen, ohne erneut die Schreie der Hexen zu hören und den Gestank des verbrennenden Fleisches zu riechen. Warum? Er hatte im Guten gehandelt, um die Reinheit des Dogmas zu verteidigen, im gerechten Kampf gegen den Teufel. Warum musste sich diese Pflicht in eine Schuld verwandeln?

Eine Glocke ließ ihn zusammenfahren.

Er bekreuzigte sich, stand von den Knien auf und zog das rechte, verkrampfte Bein hinter sich her: Ein Hirnschlag vor Jahren hatte ihm dieses hinkende Bein als Erinnerung an die Hand Gottes hinterlassen.

Nachdem er sich mithilfe eines Ministranten gewaschen und rasiert hatte, zog Gherardo das elegante purpurrote Zeremoniengewand über seine Geißelungswunden. Auf der Brust trug er ein Goldkreuz mit sieben kleinen Rubinen, ein Geschenk seiner Mutter, als er zum Kardinal ernannt worden war, um ihn daran zu erinnern, immer gegen die sieben Todsünden zu kämpfen.

In letzter Zeit dachte er oft an seine Mutter. Sie, eine fromme Adelige aus Straßburg, war es, die ihm den rechten Weg gelehrt und ihn zu kirchlichen Studien geleitet hatte. Sein Vater dagegen, ein römischer Patrizier, war gestorben, als er noch in Windeln lag, ein banaler Unfall. Wie absurd! Nach vielen Schlachten, in denen er sein Leben riskiert hatte, war es ein Treppensturz, der ihn umbrachte.

Seine Mutter hatte ihn von den besten Meistern unterrichten lassen und verlangt, dass er in Straßburg blieb, bis der

Papst ihn zwang, nach Rom umzuziehen. Sie hasste Rom, und hatte sie nicht recht?

Die Stadt war die Heimat der Verderbtheit und des moralischen Schmutzes.

Er nahm ein Buch mit Psalmen, blätterte darin, aber er war zu zerstreut. Er sah erneut das unerbittliche Gesicht seiner Mutter vor sich und hörte ihre leiernde Stimme ihn ausschimpfen.

Auch sie war eine Frau, auch sie hatte ihn empfangen und geboren, wie diese Hündinnen, deren schwangere Leiber er verbrannt hatte. Nein, er durfte seine Mutter nicht mit diesen verdorbenen Frauen vergleichen ...

Gherardo schloss die Augen. Das Brennen der Peitschenhiebe war lästig. Hans, der Mönch, der ihm seit Jahren diente, hatte einen Balsam auf seine Wunden aufgetragen, der den Schmerz etwas milderte.

Er schreckte auf, als er es klopfen hörte.

»Kardinal, Eure Kutsche steht bereit«, verkündete der Prior des Konvents.

»Tretet ein, Bruder«, sagte Gherardo und schlug das Buch zu.

Die kleine Tür öffnete sich. Zwei Novizen standen Spalier für den Prior und verbeugten sich vor dem Kardinal, dann packten sie die Truhen unter dem aufmerksamen Blick von Gherardo und trugen sie fort.

»Ich hoffe, dass der Frieden unseres Konvents Eure Seele erheitert hat, Eminenz«, sagte der Prior leise und trat vor Gherardo in den Korridor, in dem eine geschlossene Zelle nach der anderen lag.

»Ich würde noch bleiben, aber die Hochzeit meiner Nichte ruft mich nach Rom«, antwortete Gherardo zufrieden.

»Mir werden unsere Gespräche fehlen, Eminenz. Mit Eurer Abfahrt kehrt die Stille zurück.«

»Euer Opfer und Eure Gebete werden viele Sünder retten. In unserer Welt wird zu viel geredet; um die Stimme des Herrn zu hören, braucht man jedoch Ruhe.« Gherardo nahm die rechte Hand des Priors in seine Hände.

»Denkt daran: Wir müssen die Heilige Kirche schützen, vor der Ketzerei, dem sittlichen Verfall und Satan! Wir müssen den sündigen und verderbten Klerus reformieren. Lest die Texte, die ich Euch gegeben habe, und unterrichtet die Brüder in diesem Sinn.«

»Wären alle Purpurträger wie Ihr, hätte die Kirche keine Reformen nötig«, schloss der Prior und küsste ihm die Hand.

Gherardo verbarg hinter einem gequälten Lächeln, wie unangenehm ihm dieses Lob war.

Die Novizen hatten alles Gepäck auf der Kutsche verstaut, die vor den Toren des Konvents stand.

Der Kardinal stieg mit der Hilfe von Hans ein.

Nach einem Peitschenhieb trabten die Pferde los.

VIII.

Das Fest im Palazzo

Als der letzte Knopf am Wams geschlossen war, setzte Jacopo sich einen schwarzen Samthut auf.

Seit die Familie nicht mehr vermögend war, hatte er keinen persönlichen Pagen mehr, der ihm beim Ankleiden half.

Er nahm ein Paar Handschuhe aus weichem Leder und legte einen Umhang auf den Arm, bevor er sein Zimmer verließ.

Er wollte gerade die Treppe hinabsteigen, als er Ruggero wimmern hörte und stehen blieb. Er bemühte sich, lautlos zu Isabellas Zimmertür zu gehen. Sie war angelehnt, und er konnte der Versuchung nicht widerstehen hinzuschauen.

Isabella hielt das Kind im Arm, wiegte es und sprach leise mit ihm. Jacopo verstand die Worte nicht, sah jedoch den zärtlichen Blick der jungen Frau.

Er betrachtete die perfekte Linie ihres Nackens, über dem ihre braunen Haare hochgesteckt waren. Wie oft hatte er davon geträumt, diesen sanften Bogen zu streicheln und zu küssen ...

Das Verlangen nach ihr führte dazu, dass er keine andere Frau mehr anfassen und an keine andere Zukunft denken wollte. Er wollte sie umarmen, ihr sagen, was er noch nie jemandem gesagt hatte – nicht einmal der Frau, die ihm zwei Söhne geschenkt hatte.

Seit Ippolitos Tod dachte er öfter an diese Kinder. Manchmal beobachtete er sie von Weitem, um nachzusehen, ob sie etwas von ihm geerbt hatten: die Gesichtsform, die Augenfarbe, den Gang oder das Lächeln. Die Beziehung zu ihrer Mutter, die mit einem alten, unfruchtbaren Marquis verheiratet war, war schon lange vorbei. Es war eine heftige Leidenschaft gewesen, die sich in wenigen Jahren aufgezehrt hatte, und der Skandal war nur vermieden worden, weil der Alte die Kinder anerkannt hatte. Als er Isabella beobachtete, wie sie Ruggero in den Schlaf sang, verspürte er einen Schmerz. Er wäre gern der Vater dieses Kindes gewesen, aber er konnte es nicht sein, weder für Ruggero noch für seine eigenen Kinder.

Er spürte eine Hand auf seiner Schulter, drehte sich abrupt um und sah Marios spöttisches Lächeln: »Jetzt spionierst du sie schon aus! Aber sie will dich nicht, was ich ihr nicht verübeln kann.«

Jacopo warf die Hand des Bruders ab und ging zur Treppe.

»Du gehst nicht einmal mehr zu den Huren«, sagte Mario und folgte ihm. »Früher oder später wirst du platzen und irgendeinen Blödsinn machen.«

»Es reicht!«, herrschte Jacopo ihn an und schritt schnell die Treppe hinunter.

Mario lachte mit offenem Mund laut los.

»Du kannst ihr nicht befehlen, dich zu lieben!«

Jacopo ging nicht auf die Provokation ein. Er ließ sich vom unerschütterlichen Bastiano dabei helfen, ein Schwert anzulegen, und fragte: »Begleitest du mich zum Bankett?«

»Nein, Hochzeiten machen mir schlechte Laune, du dagegen wirkst aufgeregt!«

Jacopo sah ihn abschätzig an, da öffnete sich die Eingangstür, und Andrea kam herein.

»Kommst du mit mir?«, fragte Jacopo ihn und streifte sich die Handschuhe an.

»Nein, ich habe keine Lust«, antwortete Andrea und nahm den Umhang ab.

»Denkst du, ich vielleicht? Ich gehe aus Pflichtgefühl hin, und das gilt auch für dich.«

»Die Feste gefallen mir nicht, und deine hochwohlgeborenen Bekannten interessieren mich nicht«, sagte Andrea. »Aber wenn du willst, reite ich in den nächsten Tagen nach Volpaia.«

»Nein, da reite ich hin«, unterbrach Mario ihn. »Die Zäune der Pferdekoppel müssen erneuert werden. Was verstehst du denn schon davon? Du würdest die Landschaft malen, die Vögel …«

Er machte eine affektierte Geste mit der Hand.

»Wie du meinst«, schloss Andrea abfällig und ging schnell fort.

»Du musst erwachsen werden, Junge! Und dir andere Gesellschaft suchen«, rief Mario ihm nach.

»Ausgerechnet du willst ihm eine Predigt halten?« Jacopo grinste höhnisch und ging zum Hof, wo das Pferd auf ihn wartete.

»Ich kann das, denn ich bin der einzige Mann in dieser Familie! Amüsiere dich beim Bankett und dämpfe deine Gelüste.«

Sein Lachen hallte im Hof und in Jacopos Kopf nach.

Das Hemd, das der Page ihm reichte, duftete nach Lavendel.

Wenn er diesen Duft roch oder an den Ohrläppchen einer Frau tropfenförmige Ohrringe sah, musste Francisco an seine Mutter denken, an ihr eingefallenes und trockenes Gesicht, an ihre tiefen Augen, seinen so ähnlich, an ihre grau melierten Haare, hochgesteckt und mit einem dunklen Schleier bedeckt. Und an ihre Perlenohrringe, die bei jeder kleinen Kopfbewegung schillerten. Groß, immer noch gerade und schlank, fast hager, bewegte Donna Inés sich schnell und mit eleganten Gesten, während ihr schwarzes, perfekt geschnittenes Kleid um sie herum ein intensives Lavendelaroma verbreitete.

Donna Inés mochte kein Geplauder, genau wie er. Sie verstanden sich mit einem einzigen Blick, aber bei ihrem letzten Gespräch vor einigen Tagen hatte seine Mutter viele Worte benutzt, um ihm Lust auf die Ehe zu machen. Sie hatte eine Kandidatin angepriesen, die eindeutig schön und zweifellos faszinierend war und eine sehr großzügige Mitgift hatte. Er hatte ihr geantwortet, dass er sich für diesen Schritt noch nicht bereit fühlte, und wollte eine Reihe von Gründen aufzählen, aber Donna Inés hatte nicht einmal den ersten angehört, sondern mit entschlossenen Gesten die Dienerinnen, die den Garten kehrten, angeleitet und ihn brüsk verabschiedet.

Sie wollte die Zügel des Kommandos nicht aus der Hand legen.

Der Page reichte Francisco ein elegantes Wams, eine Goldkette, Seidenhandschuhe und Hut. Heute Abend wurde eine wichtige Hochzeit gefeiert, und seine Anwesenheit war unentbehrlich. Auch Donna Inés war eingeladen, aber wie sie es inzwischen immer tat, hatte sie es abgelehnt, in der Öffentlichkeit zu erscheinen.

Francisco legte einen Umhang um seine Schultern und ging hinaus.

Hunderte Fackeln beleuchteten den Eingang des Palazzo.

Diener in grün-schwarzer Livree standen Spalier, um die Gäste zu empfangen, die nach und nach ankamen, manche mit der Kutsche, andere zu Pferd oder auf Maultieren mit wertvollen Satteldecken.

Wachen überprüften die Gäste, bevor sie den großen Innenhof betreten durften, und entfernten die Bettler, die vor dem Tor herumlungerten und auf Almosen hofften.

Als er im Hof des Palazzo angekommen war, stieg Jacopo von seinem Pferd und übergab es einem Stallknecht. Er war auf dem Weg zum Salon, als sich vor ihm die elfenbeinfarbene Kutsche von Lorenzo öffnete. Der Kardinal sah ihn und lächelte honigsüß. Jacopo grüßte ihn steif und formell, dann wandte er ihm schnell den Rücken zu und betrat allein den großen Saal.

Mit leichtem Schritt ging Calvi zum Eingang, empfangen wurde er von Giovanni Marradès, der ihn mit einem einnehmenden Lächeln erwartete.

Die römische Aristokratie, die zahlreich versammelt war, begrüßte sich mit Verbeugungen und Floskeln.

»Seine Heiligkeit hat mich gebeten, Euch im Namen der Familie zu empfangen, um den Vater der Braut zu ehren«, vertraute Burckard Francisco an, der neben ihm stand. »Ich hoffe, dass alles gut geht.«

»Die Anwesenheit des Bargello sollte Euch beruhigen«, sagte Flores und zeigte auf Kapitän Riccardo Fusco mit seinem Adjutanten Tito Ferro.

»Die Borgia werden nicht persönlich kommen, aber sie schätzen diese Familie sehr … Jetzt muss ich Euch verlassen, ich habe versprochen zu helfen.«

Als Burckard sich entfernte, begann eine Gruppe Musiker, ein Madrigal zu singen, was die Gäste zum Salon zog. Dort war eine lange Tafel in Hufeisenform aufgebaut, bedeckt mit feinen weißen Tischtüchern, geschmückt mit Blumen, Obst und Tafelsilber, unterschiedlichem Brot und Figuren aus buntem Zucker. Viele Kerzenhalter hingen von der Decke, wertvolle Stoffe schmückten die hohen, mit Bögen und Säulen verzierten Wände, zwischen denen die Gäste sich in Gruppen unterhielten, manche stehend, andere auf Samtbänken nahe dem prachtvollen Kamin, der den Saal heizte.

Parola, der auf seinen Auftritt während einer Pause des Banketts wartete, deklamierte Verse und machte einer Gruppe älterer Damen Komplimente. Die waren jedoch mehr an der Aussteuer der Braut interessiert, die von Dienern herumgereicht wurde, als an seinem Getue.

Gherardos einfache Kutsche war eine der letzten, die ankamen.

Der Kardinal war mit Hans' Hilfe ausgestiegen und mit großem Zeremoniell vom Cousin empfangen worden, dem Vater der jungen Braut, die *per procurationem* einen venezianischen Adeligen heiratete.

Während er mit dem Hausherrn sprach, verfolgte Kardinal Gherardo mit großem Vergnügen die heitere Melodie, die sich im Saal ausbreitete. Nach der Stille des Klosters bescherte ihm diese Musik angenehme Eindrücke. Sein feines Gehör nahm die Harmonien und Verzierungen des Lautisten wahr, kombiniert mit den sinnlichen Vibrationen des Sängers.

Er ärgerte sich etwas, weil er es nicht wirklich schaffte, den Sinnesgenüssen abzuschwören: Sein Rückzug, den er sich erlaubt hatte, hatte seine Seele erheitert, ohne ihn die irdischen Genüsse vergessen zu lassen.

Er hätte die Gefräßigkeit, die seinen Körper beherrschte, gerne aufgehalten, um sich aus dem Schlamm der Maßlosigkeit zu erheben, die menschlichen Grenzen zu überschreiten und nur vom Geist allein zu leben. Aber sein Kampf war aussichtslos. Wie seine Mutter zu sagen pflegte: »Die Verderbtheit liegt in der Fleischeslust, ganz südländisch, die immer und ausschließlich das Fleisch ehrt!«

Um sich abzulenken, näherte er sich der Braut und erteilte ihr einige Minuten lang strenge Ratschläge, bis Burckard neben ihm auftauchte und seine Lektion unterbrach.

»Mein Freund!«, rief der Zeremonienmeister aus. »Ich habe Euch monatelang nicht gesehen.«

»Ich war im Kloster, bei meinen Dominikanerbrüdern«, erwiderte Gherardo, als die Braut sich zu den anderen Gästen gesellte.

»Das würde ich auch gern tun, aber Seine Heiligkeit verlangt immer nach meiner Anwesenheit an seiner Seite.«

»Seine Reformen gehen weiter?«

Burckard lud Gherardo ein, mit ihm durch den Saal zu schlendern.

»Er scheint entschlossen, es zu Ende zu führen, aber jetzt …«

»Sagt mir nicht, dass wieder alles wie früher ist? Ist es möglich, dass nicht einmal der Tod seines Sohnes ihn dazu gebracht hat, seine Gewohnheiten zu ändern?«, fragte Gherardo aufgeregt und bereute seine Worte sofort.

»Tatsächlich, lieber Freund, hat der Pontifex beschlossen, die kirchlichen Regeln zu erneuern, seine Söhne aus dem Palazzo zu entfernen, aber dann hat Cesare ihn davon überzeugt …«, Burckard senkte die Stimme, »der Richtige zu sein, um neuer Generalkapitän der Kirche zu werden. Der Papst unterstützt ihn bei diesem neuen Projekt und vernachlässigt die uns versprochenen Reformen.«

»Cesare? Aber er ist ein Kleriker!«

»Ihr werdet über das, was ich Euch anvertraue, entsetzt sein: Der Papst sucht nach Möglichkeiten, ihn wieder in den Laienstand zu versetzen.«

»Dafür wird er nie meine Zustimmung erhalten! Die Kirche ist keine Konkubine, die man nimmt und verlässt, wenn man ihrer müde geworden ist.«

»Heilige Worte!«, stimmte Burckard zu. »Aber seine Gegner werden leider immer weniger. Und da uns jetzt auch Uberto verlassen hat ...«

Gherardo lief ein Schauer über den Rücken.

»Uberto? Was meint Ihr?«

»Ich vergaß, dass Ihr nicht in Rom wart! Er ist gestern Nacht gestorben. Ausgeraubt und dann erdrosselt, in seinem eigenen Haus!«

»Wer ... wer, weiß man, wer ...?«

»Ein Dieb, ein Schurke, wer weiß das schon! Diese Stadt ist ein ...«

Burckard unterbrach sich, weil der Majordomus zu ihm kam und ihm etwas ins Ohr flüsterte. Der Zeremonienmeister sagte ungeduldig seufzend: »Entschuldigt, Gherardo, ich hatte versprochen, die Zeremonie abzuhalten, ich muss Euch verlassen, aber wir sprechen später noch darüber.«

Er verabschiedete sich eilig und folgte dem Diener.

Gherardo nahm mit zitternder Hand einen Weinkelch von einem Tablett, das ein Diener ihm entgegenhielt. Er trank es in einem Zug, nahm noch eines und leerte es. Als er das Glas abstellte, sah er in der Nähe Lorenzo, der sich die Statue eines Fauns ansah. Er trat zu ihm und sprach ihn ohne Vorrede an.

»Habt Ihr das von Uberto gehört?«

Lorenzo drehte sich um und sah ihn einen Augenblick lang verärgert an, dann wandte er sich wieder der Skulptur zu.

»Ja, ein hässliches Ende. Und auch dieser Faun ist hässlich!«, rief er aus und strich mit der Hand über den Körper der gemeißelten Figur. »Der Marmor ist von schlechter Qualität und schlecht poliert.«

»Und wenn jemand herausgefunden hat, dass …?«, bedrängte Gherardo ihn.

»Das ist unmöglich.«

»Dann war es die Hand Gottes, die ihn niedergestreckt hat?«

»Wer außer Gott kann strafen?«, fragte Lorenzo ironisch und betrachtete weiterhin die Statue. »In diesem Fall hat der Herr die Gestalt eines Diebes angenommen und ihn für seinen Geiz bestraft.«

Gherardo sah ihn getroffen an, konnte aber nichts erwidern.

»Genießt das Fest und denkt an nichts anderes, denn die Angst verdirbt das Blut«, schloss Lorenzo mit einem letzten spöttischen Blick.

Es war nicht leicht, sich Bartolomeo Flores, Bischof von Cosenza und Kanzler der Borgia, zu nähern. Seine juristische Kompetenz war sehr gefragt von allen, die in Schwierigkeiten steckten, und heute Abend ersuchten ihn mehrere Gäste um Rat.

Jacopo sah ihn mit einem großen und stattlichen Mann sprechen und ging wie zufällig an ihm vorbei.

»Baron Gianani!«, rief Bartolomeo aus und hielt ihn auf. »Seid Ihr auch hier? Kennt Ihr meinen Cousin?« Bartolomeo wandte sich Francisco zu, der sich vorstellte und die Hand ausstreckte.

»Ich möchte mit Euch sprechen, wenn Ihr Zeit habt«, flüsterte Jacopo Bartolomeo zu.

»Auf Wiedersehen Cousin«, sagte Francisco und zog sich höflich zurück. »Kommt mich besuchen, meine Mutter erwartet Euch.«

»Das werde ich, grüßt bis dahin Donna Inés von mir.«

Kaum hatte Francisco sich entfernt, lächelte Bartolomeo Flores Jacopo nachsichtig an.

»Nun, dann sprecht.«

Ohne Vorrede erklärte Jacopo ihm das Problem, das sein Leben quälte. Flores hörte ihm zu und riss die Augen auf, als ihm die Bedeutung des Ganzen bewusst wurde.

»Das ist nicht leicht … nein, es ist wirklich kein leichter Fall, mein lieber Gianani«, verkündete er. »Das Gesetz ist da eindeutig: Ihr könnt Eure Schwägerin ohne päpstlichen Dispens nicht heiraten.«

Mit Baritonstimme verkündete Flores Gesetze, Regeln und Zusätze.

»Der Heilige Vater wird ihn mir nie geben«, murmelte Jacopo und senkte den Blick. »Er hasst meine Familie.«

»Verzweifelt nicht, ein wahrer Rechtsexperte könnte …«

»Ich bin zu allem bereit.«

»Ich verstehe … Es ist nicht schön zu sehen, wie die Mitgift Eurer Schwägerin verschwindet.«

»Ich will sie nicht deswegen heiraten!«, rief Jacopo empört aus.

»Dann also aus Liebe!«, Flores musste unwillkürlich lächeln. »Sicher, das ist ein Motiv, ein wichtiges, aber das Geld ebenfalls. Na, jetzt schaut mich nicht mit so finsterer Miene an, ich bin nicht so kalt, als dass ich Gefühle nicht verstünde, und auch nicht so alt, als dass ich vergessen hätte, wie sie das Blut erhitzen, aber glaubt mir, die Erfahrung hat mich gelehrt, auch die prosaischen Aspekte des Lebens nicht zu verachten. Ich habe eine lange Karriere hinter mir, Barone, und ich weiß, dass Geld der Liebe hilft und auch den bittersten Hass versüßen kann.«

»Geld?«

»Geld, Forint, Dukaten: die besten Anwälte der Welt!«

Jacopo schüttelte den Kopf. Man hatte ihm zugetragen, dass dieser Mann ein Intrigant war, und auch der Verdacht, dass er sich hinter dem Rücken des Pontifex bereicherte, machte seit Längerem die Runde.

»Vielleicht könnte ich mit diesen Anwälten ...«, Jacopo hob trostlos die Arme, »aber ich habe nicht viel davon.«

Er nahm ein Weinglas und leerte es. Bartolomeo runzelte nachdenklich die Stirn.

»Dann gibt es nur noch eine Lösung. Habt Ihr noch nicht daran gedacht, sie mit Gewalt zu nehmen? Nun tut doch nicht so entsetzt«, rief er aus, um Jacopos Protest aufzuhalten.

»Wenn Ihr sie liebt und es ihr nicht missfällt, könntet Ihr die Gewalt auch inszenieren, danach wäre eine Hochzeit unausweichlich, um die Ehre wiederherzustellen, auch wenn wir das Problem Eurer Verwandtschaft untersuchen müssen ...«

»Ich glaube, das kann ich nicht!«, sagte Jacopo, ohne sein Unbehagen zu verbergen.

»Lasst mir Zeit zum Nachdenken, Euer Fall birgt beträchtliche Schwierigkeiten, aber ich gebe nicht auf, wenn ich mich einer Sache annehme. Kümmert Ihr Euch inzwischen darum, das Geld zu besorgen, Ihr werdet viel brauchen«, schloss Flores und klopfte Gianani leicht auf die Schulter. Dann drehte er sich um, ging zurück zum Bankett und überließ Jacopo seinen trüben Gedanken.

Francisco nahm ein Weinglas und ging zu den Mönchen, die neben Gherardo standen. Der Kardinal schwitzte heftig und wischte sich das Gesicht mit einem Leintuch ab.

»Eminenz, Ihr habt Kardinal Roncaglini ja gut gekannt, was haltet Ihr von seinem tragischen Ende?«, fragte ihn der jüngere Mönch.

Gherardo schluckte den bitteren Kloß in seinem Hals hinunter.

»Ich … ich war nicht in Rom, ich bin gestern Abend zurückgekehrt. Ich habe es gerade erst erfahren und bin entsetzt.«

»Ein Unbekannter hat seinem Diener Drogen gegeben, um ins Haus zu kommen«, begann der andere Mönch.

»Er hat ihn erbarmungslos erdrosselt und alles gestohlen«, fuhr der andere fort. »Anscheinend hatte der Kardinal einen verborgenen Tresor in seinem Zimmer.«

»Ja, man hat ihn leer vorgefunden!«

»Wie hat der Dieb die Wachen getäuscht? Kardinal Uberto war nicht naiv und hatte viele Wachen in seinem Palazzo.«

»Der Diener ist wahrscheinlich ein Komplize. Man hat ihn sofort verhaftet«, bestätigte Francisco.

»Mein Gott, was für ein Undank! Uberto hat ihn wie einen Sohn aufgezogen!«, rief Gherardo aus.

Der junge Mönch nickte und fragte: »Wisst Ihr, ob Kardinal Uberto Feinde hatte?«

»Nein, nein … wer hätte ihn denn … hassen sollen?«

»Wenn der Raub das Ziel war, dann haben seine Feinde nichts damit zu tun«, schloss der Mönch.

Gherardos Gesicht wurde wächsern, und Schwindel ließ ihn taumeln. Francisco konnte ihn rechtzeitig stützen, sodass er nicht stürzte, und wies die beiden Mönche an: »Es reicht jetzt, ich bitte Euch. Dieses Thema verstört seine Eminenz. Wir befinden uns auf einem Hochzeitsbankett, wir sollten über anderes sprechen.«

Der Kardinal sah ihn dankbar an und setzte sich auf die Bank, die Francisco näher herangezogen hatte.

»Soll ich Euch Wasser bringen lassen, Eminenz?«, fragte Flores ihn.

Gherardo nickte und bemühte sich, die Fassung wiederzugewinnen und die Mönche zu beruhigen, die sich an Entschuldigungen überboten.

Während Francisco einen Diener suchte, läutete Burckard eine Glocke, um die Aufmerksamkeit aller zu erhalten.

»Signori! Hört!«

Alle Gäste blickten zum Zeremonienmeister, der neben der Braut stand und dem Procuratore, der den Bräutigam vertrat, der in Venedig geblieben war.

Francisco stellte ein Glas Wasser vor Gherardo, der einen tiefen Schluck nahm, feierliche Musik begleitete die Zeremonie.

Als die Braut sich anschickte, den Procuratore ihres Mannes zu küssen, forderte der Zeremonienmeister alle auf, ihre Gläser zu erheben.

»Bevor wir uns zu Tisch begeben, trinken wir auf die Brautleute und auf ihre glückliche Verbindung!«

Marradès näherte sich Gherardo zusammen mit einem Diener, der ein Tablett trug.

»Nehmt«, sagte er, wählte einen Weinkelch und reichte ihn ihm, »das ist besser als Wasser!«

»Das ist nicht meine Gewohnheit, aber …« Gherardo stieß an und machte gute Miene zum bösen Spiel.

»Auf, trinkt!«, forderte Marradès ihn bestimmt auf und nahm sich ebenfalls ein Glas. »Auf die Braut.«

»Auf eine glückliche und fruchtbare Verbindung«, verkündete der Zeremonienmeister, »unter dem wachsamen Blick Unseres gnädigen Herrn!«

Gherardo trank.

»Immer unter dem wachsamen Blick Unseres gnädigen Herrn!«, wiederholte Marradès laut, leerte sein Glas und lächelte dem Bargello Fusco zu, der ihm von Weitem zuprostete.

Auf der Allee, die zu den Stallungen seines Palazzo führte, ließ Jacopo die Zügel schleifen. Das Eisentor war geschlossen, aber auf einen Pfiff von ihm tauchte ein schläfriger Stallknecht auf und öffnete ihm.

Jacopo ging schwankend zum Innenhof, wo Bastiano auf ihn wartete.

»Komm Bastiano, trinken wir was zusammen, bevor wir zu Bett gehen«, grummelte er, als er, gefolgt vom Diener, ins Arbeitszimmer trat.

Er ging am immer noch brennenden Kamin vorbei und schaute auf den zerschlissenen Sessel, auf dem sein Vater seine letzten Tage verbracht hatte, von Trauer zerfressen. Es schien ihm, als sähe er den mageren Schatten des Alten, der sich aufs abgewetzte Kissen stützte.

Mit nervösen Händen öffnete Jacopo sein Wams und warf seine Handschuhe zu den Karten auf den Schreibtisch, während Bastiano ihn missmutig beobachtete.

Dann nahm er eine Flasche und zwei Becher aus einem Schränkchen, füllte sie mit Likör und stellte einen vor Bastiano. Er leerte seinen ohne Zögern und setzte sich lässig auf einen Sessel vor dem Kamin, dem leeren, auf den er sich nicht zu setzen traute, ging er aus dem Weg.

»Ihr habt schon genug getrunken«, sagte der Diener in väterlichem Tonfall.

»Um die Langeweile zu vertreiben! All diese alten Priester ...«

Jacopo lachte auf, füllte seinen Becher erneut und trank ihn leer.

»Und diese verdammten Rechnungen?« Er zeigte auf den Schreibtisch. »Jetzt muss ich sie überprüfen. Von meinen Brüdern kann ich keine Hilfe erwarten. Mario geht auf die Jagd ... nach Huren! Und zeugt Bastarde! Und Andrea? Kann man vergessen! Ich muss mich um die Familie kümmern, um die Nachfolge ...«

»Die Nachfolge ist gesichert«, warf Bastiano ein. »Es gibt den kleinen Ruggero.«

Jacopo sagte nichts dazu.

»Mein Leben ist leer ... wie das hier!«, sagte er und drehte den Zinnbecher zwischen den Fingern. »Ich würde mich gern um sie und das Kind kümmern.«

Im Rausch gesteht er eine Leidenschaft, die nicht erwidert wird und die nicht mehr geheim ist und ihm die Seele zerfrisst, dachte Bastiano.

»Ihre Familie hat uns noch nicht die Mitgift gezahlt, wenn ich sie heiraten würde, verlören wir sie nicht!«

»Würdet ihr es deswegen tun?«

»Ja ... nein! Nicht nur. Erinnerst du dich an den Tag ihrer Ankunft? Kaum hatte sich die Kutschentür geöffnet, hat sie mich einen Augenblick lang angesehen und gedacht, ich wäre ihr Bräutigam. Und ich habe ihr gefallen. In diesem Augenblick gehörte sie mir ...«

Er schleuderte den Becher in den Kamin. Die Flammen flackerten durch den Alkohol höher.

Bastiano legte ihm eine Hand auf die Schulter.

»Ihr müsst Geduld haben.«

»Ich bin auch nur ein Mensch!«, rief Jacopo und legte den Kopf in die Hände.

Bastiano nahm den Becher mit einer Zange aus dem Kamin und stellte ihn auf das marmorne Sims.

»Die Familie braucht Euch, Ihr könnt Euch nicht erlauben, krank zu werden«, sagt er schnell, um einer Antwort zuvorzukommen.

»Mit Eurer Erlaubnis ziehe ich mich zurück, und auch Ihr solltet Euch hinlegen.«

Jacopo machte eine Geste zum Abschied, sagte aber nichts, sondern starrte weiter auf die dünne Flamme des verlöschenden Feuers.

Dann stand er auf, nahm eine Kerze und verließ das Arbeitszimmer.

Der Korridor war lang und eng, seine Schritte unsicher, aber die Richtung eindeutig: zu ihr.

Er blieb vor Isabellas Schlafzimmer stehen und lehnte sich mit der Stirn an die Tür. In der Hand hielt er den Kerzenständer, er atmete schwer.

Er stieß sich brüsk von der Tür ab und ging zur Treppe, aber nach wenigen Schritten kehrte er wieder um, getrieben vom Wein und dem Begehren.

»Nehmt sie mit Gewalt, dann wird sie Eure sein ... Dispens.« Die Worte stachelten ihn an.

Er öffnete sanft die Tür, um keinen Lärm zu machen.

Das Zimmer war fast komplett dunkel. Jacopo erreichte das Bett und stellte den Kerzenständer auf den Nachttisch.

Isabella schlief zusammengekauert auf der Seite. Sie trug ein Nachthemd aus weißem Leinen und hatte die Zudecke verschoben, sodass ihre schlanken Beine frei lagen. Das Blut pochte Jacopo in den Schläfen, im Herzen, im Bauch. Er zog sein Hemd aus und setzte sich aufs Bett, neben sie, zögerte zunächst, sie anzufassen. Dann streichelte er entschieden über einen Oberschenkel.

Isabella setzte sich erschrocken kerzengerade auf. Sie wollte schreien, aber er legte ihr eine Hand auf den Mund.

»Nicht schreien, ich bin's!«

Er zog sie an sich und küsste sie brutal auf die Lippen. Isabella versuchte, sich herauszuwinden, aber Jacopo hielt sie fest.

»Du bist betrunken! Lass mich!«, schluchzte sie und schlug auf ihn ein, so gut sie konnte.

»Ja«, wisperte er ihr zu und hielt sie weiterhin fest. »Ja, ich habe getrunken, um den Mut zu fassen, hier einzutreten. Ich will dich, du wirst meine Frau ...«

Er steckte eine Hand unter ihr Nachthemd und wurde immer erregter.

»Morgen wirst du es bereuen!«, brüllte Isabella unter Tränen und wollte ihn wegdrücken.

Mit einer entschiedenen Geste zerriss Jacopo ihr Nachthemd, sodass sie nackt war.

Er bewunderte sie sprachlos im Licht der Kerze. Sie war dünner, als er gedacht hatte, aber die langen Oberschenkel und die kindliche Brust mit den braunen, spitzen Brustwarzen rührten ihn.

»Wie schön du bist«, flüsterte er, »schöner, als ich ...«

Isabella nutzte den Augenblick, in dem er abgelenkt war, und ohrfeigte ihn.

»Hau ab!«, schrie sie und bedeckte sich mit dem Laken.

Jacopo zog sich zurück, legte den Kopf in die Hände und stotterte keuchend: »Ich will dir nicht wehtun, ich ... liebe dich ...«

»Nein, das ist keine Liebe!«, schluchzte Isabella.

Jacopo wurde schlagartig blass. Die Euphorie, die ihn in diesem Zimmer überfallen hatte, war verschwunden. Im Nebel, der ihm die Gedanken verdüsterte, suchte er nach den richtigen Worten, um die Abscheu, die er in Isabellas Augen las, zu löschen, aber er fand sie nicht.

Sich selbst verfluchend taumelte er aus dem Schlafzimmer.

IX.

Das zerbrochene Kruzifix

Auf den letzten Treppenstufen, die in seinem Palazzo in den ersten Stock führten, musste Kardinal Gherardo sich auf Hans stützen. Eine plötzliche Schwäche machte es ihm fast unmöglich, die Beine zu bewegen. Er wollte sich so schnell wie möglich das purpurne Seidengewand ausziehen und die erstickende Wärme, die ihm den Atem nahm, loswerden. Sein Herz pochte so stark, dass er glaubte, sehen zu können, wie es, aufgedunsen und schlagend, plötzlich platzte. Er zwang sich, mit Hans zu sprechen, merkte jedoch, dass seine Stimme schleppend klang, als würden die Lippen aufeinanderkleben.

»Die schlechten Neuigkeiten sind mir auf den Magen geschlagen. Armer Uberto ... im eigenen Haus von ordinären Dieben ermordet zu werden!«

»Als ich es erfahren habe, war ich erschüttert.«

»Ich will sofort andere Wachen am Tor. Niemand darf hier eindringen!« Gherardo befahl es mit einem Gesicht, das vor Angst und der inneren Hölle, die ihn quälte, verstört war.

»Sehr wohl, Eminenz.«

Hans ging ihm voraus ins Schlafzimmer, das von einem Steinkamin geheizt wurde und an dessen Wänden Kreuze und heilige Bilder hingen. Das einfache Bett des Kardinals war schon für die Nacht bereitet. Gherardo ließ sich darauf fallen und vom Mönch auskleiden.

»Ich bin erschöpft«, murmelte er und hatte das Gefühl, die Decke würde sich drehen.

»Die Reise und der Verlust Eures Freundes zehren an Euch, Eminenz«, sagte Hans und zog ihm die Schuhe aus. »Aber ein ordentlicher Schlaf gibt Euch wieder Kraft.«

Gherardo schlüpfte mit der Hilfe von Hans in ein Nachthemd, beim Kontakt mit dem rauen Leinen schauderte er.

»Dieses Leben taugt nicht mehr für mich, ich will Rom für immer verlassen. Ich habe Durst, gieß mir ein Glas Wasser ein.«

Der Mönch nahm die Peitsche vom Nachttisch und goss aus einem Krug Wasser in ein Glas.

»Braucht Ihr noch etwas, Eminenz?«, fragte er fürsorglich.

»Nein. Leg noch etwas Holz in den Kamin und geh. Ich will schlafen.«

Hans warf ein Scheit in die Flammen, ließ den Kerzenständer auf dem Tisch stehen, ging hinaus und schloss nach einem letzten Blick auf den Kardinal die Tür.

Gherardo trocknete sich mit dem Laken den kalten Schweiß vom Gesicht ab.

Er spürte sein Blut langsam durch die Adern fließen, als würden Eisklumpen seinen Fluss aufhalten.

Er zog die Decke über den Kopf und die Knie an die Brust.

So zusammengekauert erinnerte er sich an seine Kindheit.

Auch an die Dunkelheit damals, die Kälte, die Angst und die strenge Stimme seiner Mutter, die ihn ausschimpfte.

Verwirrte Erinnerungen, vermischt mit Bildern des erdrosselten Uberto. Er sah das gierige Gesicht, die Hände gekrümmt wie Klauen, die boshaften Augen, die glänzten, während er ihn davon überzeugte, dass Borgia ein unwürdiger Papst war und seine krankhafte Zuneigung zu seinen Kindern bestraft werden muss.

Gherardo zitterte. Doch es war Gott, der Uberto mit einem unwürdigen Tod bestraft hatte … Instinktiv legte er die Hände an den Hals: Er hatte das Gefühl zu ersticken.

Er stand auf, nahm die Geißel und begann sich mit der wenigen Kraft, die ihm noch blieb, zu peitschen. Die letzten Wunden waren noch nicht verheilt und fingen unter den Schlägen erneut an zu bluten und befleckten das Hemd. Aber es reichten wenige Hiebe, dann hatte Gherardo keine Kraft mehr, um weiterzumachen.

Er fiel vom Würgereiz und von Schmerzen geschüttelt zu Boden. Mit Willenskraft schaffte er es, sich zu erheben, nahm einen Rosenkranz, der an einem Bild hing, und legte sich wieder aufs Bett. Er umklammerte das kleine Kreuz, das ihm so schwer vorkam, als hinge der lebendige Körper Christi daran.

»Ich muss weg aus dieser verdorbenen Stadt«, murmelte er. »Ich bin zu alt, um zwischen den Intrigen am päpstlichen Hof zu leben. Was geschieht mit mir?«, fragte er sich, als er merkte, dass er seine Finger nicht mehr bewegen konnte. »Ich muss jemanden rufen! Hilfe! Helft mir!«

Aber, hatte er wirklich gesprochen? Die Stimme blieb ihm im Hals stecken, und das Herz schlug immer langsamer.

Er erblickte einen Schatten mit zwei grünen, bedrohlichen Metallstücken anstelle von Augen, der sich durchs Zimmer bewegte.

Gherardo spannte die Arme an, um ihn zu ergreifen.

»Hilfe … helft mir, mir geht es schlecht …«

Der Schatten atmete kalt und keuchend, und aus seinen Pupillen trat dichter schwarzer Rauch.

In Gherardos Kopf dröhnten Schreie und Anrufungen, und er sah sich wieder feierlich in der schwarz-weißen Kutte, wie er zwei Frauen zum Scheiterhaufen verurteilte.

Abermals musste er würgen.

»Genug, genug! Herrgott, helft mir!«

Er versuchte erneut, sich auf einen Ellbogen zu stützen, aber er konnte das Gewicht seines Körpers nicht tragen und fiel mit einem dumpfen Ton aufs Bett.

Die beiden grünen Iriden kamen immer näher, durchdrangen den Rauch, der das ganze Zimmer erfüllte.

»Hilfe ... ich habe Durst ...«

Mit Mühe nahm er das Glas vom Nachttisch, brachte es an die Lippen und trank einen Schluck. Er schmeckte etwas wie Blut und spuckte die Flüssigkeit angeekelt aus. Sie lief ihm den Hals entlang, auf das Kissen, sein Magen entlud sich und beschmutzte das Bett.

Ein finsteres Gelächter traf seine Ohren: »Bereue, Gherardo!«

»Geh, verfluchte Hexe ... zurück in die Hölle ...« Das hätte er als Antwort schreien wollen, aber die Worte blieben ihm im Hals stecken.

»Jetzt kommst du mit mir in die Hölle«, schloss die Stimme des Schattens.

Das Kruzifix glitt Gherardo langsam aus der Hand, fiel zu Boden und zerbrach.

X.

Die liederliche Leinwand

In das übervolle Stadtviertel wehte eine nächtliche Brise das Echo von Stimmen, die sich im Labyrinth der dunklen Gassen verloren. Ein streunender Hund bellte, danach lief eine Katze durch die schlammigen Straßen, auf der Suche nach einem Unterschlupf.

Segundo blieb nahe einer antiken Säule stehen und stellte die Laterne auf dem Boden ab.

Ein unbezwingbarer und verheerender Impuls hatte ihn überkommen wie eine Welle. Ein Ruf, der stärker war als die Angst und als die Vernunft, eine Pflicht, die sofort erledigt werden musste, um weiter ehrenvoll leben zu können.

Die Vernunft hatte den Kampf gegen den Instinkt verloren, und jetzt lenkte der Geruch von Blut seine Entscheidungen.

Schlagartig spürte er seine Einsamkeit und das eingegangene Wagnis. Seine Handlungen erschienen ihm schrecklich, und für einen Augenblick spürte er die brennenden Konsequenzen auf der Haut.

Dann kamen Erinnerungen auf, durch die Zeit getrübt. Segundo ließ sich von ihnen überschwemmen, bis sie mit ihrer Glut Reue und Angst einäscherten.

Er hob die Laterne auf und ging weiter die Straße entlang,

in den Umhang eingehüllt und hinkend, wie er es gelernt hatte.

Pfeifend ging er an einer Wache vorbei, die an die Mauer des großen Palazzo gelehnt schlief, und betrat eine Gasse.

Als er am Laden ankam, klopfte er an die Tür und wartete, bis sich an einem Fenster im ersten Stock Mastro Simone zeigte.

»Wer ist da?«, fragte der Maler. Segundo hob die Laterne an.

»Ach, Ihr seid es!«, rief Simone aus, als er ihn erkannte. »Wie – um diese Zeit?«

»Ich muss Euch sprechen«, antwortete Segundo mit kehliger Stimme.

»Ist gut, ich komme runter.«

Der Riegel schnappte zurück, und die Tür öffnete sich. Segundo betrat vorsichtig den Laden, während Mastro Simone mit der Kerze einen Doppelleuchter anzündete, der auf einem Tisch stand.

»Was habt Ihr so Dringendes für mich?«, fragte der Maler und langte nach Karaffe und Glaskelchen.

Segundo setzte sich auf einen Stuhl, hielt den linken Arm nah am Körper und den Umhang fest an sich gedrückt.

»Ich habe noch eins«, sagte er zum Maler, der sich leicht ausgestreckt vor ihm auf den Stuhl gesetzt hatte, die Füße übereinandergeschlagen.

»Noch eins?«, fragte Simone gähnend und goss Wein in die Gläser. »Trinken wir, mit trockenem Mund kommt man zu nichts.«

Segundo lehnte den Wein ab und antwortete: »Ein Gemälde, das Kardinal Calvi gefallen wird.«

Mastro Simone zeigte sich sofort interessiert.

»Ah, gut!«

»Er wird es sicher kaufen. Besser, Ihr lasst Euch diese Gelegenheit nicht entgehen, ich weiß nicht, ob noch so eine kommen wird.«

»Zeigt es mir«, bat Simone neugierig.

»Nein. Ich übergebe es nur dem Kardinal persönlich, in seine Hände.«

Simone war enttäuscht. »Wie kann ich dem Kardinal das Bild vorschlagen, ohne es gesehen zu haben? Sagt mir wenigstens, wer der Maler ist, was das Motiv ist.«

»Auch das kommt aus dem Atelier von Pinturicchio. Es ist ein Akt, der Apollo darstellt, mit den Gesichtszügen von Juan Borgia.«

»Woher habt Ihr es?«

Segundo antwortete nicht, er blieb reglos, sah dem Maler fest in die Augen.

»Keine Fragen, mein Freund, das habe ich Euch schon letztes Mal gesagt«, sagte er schließlich. »Wir teilen uns den Gewinn, ja, Ihr kassiert das Geld des Kardinals …«, er hielt inne, sah, dass sich der Blick von Mastro Simone erhellt hatte, »aber dieses Mal will ich ihm das Gemälde übergeben, allein.«

»Also traut Ihr mir nicht!«

»Ich vertraue nur mir selbst. Ich habe das Bild, und Ihr solltet mir dankbar sein, denn wenn etwas schiefläuft, bekommt Ihr keine Schwierigkeiten.«

»Ja, ja«, kürzte Simone ab, »wir machen es, wie Ihr wollt.«

»Der Kardinal kann den Ort nach seiner Vorliebe auswählen, unter der Bedingung, dass es keine Zeugen gibt und dass wir uns nachts treffen. Ich übergebe das Bild nur an ihn selbst. Legt den Preis fest, aber denkt daran, dass ich mich in dieser Angelegenheit weit aus dem Fenster lehne.«

Simone schwieg einen Augenblick, dann schlug er eine Summe vor, die Segundo annahm.

»Ich gebe dem Kardinal morgen früh Bescheid«, sagte der Maler. »Aber wie kann ich Euch seine Antwort mitteilen?«

»Ich erwarte Euch zur zehnten Stunde in der Kirche San Girolamo.«

»Welche Vorsicht!«

»Hört, mein Freund, ich finde auch einen anderen, wenn es Euch nicht gefällt. Ihr kassiert nur, während ich meine Haut riskiere.« Segundo richtete seine Kapuze, Simone musterte ihn aufmerksam. »Was gibt's da zu sehen? Ich trage die, weil ich krank bin und meine Wunden nicht schön anzusehen sind«, zischte er und zeigte auf die Maske.

Der Maler wich zurück und verbarg seine Abscheu.

»Nein, nein, ich meinte ja nur … in Ordnung, abgemacht!«, schloss er und trank noch einen Schluck. Er stand auf, nahm den Doppelleuchter und wollte den Händler zum Ausgang begleiten, stolperte jedoch über ein Gefäß auf dem Boden. Er fiel auf eine Bank voller Zeichnungen, verfluchte seine unfähigen Gesellen und hob eine Faust gegen den unordentlichen Tisch.

Segundos Blick fiel auf die Zeichnungen, die Isabella zeigten und die immer noch so verstreut dalagen, wie Andrea sie vor ein paar Tagen zurückgelassen hatte.

»Wer ist diese Frau?«, fragte er.

»Die Baronin Gianani. Ihr Schwager Andrea malt gerade ein Familienporträt, und das sind die vorbereitenden Skizzen. Als Porträtist ist er geschickt … Was dagegen die Linienführung angeht, tja, aber sein Mäzen glaubt an ihn.«

Segundo nahm ein Blatt in die Hand und hielt es an den Kerzenständer, um die Zeichnung interessiert zu betrachten.

»Sein Mäzen?«

»Kardinal Calvi. In der Stadt wird gemunkelt, dass die beiden …« Simone machte eine obszöne Geste, die Segundo nicht kommentierte, dann ging er zur Tür.

»Dann bis morgen«, sagte der Maler und schloss die Tür hinter dem Hehler.

Als Erstes kam die Bahre, einfach und ohne Schmuck, von Dominikanern getragen, hinter dem Sarg folgten die Aristokraten, die Prälaten und die Gläubigen.

Klatsch und Tratsch wurde in den Kirchenschiffen geflüstert. Keine Musik begleitete den letzten Gruß an Gherardo Ravelli, ganz wie in seinem Testament festgelegt.

Lorenzo Calvi antwortete seinem Nebenmann, einem alten Bischof, einsilbig und sah mit einem kaum angespannten Gesicht vor sich.

Nach Uberto jetzt auch Gherardo. Der alte Geizkragen hatte das Ende, das ihn erwischt hatte, verdient, und der Säufer, der jetzt in diesem Sarg lag, hatte sich mit seiner Gefräßigkeit selbst umgebracht. Er hatte gesehen, wie er sich beim Hochzeitsbankett der Nichte maßlos vollgestopft hatte.

Er gehörte nicht zu den Schmeichlern des Katalanen, aber Borgia war sich seines Desinteresses an der Politik und den Mauscheleien am päpstlichen Hof bewusst und ließ ihn in Frieden.

Doch er musste die Wachen an seinem Palazzo verdoppeln und mit einer Eskorte ausgewählter Männer ausgehen, um das Risiko zu mindern. Bis vor Kurzem hatte sich Bernardo um seine Sicherheit gekümmert, ein fähiger und skrupelloser Mann. Dieser Sturkopf wusste jedoch zu viel und stellte unmögliche Forderungen, erpresste ihn.

Jetzt lag er mit seinen Geheimnissen in einer Grube.

Um sich abzulenken, sah Lorenzo sich um und erblickte Johannes Burckard zu seiner Rechten. Der betroffene Gesichtsausdruck des Zeremonienmeisters weckte ein sarkastisches Lächeln, das er rasch hinter einem Spitzentaschentuch verbarg. Armer Burckard! Er erträumte sich zusammen mit Gherardo eine strenge und dogmatische Kirche und suchte im Wein nach Inspiration! Wenn der Papst den Tod von Gherardo gewollt hatte, hätte Johannes es dann gewusst? Nein, unwahrscheinlich. Borgia zog seine eigenen Spione und Spitzel vor, und Burckard konnte er höchstens mit der Auswahl der Kleider und der Leitung der Zeremonien betrauen.

Lorenzo wischte sich die schweißnasse Stirn ab. Die stehende Luft in der Kirche und der Geruch des Weihrauchs ekelten ihn an und verfinsterten seine Laune. Er blickte sich um und sah in die Fuchsaugen von Ascanio Sforza. Er gehörte nicht mehr zu den Lieblingen des Papstes, aber er hatte nichts zu befürchten, die Macht und das Geld seines Bruders Ludovico il Moro beschützten ihn. Sforza wandte den Blick ab und senkte den Kopf, auf dem ein großer scharlachroter Hut saß, um den geflüsterten Worten seines Nebenmannes, Giovanni Marradès, zu lauschen. Wer weiß, was er Ascanio zuflüsterte? Dieser Intrigant verführte viele … Ein schöner Mann, zweifellos, so viril …

Lorenzo seufzte ungeduldig. Er spürte die Angst der anderen Prälaten, wie sie sich umsahen, ohne Hochmut, stattdessen unruhig. Ihre Angst war begründet: In diesen Tagen waren auch der Bischof von Nicastro und der von Segovia gestorben. Sie waren alt, und Alte starben, aber …

Nervös richtete sich Lorenzo auf. Er hasste es, Zeit mit düsteren Gedanken zu verschwenden. Er beschloss, sich auf die antike Ikone der Madonna del Popolo zu konzentrieren.

Nach dem langsamen und dunklen Weg hinter der Bahre tat das Tageslicht in den Augen weh. Lorenzo stieg die Treppe hinab, die Eskorte neben sich. Er ging allen lästigen Gesprächen aus dem Weg und kam bei seiner Kutsche an, die am anderen Ende der Piazza auf ihn wartete. Er wollte gerade einsteigen, als er einen kräftigen und etwas verlotterten Mann auf sich zulaufen sah. Er hielt inne und bedeutete seinen Männern, ihn näher kommen zu lassen.

»Eminenz«, begrüßte Mastro Simone ihn, nahm den Hut ab und verbeugte sich. »Ich komme von Eurem Palazzo. Eure Diener haben mich hierhergeschickt.«

»Weswegen?«, fragte der Kardinal, stieg in die Kutsche und bat ihn hinein.

Simone setzte sich unbeholfen ihm gegenüber.

»Ich habe gehört, es ist noch ein Kardinal gestorben«, sagte er und zeigte auf die Kirche.

»Ja, er war alt und sehr krank.«

»Einer wird vorgestern von einem Dieb ermordet ...«, fuhr Simone fort, aber Lorenzo unterbrach ihn mit einer verärgerten Geste.

»Seid Ihr hier, um mit mir über Tote zu sprechen?«

»Nein, nein, verzeiht, Eminenz. Ich habe eine Nachricht für Euch. Erinnert Ihr Euch an diesen hinkenden Händler, der Euch ein Porträt von Don Juan Borgia besorgt hat? Er trägt eine Maske, weil er voller Wunden ist ...«

Lorenzo nickte misslaunig, er verbarg sein Interesse.

»Der Hinkende will Euch noch ein Gemälde anbieten.«

»Ist es von Wert?«

»Ja, sicher, auch dieses stammt aus der Werkstatt von Pinturicchio.«

»Das andere Porträt war großartig, ich schaue mir also auch dieses an. Habt Ihr es?«

»Nein, Eminenz, der Händler sagt, dass ...«, Simone senkte die Stimme, »er es unter Schwierigkeiten erhalten hat und es nicht in Umlauf bringen möchte. Er wird es nur Euch zeigen.«

»Welches Motiv?«

»Ein Akt des Gottes Apollo mit den Zügen von Don Juan.«

Lorenzo schloss die Augen und seufzte unwillkürlich auf. Juan hatte nackt einem Künstler Modell gestanden? Er hätte einiges gegeben, um ihn zu bewundern!

»Ich will es so schnell wie möglich sehen.«

»Der Händler wünscht sich bloß, dass das Treffen nachts stattfindet, zur Vorsicht ...«

»Heute Nacht, zur sechzehnten Stunde in meiner Galerie.«

Simone bemühte sich, seine Zufriedenheit nicht zu zeigen: Das Geschäft würde gut laufen.

»Ich werde es ihm sagen, Eminenz.«

»Gibt es noch etwas?«

Mastro Simone zögerte, unsicher, ob er es ansprechen sollte.

»Eminenz, Messer Gianani ... vor Kurzem war er in meinem Laden und hat mir vorgeworfen, ihn wegen seines Talents zu belügen.«

»Aha, ich verstehe. Das war nach dem Besuch bei Michelangelo.«

»Ja, er hat mir mit Begeisterung davon erzählt. Er sagte, dass die Fähigkeiten dieses Künstlers auch Euch überzeugt hätten.«

Lorenzo verzog die Lippen zu einem ironischen Lächeln und antwortete: »Ich kann mir seinen Kummer vorstellen. Bemüht Euch, ihn zu ermutigen und ihm so viel wie möglich beizubringen.«

»Nun, Eminenz, genau das versuche ich.«

»Jetzt steigt aus.«

Lorenzo klopfte an die Kutschentür.

»Meine Empfehlung, Eminenz«, verabschiedete Simone

sich mit einer Verbeugung, als Lorenzo erneut dem Kutscher klopfte, damit er weiterfuhr.

Allein in der Kutsche ließ der Kardinal seiner Fantasie freien Lauf: Die Bilder des jungen Katalanen zu sammeln würde die Herausforderung seiner Zukunft sein. Wenn er alle besäße, würde Juan ganz ihm gehören.

Und ihn nackt sehen zu können wäre, wie ihn wieder lebend zu sehen …

XI.

Im Alkoven der Kurtisane

Duftkerzen, die nach Orangenblüten rochen, und Weihrauch in Bronzeschalen sorgten für Licht und einladende Düfte im Zimmer von Doralice. Vor den Fenstern waren bestickte und mit Türkisen und Topasen verzierte Vorhänge zugezogen, bunte Seidenkissen lagen auf den türkischen Teppichen am Boden.

Aus dem Orient bezog die Kurtisane die Finessen, die ihrem Beruf dienlich waren, wie das große, mit erotischen Szenen bemalte Ebenholzbett, das der Geliebten eines chinesischen Kaisers gehört hatte.

Mario Gianani streichelte ihre blonden Haare.

Die reichsten Männer Roms stritten sich um ihre Gunst, und viele andere Kurtisanen imitierten ihren Stil, aber es hieß, dass niemand so war wie sie.

»Du überraschst mich jedes Mal«, meinte er voller Bewunderung.

»Das sagst du so, aber du vernachlässigst mich. Dabei weißt du doch, dass ich eine Schwäche für dich habe«, antwortete die Frau und stand auf, um eine Flasche von einem Tisch zu holen.

Mario betrachtete sie zufrieden und streckte sich auf dem Bett aus. Er legte den Kopf auf die verschränkten Arme und schloss die Augen, während Doralice ihm die braune Haut mit einer aromatischen Creme massierte.

»Dieses Teufelszeug riecht genau wie du, am Ende nehme ich dich noch mal …«

Mario wollte aufstehen, aber die Kurtisane hielt ihn auf.

»Zuerst will ich dich noch ein bisschen verwöhnen. Ich habe dich seit Monaten nicht mehr gesehen!«

»Seit dem Tod des Alten hält mein Bruder den Geldbeutel geschlossen, du bist jetzt eine Kostbarkeit für mich.«

Doralice verpasste ihm lachend einen leichten Schlag.

»Ich sag's dir noch mal, du bist nicht wie die anderen. Du kannst kommen, wann du willst, du bist immer willkommen.«

»In diesen Monaten hatte ich nur Kummer und Sorgen«, fuhr Mario fort, »hätte ich nicht die Jagd …«

»Die Jagd, die Jagd«, lachte Doralice, beendete die Massage und reichte ihm Granatapfelsaft. »Du hattest aber auch genug zu tun. Ich weiß, dass du bei Esperia warst, bei Fiammetta, bei …« Mario beendete die Auflistung der römischen Kurtisanen mit einem Finger auf ihrem Mund.

»Die sind bloß Aushilfen für einen Mann mit leeren Taschen!«

Doralice schüttelte den Kopf, näherte sich Marios Gesicht und säuselte: »Und du bist ein Mann bis in die Haarwurzeln, nicht wie …« Sie hielt inne, ihr Gesicht verschattete sich.

»Wie wer?«

Doralice zeigte auf einen Wandteppich, der vor dem Bett an der Wand hing.

»Siehst du den? Er ist sehr wertvoll. Ich erzähle dir, wie ich ihn bekommen habe.«

»Und wieso ausgerechnet mir? Du sprichst nie von deiner anderen Kundschaft.«

»Hör mir zu, dann verstehst du. Vor ein paar Monaten habe ich ein intimes Fest vorbereitet für Kardinal Calvi ...«

Mario verzog das Gesicht.

»Ich dachte, dieses Schwein habe einen anderen Geschmack!«

»Er ist tatsächlich nicht meinetwegen gekommen«, fuhr Doralice fort und wollte ihn mit einer Geste beruhigen, »sondern wegen Juan Borgia, dem Ehrengast. Der Kardinal war verrückt nach ihm.«

Marios Herz schlug schneller.

»Hat er es dir anvertraut?«

»Nein, aber das war offensichtlich ...«

Im Geiste sah Mario Ippolitos Leiche ausgestreckt unter der Kastanie neben der verstummten Familie vor sich.

»Und Juan ist hierhergekommen?«

»Ja, und an diesem Abend war er ruhiger als sonst«, sprach Doralice weiter. »Er trank, scherzte mit den Mädchen, aber ohne zu übertreiben. Gegen Ende der Nacht, als die anderen Gäste vom Wein berauscht waren, hat Lorenzo sich mit ihm zurückgezogen. Nur ich habe es bemerkt. Ich weiß nicht, was dort geschehen ist ...« Doralice deutete auf eine Tür, die zu einem kleinen Salon führte. »Ich weiß, dass der Kardinal als Erster herauskam. Ich tat so, als würde ich schlafen, deswegen habe ich gesehen, dass er einen merkwürdigen Gesichtsausdruck hatte, als er ging. Juan dagegen war im Alkoven eingeschlafen. Später hat ihn der Mann, der ihn immer begleitete, auf den Schultern weggetragen.«

Vor Marios geistigem Auge wurde das Bild von Juan von dem von Andrea in den Armen des Kardinals überlagert.

»Willst du damit sagen, dass Juan und Lorenzo ...«

»Ich habe nichts gesehen oder gehört, aber was denkst du? Sie waren lange genug dort, um ...«

»Und dann?«

»Am nächsten Morgen hat Calvi mir diesen Wandteppich geschickt, mit einem Dankesbrief, und sich entschuldigt, weil er sich nicht von mir verabschiedet hat. Dieser Mann hat Klasse, aber er gefällt mir nicht, er ist verdorben.«

Mario packte Doralice an den Schultern, sodass sie ihm in die Augen sehen musste.

»Warum erzählst du das ausgerechnet mir?«

»Ich habe nie mit jemandem darüber gesprochen, ich kann Geheimnisse für mich behalten, aber ...«

»Aber?«

»Es ist nicht leicht, es dir zu sagen«, begann die Frau erneut, »weil eine Frau wie ich keine Gefühle haben sollte, doch ich mag dich, nicht wie einen Kunden, meine ich.«

Mario ignorierte ihre Nervosität und forderte sie mit einem Blick auf weiterzusprechen.

»Ich weiß, wie sehr Borgia deine Familie verletzt hat«, fuhr Doralice fast gerührt fort. »Und es ist kein Geheimnis, dass Lorenzo sich jetzt mit deinem Bruder trifft. Calvi war vielleicht der Liebhaber eures Feindes, und ich wollte, dass du das weißt.«

Mario stand abrupt auf und trat einen Tisch um, sodass die Flaschen darauf zu Boden fielen.

»Pass auf, was du sagst! Andrea ist nicht das, was du denkst!«, rief er mit hochrotem Gesicht aus.

»Dein Bruder war noch nie hier«, sagte Doralice leicht gekränkt, »und der Kardinal hat etwas Perverses. Ich kenne die Männer. An Calvi hängt der Geruch des Todes ...«

Marios Blick wurde trüb. Er setzte sich wieder hin und legte den Kopf in die Hände.

»Ich habe versucht, es Andrea zu erklären, aber er hört nicht auf mich.«

»Sag niemandem, dass ich es dir erzählt habe!«

»Ich hätte den Sohn des Papstes gern umgebracht«, sagte Mario vor sich hin und schaute auf seine Hände. »Hiermit!«

Er stand auf und küsste die Kurtisane auf den Mund.

»Ich muss gehen.«

Eilig zog er sich an und steckte eine Hand in das Wams, um Geld herauszunehmen.

»Nein! Du musst mich nicht bezahlen.« Doralice senkte den Blick. »Heute Abend warst du bei ... einer Freundin.«

Der Hufschmied lief hinter Bastiano in den Stall.

»Verdammt!«, rief er aufgeregt. »Das ist doch nicht das erste Fohlen, dem du auf die Welt hilfst, Bastiano! Du hast mich ganz schön gehetzt!«

Andrea saß auf dem Boden neben dem Kopf des Pferdes und sah es besorgt an.

»Ich habe ihn angewiesen, schnell zu machen. Urbina ist etwas Besonderes für mich, ich will, dass sie jegliche Hilfe bekommt.«

Der Hufschmied kniete sich neben die Stute, die auf dem Stroh lag, und schaute ihr ins Maul.

»Wann hat sie sich hingelegt?«

»Vor ungefähr einer Stunde«, sagte Bastiano. »Ich habe heute Morgen ihre Zitzen kontrolliert, und es war noch kein Harz zu sehen ...«

»Aber jetzt gibt sie schon Milch!«, meckerte der Hufschmied und band sich eine Lederschürze um.

»Sie mögen die Nacht«, sagte Andrea und streichelte die Stute. »Sie wählen die ruhigen Stunden, um Leben zu schenken.«

Urbina wieherte leise. Aus ihrer Vulva kam ein Schwall Wasser.

»Sie verliert Wasser. Jetzt dauert's nicht mehr lange«, verkündete der Hufschmied.

Bastiano beeilte sich, das nasse Stroh gegen trockenes auszutauschen.

»Alles wird gut gehen, Urbina«, flüsterte Andrea ihr ins Ohr. Er liebte diese Stute, die ihm wilde Ritte über Land beschert hatte.

»Hoffen wir's!«, rief der Hufschmied aus. »Vor Kurzem habe ich eine Nacht bei Baron Savelli durchgemacht. Ein verrücktes Vieh war das, ich habe genau hier einen Tritt abbekommen.« Er zeigte auf die Nieren. »Es tut beim Gehen immer noch weh! Und das Neugeborene war genauso verrückt wie seine Mutter.«

»Urbina ist ruhig, Ihr werdet sehen! Lass etwas zu trinken bringen, Bastiano«, befahl Andrea, »wir stoßen bald auf ein neues Fohlen an.«

Bastiano schickte einen Diener in den Keller und kehrte zur Stute zurück.

»Die Tiere sind besser als wir«, sagte der Hufschmied nachdenklich und verjagte eine Mücke vom Pferdekopf.

»In der Nacht bei Baron Savelli, während die Stute niederkam, lag auch eine Nichte des Barons in den Wehen. Ich habe bis in den Stall gehört, wie die Frau ihren Mann verflucht hat … und Geschrei, Schimpfworte, Geheul!«

»Tiere ertragen Schmerzen, ohne die Würde zu verlieren«, stimmte Andrea zu. »Nicht wie die Menschen.«

»Na, Ihr habt gut reden«, kommentierte der Hufschmied.

Urbina presste erneut und stöhnte leise, während die anderen Pferde nervös wieherten.

»Es ist so weit«, rief Bastiano, »die Hufe kommen!«

»Aber die falschen! Das Fohlen liegt verkehrt!«, fluchte der Hufschmied und machte sich bereit einzugreifen.

»Zum Glück seid Ihr hier«, stieß Andrea hervor.

»Los, los, das ist nicht das erste Mal, nur Mut, drehen wir es um! Bastiano, hilf mir, und Ihr, tretet beiseite, wenn Ihr Euch nicht schmutzig machen wollt.«

Mit geübtem Griff steckte der Hufschmied die Arme in den Uterus der Stute, und mit Bastianos Hilfe vollführte er die nötigen Manöver.

»Arme Urbina«, sagte Andrea und rückte weg.

»Ich Armer!«, knurrte der Hufschmied. »Dieses Fohlen bringt mich ins Schwitzen.«

»Na los, Urbina! Du hast es fast geschafft!«, rief Andrea.

Schließlich war die Fruchthülle draußen, und das Fohlen befreite sich mithilfe seiner Mutter davon.

»Es ist eine Stute«, stellte Bastiano fest.

»Lass dich mal ansehen, Kleine«, sagte Andrea bewegt.

»Du hast einen Fleck auf den Nüstern, der wie eine Blume aussieht. Ich werde dich Flora nennen.«

Das Hufgetrappel eines ankommenden Pferdes legte sich über seine Worte. Mario platzte praktisch im Galopp in den Stall, gefolgt von einem atemlosen Pagen. Seine Stimme klang zornig.

»Andrea! Ich muss mit dir sprechen, komm mit.«

Er stieg vom Pferd, nahm eine Laterne von der Wand und ging zum Innenhof, ohne auf irgendwen zu achten.

Andrea folgte ihm empört, bemühte sich aber, ruhig zu bleiben. Als sie weit genug von den Ställen entfernt waren, blieb Mario stehen, stellte die Laterne ab und packte ihn an den Schultern.

»Ist dir unsere Ehre wichtig?«

»Du bist hierhergeeilt, um mir diese Frage zu stellen? Hast du nicht gesehen, dass Urbina ein ...«

»Antworte mir, verflucht!«, verlangte Mario mit feurigem Blick. »Wenn dir das nicht reicht, dann hör zu, was ich sonst noch gehört habe ...«

»Noch mehr?«, unterbrach ihn Andrea verärgert.

»Es geht um dich, Herrgott!«, brüllte Mario und ließ seinen Zorn heraus. »Nicht um die schönen Künste! Weißt du, dass dein Kardinal mit Juan Borgia ins Bett ging? Und jetzt, da er ermordet wurde, will er es genauso mit dir tun, wenn es nicht schon passiert ist! Du bist der Typ, der diesem Schwein gefällt! Schau dich an, du bist so groß wie Juan, du bist hübsch, du gleichst ihm sogar. Ist dir das nie aufgefallen?«

Andrea sah ihn erschüttert an.

»Verstehst du, armer Naivling?«, fuhr Mario fort. »Calvi amüsierte sich mit dem, der unseren Bruder hat umbringen lassen, der unseren Vater in den Tod getrieben hat, der uns alles genommen hat, und du nennst ihn deinen Freund!«

»Woher weißt du das?«

»Es ist uns nur noch die Ehre geblieben, und du besudelst sie!«, brüllte Mario weiter. »Verschwinde, weit weg, damit ich dieses Widerwärtige nicht mehr sehen muss ...« Marios Stimme brach vor Wut. »Ich habe mich sogar vor der Hure geschämt, die es mir erzählt hat, begreifst du das?«

»Eine Hure! Und du glaubst ihr?«, sagte Andrea höhnisch.

Doch dann traf ihn die Erinnerung an das Porträt von Juan in Lorenzos Galerie wie ein Dolchhieb, und er dachte an den verträumten Blick von Lorenzo, als er bei Michelangelo die Skulptur in Auftrag gab, die von Juans Tod inspiriert war. Mario hatte recht.

»Sie waren Liebhaber«, wisperte er vor sich hin.

»Nenn sie, wie du willst, aber das hier hat nichts mit Liebe zu tun! Nur mit Laster!«

»Aber Juan war nicht wie er ...«

»Vielleicht nicht, aber Calvi wird ihn eingewickelt haben, wie er es jetzt bei dir tut.«

Andrea packte Mario am Wams.

»Er hat nichts mit mir gemacht, verstanden? Er hat mich noch nie berührt! Weder er noch deine Dirnen!«

Mario befreite sich aus dem Griff seines Bruders und schrie ihn an: »Du bist nur Geist, stimmt's? Du hast Angst, schmutzig zu werden, wenn man dich anfasst! Es ist nicht normal, so zu sein wie du! Bist du ein Mann oder ein Heiliger? Du bist ein Fleck auf unserer Ehre!« Die letzten Worte sagte er niedergeschlagen. Er setzte sich auf einen Baumstumpf und legte den Kopf in die Hände. »Warum bist du so?«

»Ich weiß es nicht«, erwiderte Andrea ebenfalls betrübt.

Diese Frage stellte er sich selbst, einmal, hundertmal, tausendmal pro Tag. »Ich weiß es nicht.«

»Würde der Alte noch leben, wie sehr würde es ihm wehtun, dich das sagen zu hören«, entgegnete Mario.

Andrea antwortete nicht, er sah seinen Bruder noch einen Augenblick lang an, dann lief er weg.

In seinem Zimmer schloss er die Tür hinter sich und lehnte sich keuchend dagegen.

Lorenzo und Juan! Der einzige Freund, den er zu haben glaubte, hatte ihm eine solche Tatsache verborgen! Deswegen war er nach Juans Tod so verzweifelt, deswegen sammelte er jetzt seine Porträts …

Er dachte daran, wie oft Lorenzo ihn wie zufällig berührt hatte, wie er ihn umarmte … Benahm er sich so, weil er mit ihm Juan ersetzen wollte?

Sein Blick fiel auf einen Spiegel, der am Schreibtisch lehnte.

Er hatte seiner Mutter gehört, ein seltenes Stück, Zeuge ihres früheren Reichtums.

Er nahm ihn und sah sich an. Er und Juan Borgia. Mario hatte gesagt, sie würden sich ähnlich sehen.

Die Abscheu verursachte ihm Brechreiz. Er hasste Juan Borgia, und jetzt hasste er auch sich selbst.

Er warf den Spiegel zu Boden. Er betrachtete die unzähligen Scherben: Es waren die Überreste seiner Illusionen.

Er nahm eine Satteltasche und stopfte einige Kleidungsstücke hinein. Er würde aufs Land reisen, weit weg von allen.

Er konnte nicht mehr mit seinen Brüdern leben und täglich ihrer Verachtung gegenübertreten.

Die Wunden der Kindheit öffneten sich erneut und mit ihnen das unangenehme Gefühl, anders zu sein und nicht in diese Welt zu passen.

Er eilte wieder in den Stall, wo Bastiano und der Hufschmied immer noch mit der Stute beschäftigt waren. Urbina war wieder auf den Beinen und leckte Flora liebevoll, aber Andrea ignorierte sie.

»Es ist alles in Ordnung«, sagte Bastiano, als er ihn eintreten sah. »Die Plazenta ist herausgekommen … aber … Geht's Euch gut?«

»Sattle mir den Grauen«, befahl Andrea und reichte ihm die Satteltasche. »Ich reite nach Volpaia.«

»Zu dieser Stunde?«

»Tu, was ich dir sage!«

Bastiano wandte sich dem Grauen zu, um der Anweisung Folge zu leisten, und half Andrea dann beim Aufsteigen. Er folgte ihm schweigend bis zum Tor, das er widerwillig öffnete.

»Lasst mich Euch wenigstens begleiten«, schlug Bastiano zögernd vor.

»Nein! Ich will allein sein. Lass mich in Frieden.«

Bastiano wollte noch einmal mit ihm sprechen, aber Andrea war unter einem verhangenen Mond bereits davongaloppiert.

XII.

Die blutige Leinwand

Erlesene Gerichte und ausgesuchte Weine: Die Abendessen bei Lorenzo Calvi waren legendär. Ungefähr zehn Gäste saßen an der langen, mit einem goldenen Tuch bedeckten Tafel, auf der Kristallkelche standen, bemaltes Geschirr und außergewöhnliche Blumenarrangements.

In einer Ecke des Saals begleitete ein Trio die Tischgespräche mit einer rhythmischen Melodie, und ein jugendlicher Tänzer folgte ihr mit geübten Bewegungen.

Lorenzo beobachtete seine Gäste distanziert. Alte Bekannte aus dem römischen Adel, sie hatten nichts Interessantes, weder als Personen noch in ihren Gesprächen.

»Diese Diener übertreiben es!«, rief eine üppige Marquise aus und legte die Reste eines Fasanenbratens mit Orangen auf den Teller. Dann wusch sie ihre Finger in einer Schüssel mit Rosenwasser. »Sie haben zu viel Freiheit!«

»Seid Ihr sicher, dass der Diener den Mörder von Kardinal Roncaglini hineingelassen hat?«, fragte ein Gast neugierig.

»Absolut sicher!«

»Ihr wisst doch, lieber Freund, wie viel die Frauen reden«, warf der Ehemann der Marquise ein. »Sie haben immer frische und sichere Neuigkeiten wie ein tagesfrisches Ei!«

Die Gäste lachten laut los.

»Dieser Ruchlose behauptet, unter Drogen gesetzt worden zu sein«, fuhr die Adelige fort, ohne sich um die Unterbrechung zu scheren. »Aber er lügt! Er hat alles zusammen mit einem Soldaten geplant.«

»Unmöglich«, bemerkte ein anderer Gast. »Ein Mann des Bargello hat mir versichert, dass der Diener ohnmächtig im Keller gefunden wurde.«

»Ein gut organisierter Betrug«, beharrte die Marquise.

»Wenn er mit dem anderen unter einer Decke stecken würde, dann wäre er nach dem Raub doch mit ihm geflohen, nicht wahr?«

Lorenzo blickte von einem Gast zum anderen und lauschte schweigend ihren Vermutungen.

»Und Kardinal Ravelli? Er hatte schon vor gut einem Jahr einen Schlaganfall und hat weiter gegessen und getrunken«, ergänzte die Adelige.

»Im Vergleich zu dir, meine Liebe, war er ein Asket«, lachte ihr Mann bissig.

»Du Ungezogener!«, sie tat so, als wäre sie empört, und lachte mit den anderen.

»Tatsächlich«, schaltete sich ein alter Gast ein, »wird Rom immer gefährlicher. Verbrecher und Huren, wo man hinsieht. Wir sind nicht mehr geschützt, und der Bargello kümmert sich nicht so darum, wie er sollte.« Die üblichen Banalitäten, dachte Lorenzo und lehnte das Tablett ab, das ihm der Diener hinhielt.

Er dankte dem Schicksal, dass er einen überlegenen Geist hatte, der sich auf andere Art Gefühle und Vergnügungen besorgen konnte.

Er wollte sich ablenken und betrachtete den Tänzer. Gut, aber fantasielos. Er würde ihn entlassen müssen, er wollte kein Mittelmaß in seinen Diensten.

»Es ist aber so, dass …«, begann der Marquis, »weitere zwei Gegner des Papstes tot sind.«

»Stimmt.«

»Pst! Still! Was wollt Ihr andeuten?«, fragte schüchtern ein Prälat.

Lorenzo lachte laut auf.

»Glaubt Ihr, dass es sogar in meinem Haus Spione gibt?«, fragte er ihn ironisch. »Du, zieh die Vorhänge zurück«, befahl er einem Pagen, »und sieh mal hinter dieser Anrichte nach.«

»Kardinal, macht Euch nicht über uns lustig!«, quiekte die hässliche Tochter der Marquise.

»Wie denkt Ihr denn darüber? Ängstigt Euch die Macht der Katalanen nicht?«, fragte der Marquis Calvi.

»Ich glaube, dass es interessantere Gesprächsthemen gibt.«

Die Gäste blickten einander an.

»Meint Ihr die Philosophie? Die löst gar nichts«, sagte der Marquis.

»Wir sprechen vom wahren Leben«, erläuterte ein anderer.

»Nein, Ihr redet nur von Toten. Begreift Ihr denn nicht, dass es besser ist, aus dieser ordinären Gegenwart zu fliehen? Nur das Schöne, die Kunst und die Kultur der Vergangenheit retten uns vor der Schäbigkeit der Existenz. Wir alle sterben, egal wie. Es ist besser, diesen kurzen Atemzug, der uns gegeben ist, zu genießen.«

»Das ist eine erhabene und kultivierte Flucht, aber trotzdem eine«, verkündete der Marquis. »Doch der Kampf ist im Leben eine Pflicht!«

»Von welchem Kampf sprecht Ihr? Von dem Kampf gegen die Borgia, um unsere Privilegien zu verteidigen? Oder aber …«

Lorenzo hielt inne, als er sah, dass sich ein Page unterwürfig näherte, um ihm eine Botschaft zu überbringen. Nachdem er ihm gelauscht hatte, stand er auf.

»Lass ihn in der Kunstgalerie warten«, befahl Lorenzo dem Diener, dann wandte er sich an seine Gäste: »Verzeiht mir, ich werde mich für ein paar Minuten entfernen.«

»Besucher?«, fragte die Marquise neugierig.

»Nur Kunst«, antwortete Lorenzo lächelnd. »Und die ziehe ich der Politik vor.«

»Eine ungewöhnliche Zeit für die Kunst.«

»Die Nacht ist mir wohlgesinnt«, erwiderte Lorenzo mit Engelszungen. »Teilt niemand mehr die sinnliche Komplizenschaft der nächtlichen Stunden mit Euch, meine Liebe?« Er sah augenzwinkernd auf die fetten hängenden Arme, die das freizügige Kleid der Adeligen frei ließ.

»Ihr scherzt immer!«, lachte die Marquise, um ihre Empörung zu verbergen.

Lorenzo nahm ihre von Ringen geschmückte Hand und küsste sie zart.

»Ich bin bald wieder bei Euch.«

Vom Majordomus und einem Pagen begleitet verließ Lorenzo den Speisesaal.

»Tragt weiteres Essen und Wein auf und unterhaltet sie«, wies er den Majordomus an.

»Der Händler erwartet Euch in der Galerie, Eminenz«, sagte ihm der Page.

»Gut, ihr kehrt zurück zum Bankett und lasst uns allein, ich will nicht gestört werden.«

Die beiden Diener verbeugten sich und sahen zu, wie er mit wallendem Gewand auf der Treppe verschwand.

Der Graue galoppierte die Via Cassia entlang, und wer sich auf seinem Weg befand, sprang aus Angst vor seiner Wut zur Seite. Andrea sah niemanden, die Unruhe vernebelte seinen Blick und schnürte ihm die Kehle zu.

Volpaia war weit entfernt, und es war Wahnsinn, eine so lange Reise nachts anzugehen, aber es war noch beängstigender, in diesem Seelenzustand in den Mauern des Palazzo eingeschlossen zu bleiben.

Er verfluchte die Naivität, die ihn Lorenzos Lügen hatte glauben lassen, ein Mann, der ein Sklave seiner Sinne war. Er hatte ihn idealisiert und so sich selbst angelogen. Er errötete, als er daran dachte, dass er sich bei ihm entschuldigt hatte, weil er vor dem Porträt von Juan Borgia einen Wutanfall bekommen hatte. Dabei war es Lorenzo, der sich hätte rechtfertigen müssen.

Vor Andreas geistigem Auge liefen die Bilder der anstrengendsten Zeit ab, die er je gehabt hatte.

Ippolito kaum unter der Erde, Isabella kurz vor der Niederkunft, stumm vor Schmerz, der Blick verstört, Mario, der dem Alten vorschlug, den jungen Borgia mit seinen eigenen Händen umzubringen, um ihre Ehre reinzuwaschen, Jacopo, der einen heimtückischen Plan entwarf, um ihn aus dem Weg zu räumen, der Alte, mit einem Blick, als sähe er alle Fehler seines gesamten Lebens … Die gebrüllten Worte hallten ihm immer noch im Kopf wider. Nur er hatte kein Blut vergießen wollen, um Blut zu rächen.

Vor der weißen Fassade von Sant'Agostino blieb er stehen.

Der verletzte Stolz trieb ihn dazu, die Auseinandersetzung zu suchen. Zum Teufel mit der unpassenden Zeit! Er wollte klar mit Lorenzo sprechen, ohne sich von dessen Dialektik einseifen zu lassen, sondern ihm stattdessen erklären, wie sehr er dessen Falschheit hasste. Und ihn dann nie wiedersehen.

Er lenkte das Pferd zum Palazzo Calvi.

Die beiden Wachen, die vor dem Tor standen, verschränkten ihre Hellebarden, als er ankam. Andrea stieg vom Pferd ab, die Wachtposten erkannten ihn und ließen ihn in den Innenhof.

Ein Page eilte zuvorkommend herbei und verbeugte sich.

»Ich muss sofort mit dem Kardinal sprechen. Bring mich zu ihm«, befahl Andrea trocken und ging an den Wachen im Hof vorbei.

»Der Kardinal hat Gäste, Signore, er ist im Salon«, murmelte der Page und sah ihn eingeschüchtert an.

Andrea lief ihm voraus die Treppe hinauf, die zum Salon im oberen Stockwerk führte. Vor der geschlossenen Tür angekommen, riss er sie auf und trat ein.

Die Musik hörte abrupt auf, die Gäste verstummten und sahen ihn an.

»Wo ist der Kardinal?«, fragte Andrea laut, ohne die Anwesenden zu grüßen.

»Seine Eminenz ist nicht hier, Signore«, schaltete sich der Majordomus ein, überrascht von seiner Wut und dem ungewöhnlichen Tonfall. »Er ist mit einem Besucher in der Galerie.«

»Ein Besucher? Jetzt empfängt er noch jemanden?«

Die Gäste hörten, wie die Tür hinter Andrea zufiel, und sahen einander erstaunt an.

»Wer war das?«, fragte der alte Prälat.

»Wisst Ihr das nicht?«, erwiderte die Matrone boshaft. »Das ist Andrea Gianani, seine neue Liebe.«

»Was für ein erschütterter Gesichtsausdruck!«, rief die hässliche Marquise aus. »Aber er ist sehr faszinierend. Der Kardinal hat wirklich einen guten Geschmack.«

»Eine Eifersuchtsszene, wie sie im Buch steht«, lachte ein Gast.

»Und, wer weiß, vielleicht hat er recht. So wie Lorenzo hinausgegangen ist ... dahinter steckt mehr als Kunst!«

Die Musik begann erneut, während die Gäste über das Vorgefallene lästerten.

Der Majordomus ließ noch einen Braten servieren und forderte die Musiker auf, mit größerem Elan zu spielen. Er wäre Andrea gern gefolgt, aber er konnte das Bankett nicht verlassen, da der Kardinal nicht anwesend war.

Der Hinkende, in einen Umhang gehüllt und mit einer Maske vorm Gesicht, erwartete ihn am Ende des Saals, neben einem Tisch, auf dem die Diener zwei Kandelaber angezündet hatten, bevor sie gegangen waren. Er stand gebeugt da und schwankte etwas, an die Brust presste er eine Rolle.

Lorenzos Augen glühten gierig. Das Verbotene, die Sünde, das Unerlaubte zu betrachten war das Salz seines Lebens.

Während er langsamen Schrittes weiterging, wie um die schmerzhafte Ekstase des Wartens zu verlängern, erinnerte er sich an die Gefühle, die er vor Tagen empfunden hatte, als ihm ein Grabräuber das Skelett eines christlichen Märtyrers aus einer Katakombe gebracht hatte. Er konnte nicht leugnen, dass diese Überreste sein Gewissen etwas verstört hatten.

Er hatte diese grauen Knochen in den Händen gehalten und sich vorgestellt, welche Grausamkeiten sie erlebt hatten, durch Löwen, Tiger oder blutrünstige Gladiatoren. Ein so blinder Glauben ans Paradies war ihm unbegreiflich. Sich töten zu lassen, weil man Christus nicht abschwören wollte! Nur niedere Geister konnten glauben, so das ewige Leben zu erlangen. Das Leben ist hier, auf der Erde, sagte Lorenzo sich: Es vor der Zeit wegzuwerfen, wegen eines Traumes zu sterben, für den es keinen echten Beweis gab, war für ihn eine nicht zu akzeptierende Verschwendung.

Er näherte sich dem Hehler und sagte mit einem förmlichen Lächeln: »So sehen wir uns also wieder ...«

Im Korridor folgte der Page Andrea und versuchte vergeblich, ihn aufzuhalten.

»Ich bitte Euch, Signore! Der Kardinal möchte nicht gestört werden! Er hat uns befohlen, jeden von der Galerie fernzuhalten.«

»Ich bin nicht ›jeder‹! Geh!«, drohte Andrea ihm lautstark. »Verschwinde, sonst lasse ich dich auspeitschen.«

»Aber seine Eminenz will nicht …«

»Ich habe dir gesagt, geh! Geh und serviere weiter bei Tisch!« Andrea hob die Hand, um dem Pagen eine Ohrfeige zu verpassen, woraufhin dieser verängstigt floh. Dann marschierte Andrea zur Kunstgalerie.

Er blieb einen Augenblick mit der Hand auf der Klinke stehen, um Luft zu schnappen und die richtigen Worte zu finden.

»Zeigt mir dieses neue Porträt«, befahl der Kardinal dem Hehler. »Aber langsam, ich will es erst sehen, wenn Ihr es ausgerollt habt.«

Der Mann legte die Leinwand auf den Tisch. Mit nur einem Arm rollte er sie mühsam auf.

Lorenzo ging ein paar Schritte zur Seite, wandte ihm den Rücken zu und näherte sich einer Skulptur auf einem Sockel: ein junger Athlet aus Bronze mit klassischen Gesichtszügen, die Muskeln im Lauf angespannt und ein Fuß schwungvoll angehoben.

Er fuhr mit den Fingern über die Kurven und dachte an das zu Tode erschrockene Gesicht des letzten Jungen, den er vergewaltigt hatte. Diesen zarten und frischen Körper zu besitzen hatte seine Sinne zu einem berauschenden Orgasmus erhoben. Einem Jungen die Unschuld zu rauben hatte einen erlesenen Geschmack, den er genoss.

Der Genuss, den er sich jetzt von diesem neuen Gemälde erhoffte, war derselbe: Er würde von Juans Bildnis das erregende Vergnügen erhalten, den zu unterjochen, der sich ihm verweigert hatte.

»Es ist bereit, Eminenz.«

Lorenzo berührte die Bronze ein letztes Mal liebevoll, dann stellte er sich vor den Tisch und beugte sich über die Leinwand.

Juan spiegelte sich in einer Lagune aus kristallklarem Wasser, durch die Reflektion verdoppelt. Ein nackter Apoll, in würdevoller Schönheit.

Überwältigt von dem Wunderwerk streckte der Kardinal eine Hand in Richtung des Gemäldes aus.

»Zauberhaft«, murmelte er, »göttlich …«

Die Klinge des Dolches an seiner Kehle ließ seine Stimme gefrieren.

»Du hattest deine Ekstase, jetzt bekommst du die Hölle.«

Es waren die letzten Worte, die der Kardinal hörte.

Auf seinem Damastgewand breitete sich ein scharlachroter Fleck aus, das Blut strömte aus seiner glatt durchschnittenen Halsader.

Lorenzo brach auf dem Tisch zusammen, sein Blut floss über das Gemälde und ruinierte die Farben.

Der Tod hatte seinen Körper mit dem von Juan vereint.

Andrea öffnete die Tür und blickte vor sich: Am Ende des Saals sah man die Flammen der Kandelaber, die einen Tisch beleuchteten und den Rücken eines Mannes. Er atmete tief ein und schritt mit pochendem Herzen auf dieses Licht zu.

Segundo spürte einen Luftzug hinter sich. Jemand war eingetreten und kam jetzt näher. Er hörte einen schweren Atem und schnelle Schritte.

Schlagartig drehte er sich um, den Dolch in der Hand, bereit zuzustechen, aber seine rechte Hand stieß heftig gegen die Statue neben ihm. Der Fuß des Bronzeathleten rammte seinen Handrücken, sodass die Waffe hinfiel.

Andrea sah verblüfft den Mann mit der Maske an, dann Lorenzos ausgestreckten Körper, aus dem Blut auf das Gemälde floss.

Der Schrecken vor seinen Augen schien sich außerhalb der Zeit in einer irrealen Welt abzuspielen. Nur in seinem Kopf wiederholte ein Echo: »Es ist nicht wahr … es kann nicht sein …«

Er trat einen Schritt zurück, ohne dass ihm ein Hilfeschrei über die Lippen kam. Er wollte fliehen, aber seine Beine waren wie angenagelt.

Mehr konnte er nicht denken, weil der maskierte Mann den Dolch vom Boden aufhob und sich auf ihn stürzte.

Andrea packte instinktiv den Arm des Angreifers, bevor der sich auf seine Brust stürzen konnte. Er schaffte es, den Dolchhieb, der direkt auf sein Herz zielte, abzuwenden, doch die Klinge drang knapp unter seinem linken Schulterblatt ein.

Er schrie, fiel jedoch nicht zu Boden, und um den Dolch herauszuziehen, legte er die rechte Hand auf die Wunde. Mit der linken griff er die Maske und enthüllte das Gesicht des Angreifers.

Die Augen des Unbekannten sahen ihn hasserfüllt an.

Die Zeit schien stillzustehen. Andrea spürte, wie sein Leben, sein Schicksal unter diesem wilden Blick zerbrach.

Er unterdrückte Schmerzen und Schrecken und schaffte es,

den Dolch aus seiner Schulter zu ziehen. Er hielt ihn fest in der Hand und trat dem Angreifer gegenüber.

»Warum hast du das getan? Mörder!«, schrie er ihn an, aber der Mann richtete blitzschnell seine Maske, machte auf dem Absatz kehrt und rannte zum Ausgang.

Andrea ging ein paar Schritte, um ihm zu folgen, doch ein brennender Schmerz an der Schulter warf ihn schluchzend zu Boden, während der Umhang des Unbekannten durch die Tür verschwand.

Segundo richtete seine Kapuze und verbarg die blutige Hand unter dem Umhang. Er beschleunigte seine Schritte, begann zu hinken. Als er einen Diener erblickte, rief er ihm zu: »Hilfe! Ein Verrückter hat den Kardinal erstochen und verfolgt mich! Er ist bewaffnet!«

Die Anklage hallte im stillen Korridor wie ein Echo wider.

Der Diener sah ihn entsetzt an, rührte sich nicht, während zwei andere Pagen zu ihm aufschlossen. Sie berieten sich und erlaubten Segundo, die Treppe hinabzusteigen, dabei drehten sie sich um.

Im Hof winkte Segundo der Patrouille, die müde ihre Runden drehte.

»Wachen! Wachen! Kommt her! Dort im ersten Stock! Ein Mörder verfolgt mich!«

Sofort eilten die Wachen die Treppe hinauf, während Segundo hinkend zum Ausgang ging. Als er das Tor erreicht hatte, öffnete er es.

»Geht dorthin, fasst ihn!«, rief er den Wachen zu und zeigte auf das Innere des Palazzo. »Ein Mann hat den Kardinal ermordet!«

Die beiden Wachtposten liefen in den Innenhof zu den Dienern und den anderen Wachen.

Außerhalb ihrer Sichtweite huschte Segundo aus dem Palazzo und verschwand in der Nacht.

Wegen der Schmerzen in der Schulter konnte Andrea den linken Arm nicht bewegen.

Er stand mühsam auf und schleppte sich mit zusammengebissenen Zähnen, um nicht zu schreien, zur Tür der Galerie, genau als ein Diener auftauchte. Der sah, dass er voller Blut war, und wich mit einem Aufschrei zurück. Hinter ihm tauchten weitere auf, dann Lorenzos Gäste. Andrea sah ihre Gesichter wie durch einen Schleier, er hing immer noch zwischen Albtraum und Wirklichkeit fest.

Einige Augenblicke herrschte eine seltsame Stille, die ewig anzudauern schien, dann eine Stimme: »Was habt Ihr getan?«

Und andere: »Mörder! Mörder!«

Andrea merkte, dass er immer noch den Dolch in der Hand hielt, und selbst in seiner Benommenheit erinnerte er sich daran, dass sie ihn gesehen hatten, wie er wütend eingetreten war und nach Lorenzo gefragt hatte. Er sah in den Augen aller ein Urteil und eine sofortige Verurteilung.

Sein Herz stolperte. Der Mörder hatte ihn reingelegt!

Er hob mit der rechten Hand drohend den Dolch vor den Anwesenden.

»Bleibt weg! Weg von mir!«, schrie er, ohne seine eigene Stimme zu erkennen.

Die kleine Menge wich zurück, und Andrea stürzte zur Tür, verschloss sie und lief zum anderen Ausgang.

Er blieb vor der Leiche, die auf dem Tisch lag, stehen. Dieser leblose Körper war vor wenigen Augenblicken noch ein Mensch gewesen … Er wollte sich ihm instinktiv nähern, aber die Schreie und Schläge hinter der Tür ließen ihn rasch fliehen.

Er ließ den Dolch zu Boden fallen, schob den Wandbehang beiseite, der den Eingang der Dienstboten verbarg, ließ die Eisenkette vorrutschen, sperrte die Tür ab und floh.

Er mied die Ställe, es hätte zu lange gedauert, sein Pferd zu suchen und zu besteigen, und die Stallknechte hätten ihm den Fluchtweg versperren können.

Er erreichte das Tor, hob die Stange, die es schloss, und öffnete es. Das Tor führte auf eine Seitenstraße, die sich in einem Netz uralter Gässchen verlor. Andrea rannte hinaus, änderte die Richtung, bog nach rechts ab, dann nach links, ohne Logik, ohne Ziel. Er wollte nur weg von diesem Kadaver, aus dem Blut spritzte, und weg von diesen Gesichtern, die ihn anklagten.

Er betrat ein stinkendes Viertel, ohne irgendjemandem zu begegnen. Er floh verzweifelt, blindlings, während der Schmerz in der Schulter immer schlimmer wurde und die Wunde nicht aufhörte zu bluten. Aber er konnte nicht stehen bleiben.

Der Majordomus war blass, aber immer noch voller Autorität in der Küche erschienen, hatte alle angewiesen, sich nicht von der Stelle zu rühren, und hatte Männer rekrutiert, um Gianani zu verfolgen.

Tonio war geblieben und spülte die Töpfe. Er war durchgefroren und verängstigt. Unter all den Frauen und Pagen, die am Herd tuschelten, hatte er aus ihren Erzählungen verstanden, was geschehen war. Es herrschte ein großes Durcheinander unter den Bediensteten, weil im allgemeinen Chaos Befehle und Gegenbefehle aufeinander folgten. Die Marquise hatte sich schlecht gefühlt, und sie hatten ihr beistehen müssen. Ein Page war geschickt worden, um den Arzt zu holen, und der Majordomus lief von den Gästen zu den Dienern und versuchte, Ruhe zu bewahren.

Tonio hatte gehört, dass die Tür zur Galerie aufgebrochen worden war und man die Leiche des Kardinals gefunden hatte, abgeschlachtet wie ein Schwein.

Seine Hände zitterten immer weiter. Er hatte die Stelle als Küchenjunge dank Andrea Gianani erhalten.

Er arbeitete nicht gern in diesem Palazzo, aber wenigstens bekam er zu essen und konnte ein bisschen Geld nach Hause schicken. Als er zehn Jahre alt war, hatte seine Mutter ihn nach Rom gebracht. Sie war Witwe, und im Dorf, in dem sie lebten, konnte sie ihre Kinder nicht mehr ernähren. Sie hatte gehofft, dass Bastiano, ihr entfernter Cousin, Tonio mit sich in den Dienst nahm, aber die Gianani hatten bereits zu viele Mäuler zu stopfen.

Bastiano wollte ihn schon wieder nach Hause schicken, als Andrea Lorenzo davon erzählt hatte und ihn gegen einen kleinen Lohn in der Küche unterbrachte.

Eine mitfühlende Köchin stellte eine Schale mit heißer Brühe vor ihn.

»Trink, bevor du umfällst!«

Tonio sah sie dankbar an, trank die Brühe jedoch nicht, er lauschte, was die Frauen zu sagen hatten.

»Sie rufen den Bargello!«

»Sie werden ihn nicht schnappen, wenn er in die Gassen geflohen ist.«

»Ihr werdet sehen, sie erwischen ihn! Wo kann er schon hin?«

»Und er hat es verdient, dieser Mörder!«

»Aber warum hat er es getan? Sie waren solche Freunde!«

»Ja … Freunde!«

»Was gibt's da zu lachen? Denk an uns! Was machen wir denn jetzt? Sie werden uns alle wegschicken …«

Tonio traf eine Entscheidung. Er wollte nicht hierbleiben

und auf die Fragen des Bargello antworten, und er wollte nichts Böses über Andrea sagen. Er hatte stets Angst vor dem Kardinal Lorenzo gehabt, er hatte ihn immer so merkwürdig angesehen …

Er beschloss, zu Bastiano zu laufen, um ihn zu warnen, bevor die Wachen kamen. Im Gegenzug würde er ihn bitten, bei ihm bleiben zu können. Ihm reichte ein Kanten Brot, aber er wollte nicht mehr in diesem Palazzo leben. Er nutzte es, dass die Küchenhilfen miteinander tratschten, glitt unter den Tisch, krabbelte bis zum Küchenausgang und überquerte den Hof. Niemand bemerkte ihn, als er sich aus einer Dienstbotentür davonschlich.

Die Straße war menschenleer.

Andrea lehnte sich an eine Mauer, um Luft zu schnappen.

Er bemerkte, dass sein Hemd voller Blut war, und bückte sich zum Boden, um zu überprüfen, ob er Spuren hinterlassen hatte.

Mit der rechten Hand berührte er die Erde. Sie war trocken. Der schwere Stoff des Wamses hatte das Blut aufgefangen. Er stieß sich von der Wand ab, aber Hufgetrappel ließ ihn innehalten. Er drückte sich erneut an die Wand und lauschte. In der Stille der Nacht dröhnte das Geräusch in seinem Hirn. Andrea hockte sich hin, mit einer Hand drückte er auf die schmerzende Schulter. Der Reiter kam langsam näher und beleuchtete die Straße mit einer Fackel.

Andrea sah auf der gegenüberliegenden Wand den Schatten des Pferdes, das vorbeiritt, während er spürte, wie in seinem Innersten zusammen mit der Kälte die Verzweiflung stärker wurde.

Als das Pferd sich entfernte, begann Andrea wieder zu atmen.

Wie lange würde er durchhalten? Wo sollte er sich bei Sonnenaufgang verstecken? Er kannte dieses Viertel nicht …

Zu fliehen war ein dummer Fehler gewesen. Der Mörder dagegen, was für eine Geistesgegenwart! Aber warum hatte er den Kardinal ermordet? Lorenzos Leben steckte voller Geheimnisse, und sein gewalttätiges Ende könnte eine Folge davon sein.

Und wenn dieser Mann ein gedungener Mörder war? Nein, in seinen Augen hatte er Entschlossenheit und Hass gesehen, als hätte er nicht im Auftrag, sondern aus freiem Willen getötet.

Er hatte ihn nur einen kurzen Augenblick ohne Maske gesehen und war sicher, dass er ihn nicht kannte, aber seine Gesichtszüge standen ihm klar vor Augen. Ein regelmäßiges Gesicht mit dunkler Haut und einem braunen Vollbart, einem entschlossenen Mund, einer geraden Nase. Doch es waren vor allem die Augen, die den Mann ausmachten: Augen einer schillernden Farbe, schräg geschnitten und mit einem brutalen Leuchten.

Die Fragen häuften sich in seinem Kopf, sie blieben ohne Antwort und verstärkten die Angst.

Zurückgehen, die Wahrheit erzählen und seine Unschuld behaupten wäre unnütz, weil ihm ohne Beweise niemand glauben würde. Er erinnerte sich, mit welchem Zorn er bis zum Palazzo geritten war, die entgeisterten Gesichter der Gäste nach seinem wütenden Auftritt im Salon. Seine Augen füllten sich mit Tränen. Er hatte noch eine geliebte Person verloren, nach Ippolito und dem Alten, auch der Einzige, den er je für einen Freund gehalten hatte, war nicht mehr, und er würde nie die Wahrheit über ihn und Juan erfahren …

Die Wut, die er auf ihn empfunden hatte, war verschwunden. Jetzt büßte Lorenzo für seine Fehler vor Gott, und nur Gott hatte das Recht, ihn zu verurteilen.

Er befühlte noch einmal seine Schulter: Die Wunde war tief und blutete nach wie vor.

Ein plötzliches Geräusch und ein warmer Luftzug ließen ihn erzittern, aber es war nur ein streunender Hund, der knurrte. Andrea überstieg das Mäuerchen und floh weiter, der Hund bellte hinter ihm her. Er drehte sich um, um nachzusehen, ob er ihn abgehängt hatte, und stolperte über ein Bündel. Nein, es war kein Bündel! Der unerträgliche Gestank, der von dem Kadaver aufstieg, auf den er gefallen war, drehte ihm den Magen um. Angewidert stand er auf und lief weiter, bis er auf einer Piazza landete. Aus einem kleinen Gebäude, vielleicht einem Freudenhaus oder einer Taverne, drang Musik.

Rechts an der Piazza sah Andrea das Schild eines Lokals, das von einer Fackel beleuchtet wurde: Lupa.

Wann hatte er diesen Namen gehört? Und von wem?

Er erinnerte sich an Parola: Damals bei Michelangelo hatte er gesagt, dass er bei der Lupa wohnte …

Mit niedergeschlagenem Blick erzählte Tonio Bastiano, was er wusste.

»Der Junge muss sofort in den Palazzo Calvi zurückkehren, Baron«, sagte Bastiano zu Jacopo. »Wenn man entdeckt, dass er hier war, gibt es Probleme.«

Mario gab Tonio einen Nasenstüber, sodass der errötete.

»Du warst mutig!«

»Gibt ihm eine Begleitung mit, Bastiano«, sagte Jacopo. »Es ist Nacht, er könnte auf schlechte Menschen treffen. Sag mir noch eines, Tonio: Ist mein Bruder zu Pferd geflohen?«

»Ich weiß nicht, Signore …«

Jacopo atmete tief durch.

»Jetzt geh. Sag niemandem, dass du hier warst, und wenn diese Geschichte vorüber ist, wirst du hier bei uns arbeiten.«

»Danke Baron!«, rief Bastiano aus und sah ihn dankbar an. Auch Tonio verbeugte sich mit leuchtenden Augen, bevor er dem Diener folgte.

Jacopo setzte sich unwillkürlich auf den Sessel des Alten.

»Andrea hat bewiesen, dass er ein Gianani ist!«, verkündete Mario stolz. »Und er hat unsere Ehre wiederhergestellt!«

»Einen Kardinal in seinem eigenen Zuhause zu ermorden erscheint mir nicht gerade wie eine ehrenvolle Tat«, fuhr Jacopo ihn bitter an. »Warum er es wohl getan hat?«

Mario zog einen Stuhl vor Jacopo. Er setzte sich rittlings darauf und erzählte ihm, was er von Doralice erfahren hatte und von seinem Wortwechsel mit Andrea.

»Du hättest vorher mit mir sprechen müssen«, warf Jacopo ihm vor. »Ich bin das Familienoberhaupt.«

»Du hättest ihm nichts gesagt, aus Angst vor irgendwelchen Schwierigkeiten!«

»Und das wäre richtig gewesen! Dann wären wir jetzt nicht hier, um …«

»Wenigstens hat er diesen Perversen umgebracht!«

»Ich kann nicht glauben, dass er es getan hat. Das wird ein Komplott der Borgia sein, um uns auf ewig zu ruinieren«, sagte Jacopo kopfschüttelnd. »Wir müssen uns mit Kardinal Sforza zusammentun, mit Leuten wie den Savelli und den Colonna, die mächtiger sind als wir, und den Katalanen eine Lektion erteilen!«

Bastiano trat vor und wandte sich an Jacopo.

»Baron, entschuldigt …«

»Was gibt es noch?«

»Ich wollte Euch sagen, dass Andrea nach der Diskussion

im Stall den Grauen hat satteln lassen, um nach Volpaia zu reiten.«

»Dann ist er dort!«, rief Mario. »Nachdem er dieses Schwein abgestochen hat …«

Jacopo stand abrupt auf.

»Mario, du musst weg!«

»Weg? Und wieso?«

»Der Bargello wird bald hier sein. Du kennst das Gesetz, wenn er Andrea nicht hier findet, nimmt er uns mit. Geh schnell, wir haben keine Zeit zu verlieren.«

»Geht auch Ihr, Baron Jacopo. Solange Ihr noch frei seid, könnt Ihr Andrea suchen und Beweise für seine Unschuld«, warf Bastiano ein.

Jacopo wirkte einen Augenblick lang nachdenklich.

»Mario, nimm das schnellste Pferd und reite nach Volpaia. Wenn du Andrea dort findest, flieh mit ihm woandershin. Das Gut ist kein sicherer Zufluchtsort mehr. Der Bargello wird schon bald davon erfahren.«

»Und du kommst nicht?«, fragte Mario besorgt.

»Nein, ich bleibe hier. Ich will mit Ascanio Sforza sprechen und die Unterstützung der Adeligen ersuchen, außerdem können wir Isabella nicht allein lassen.«

Bewundernd sah Mario ihn an und umarmte ihn. Jacopo erwiderte die Umarmung und verbarg seine Bestürzung.

»Wir dürfen die Hoffnung nicht verlieren, wir müssen daran glauben, dass Andrea unschuldig ist. Rasch, geh, rette dich … warte …« Er wühlte im Schreibtisch, dann reichte er ihm einen Beutel voller Geld. »Nimm das, du wirst es brauchen.«

Mit einer letzten Umarmung verabschiedete Mario sich und folgte Bastiano in den Stall, während Jacopo sich nachdenklich hinsetzte.

Bald wäre der Bargello hier, und er fühlte sich für diese neue Erniedrigung nicht vorbereitet. Wie hätte sich der Alte verhalten? Er sehnte sich nach seinen Ratschlägen.

Marcello Cremolani, genannt Parola, tat sich leid, während er keuchend das Bett zum Wackeln brachte.

Die Kerze auf dem Nachttisch war fast abgebrannt. Umso besser, dann sah er das Gesicht der Lupa nicht, die sich unter ihm wand und stöhnte.

Wenn sie miteinander schliefen, war sie noch hässlicher. Ihre braunen, krausen Haare mit grauen Strähnen hatten sich ganz aus der Frisur gelöst, und ihre erregten Augen starrten ihn mit einem Blick an, der sinnlich sein sollte, doch nur lächerlich war, während ihre Adlernase fast ihre vollen, aber vulgären Lippen berührte. Zum Glück hatte sie den Mund geschlossen, denn ihre Zähne waren nicht perfekt.

Parola versuchte, sich auf die üppige Brust der Frau zu konzentrieren und auf die immer noch straffen Schenkel.

Die Zeiten, zu denen er sich die schönsten Kurtisanen Roms leisten konnte, waren vorbei wie auch die, zu denen sich die Dienerinnen der Herren, denen er seine Komödien vortrug, überschlugen, um sich ihm hinzugeben, verführt von seinen Worten. Worte waren ganz ohne Bescheidenheit sein Trumpf. Sein Blick hatte vielleicht an Strahlen verloren, und sein Körper war schwerer geworden, aber die Stimme, seine Stärke, war mit den Jahren besser geworden, vor allem, wenn sie durch einen guten Wein geölt war.

Pech, Verluste beim Spiel, gierige Schönheiten, die Geld stahlen, Umtrunke mit undankbaren Freunden … jetzt war alles Geld weg, und er musste sich abrackern zwischen Schulden und immer selteneren und schlecht bezahlten Engagements.

Um die Miete zu bezahlen, musste er so tun, als liebe er die Megäre, die jetzt vor Vergnügen unter ihm quiekte, und wenn er essen wollte, musste er auch überzeugend sein! Noch vor wenigen Monaten hätte er sie keines Blickes gewürdigt, aber seine Kompagnie hatte sich aufgelöst … Schauspieler ohne Biss, ohne Leidenschaft! Sie hingen nur an der Flasche! Selbst sein Kompagnon war mit einer Nonne geflohen, und jetzt fehlte ihm der richtige Partner für seine Stücke. Als Solist zu arbeiten war schwieriger – bei der Konkurrenz! Wenn er sich noch über Wasser halten konnte, dann nur dank seiner ruhmreichen Vergangenheit.

Vor ein paar Tagen hatte er sich in eine Kompagnie schmuggeln können, die für ein Hochzeitsbankett gebucht war. Er hatte seine Gedichte rezitiert, aber der Lohn war bereits in den Taschen von Lupa gelandet. Verfluchte! Wollte immer mehr Geld und auch mehr …

Er wollte gerade zum letzten Stoß ansetzen, dem entscheidenden, als man beharrliches Klopfen an der Tür hörte.

Lupa schob ihn zur Seite und setzte sich auf.

»Hast du gehört?«, fragte sie ihn.

»Sicher habe ich gehört. Erwartest du Kunden?«, antwortete Parola keuchend.

»Um diese Zeit? Nein«, erwiderte die Wirtin und lauschte.

»Dann vergiss es … komm her, damit wir fertig werden …«

»Lass mich nachsehen, wer es ist … Hörst du, es klopft schon wieder. Der weckt mir noch alle!«

Lupa zog einen Morgenrock an, während Parola sich gleichgültig auf dem Bett ausstreckte.

Die Frau stieg die drei Stufen von ihrem Zimmer zum Eingang des Lokals hinunter. An der Tür hob sie eine Laterne hoch, um durch ein kleines Gitter hinauszusehen.

»Wer klopft?«, fragte sie verärgert. »Wer seid Ihr?«

Sie sah Andreas erschüttertes Gesicht vor sich.

»Ich suche einen Ihrer Gäste, Pa...« Andrea konnte den Satz nicht beenden. Ein stechender Schmerz in der Wunde zwang ihn, sich vornüberzubeugen.

»Wen?«, fragte Lupa. »Du bist wohl betrunken? Und ich glaube, du hast auch ganz schön was abbekommen ...« Ihr fiel Andreas blutige Schulter auf.

Andrea drehte sich um, sodass sein Gesicht zum Gitter zeigte.

»Parola ... der Schauspieler ... ich brauche Hilfe ...«

»Ja, ja. Ihr wollt alle Hilfe, und dann bezahlt ihr nicht! Hier gibt es keinen Schauspieler, sondern nur ehrliche Leute, verschwinde, ich will keinen Ärger!«

Lupa reckte sich, um nachzusehen, ob ein Spitzel diesem Jungen folgte. Sie besoffen sich und gingen dann mit dem Messer aufeinander los, und dann ärgerten sie die, die gar nichts damit zu tun haben.

»Ich weiß, dass Parola hier ist ... Sagt ihm, dass ich ...«

Aber Lupa hatte das Gitter bereits wieder geschlossen.

Kaum zurück im Schlafzimmer warf sie den Morgenrock zu Boden und legte sich wollüstig neben den Schauspieler.

»Na los, Faulpelz, beenden wir's ... Ich habe dich gerade vor einem Störenfried gerettet, einem Jungen, der betrunken und verletzt war und nach dir gesucht hat, aber?«

Ihr antwortete nur Parolas Schnarchen, der tief im Bett versunken war.

Ein Fehler nach dem anderen, dachte Andrea, als er sich vom Wirtshaus entfernte. Wie hatte er sich Hilfe von Schauspielern und Wirtsleuten erhoffen können?

Es musste doch einen Weg geben, aus dem Schlamassel herauszukommen, aber welchen? Zurück nach Hause zu gehen wäre Wahnsinn, sicher wartete dort der Bargello auf ihn. In diesem Zustand durfte er sich nicht zeigen, man würde ihm nicht glauben, er musste sich beruhigen und zunächst einen Beweis für seine Unschuld finden. Er ging weiter, immer erschöpfter. Er bog nach rechts ab, dann nach links, bis er in einer verlassenen Straße landete, die er mit letzter Kraft bis zu Ende lief. Inzwischen irrte er ohne Ziel umher, die Beine zog er übers Pflaster, und sein Blick wurde immer vernebelter.

Er bog in eine Gasse ein, die zu einem ockerfarbenen Haus führte. Im ersten Stock war ein Fenster schwach erleuchtet. Er sank zu Boden, und wie in einer Vision erschien ihm ein Tabernakel, erhellt von einer Kerze, deren Flamme bei jedem Windhauch flackerte. Eine kleine Madonnenstatue sah ihn mit mitleidigen Augen an.

»Ich bin unschuldig!«, schrie er. »Mutter Gottes, hilf mir! Ich habe keine Schuld!«

Dann fiel er in Ohnmacht.

Der Kamillentee, den sie getrunken hatte, bevor sie zu Bett gegangen war, hatte sie nicht beruhigt. Gemma saß im Bett und zerknautschte das Kissen. Sie hatte eine Kerze brennen gelassen, weil die Dunkelheit sie bedrückte, aber ihre düsteren Gedanken hatten sie keinen Augenblick verlassen.

Die rote Katze, die zu ihren Füßen schlief, streckte sich und sah sie verschlafen an. Gemma wollte sie streicheln, aber ein herzzerreißender Schrei von der Straße erschreckte das Tier, das mit einem Sprung hinter der Kommode verschwand.

Die junge Frau stand auf, nahm den Kerzenständer vom Nachttisch und öffnete die Fensterläden, die zur Gasse führten, einen Spalt breit. Sie sah hinunter und erblickte jemanden, der dort lag, aber sie erkannte nicht, ob es ein Verletzter oder ein Betrunkener war.

Was tun?, fragte sie sich.

Ihr Herz drängte sie, hinunterzugehen und dem armen Kerl zu helfen, aber der Gedanke an Barocelli bremste sie: Der Florentiner hatte ihr nicht gesagt, wann er zurückkommen würde. Er war eifersüchtig und sagte es er ihr nie, um sie in flagranti erwischen zu können.

Sie ging wieder zu Bett. Jetzt schwieg der Mann. Vielleicht war er tot oder vielleicht …

Bei Padre Ernesto kamen Dutzende solcher Unglücksseliger an, die keinen Ort hatten, an dem sie sterben konnten. Doch um diese Nachtzeit konnte sie ihn sicher nicht zum Hospital San Francesco in Ripa bringen, ihn aber auch nicht ins Haus holen. Wer weiß, welcher Schweinereien Barocelli sie verdächtigen würde. Sie hoffte, dass jemand anderes ihm helfen würde, aber es war unwahrscheinlich, dass noch jemand seine Klage gehört hatte. Der Unbekannte hatte sich fromm an die Madonna gewandt, und seine Stimme klang jung, angenehm und hatte einen vornehmen Akzent.

Entschlossen schlug sie die Decke zurück und trat noch einmal ans Fenster. Der Mann lag immer noch reglos am Boden.

Gemma ging wieder hinein und legte sich ein Tuch über die Schultern. Sie würde niemanden unter der Statue Mariens im Stich lassen!

Wie sollte sie bei der Beichte Bruder Ernesto erklären, dass sie einen Christen unter ihrem Fenster hatte sterben lassen?

Sie ging die Treppe hinab und klopfte an Samirs Tür, der ihr gehorsam folgte.

Er öffnete langsam die Tür und hielt die Lampe ans Gesicht des jungen Mannes: Als er zu Boden gefallen war, hatte er sich die Nase verletzt, und sein Gesicht war voller Blut, aber er war wunderschön.

»Er ist nicht tot«, sagte Samir, drehte ihn um und hob seinen Kopf an. »Und er ist gut gekleidet.«

»Er hat eine Wunde an der Schulter und verliert Blut. Ich muss ihn verarzten.«

Der Inder sah sie zweifelnd an.

»Und wenn der Herr kommt?«

»Oliviero ist mir egal!«, verkündete Gemma und strich dem Fremden die verschwitzten und zerzausten Haare aus der Stirn. »Wenn wir ihn nicht pflegen, wird er verbluten. Bringen wir ihn hinein.«

Samir trug den jungen Mann ins Haus, und Gemma folgte ihm.

Als sich die Tür schloss, blies ein Windstoß die kleine Kerze unter der Madonnenstatue aus.

ZWEITER TEIL

XIII.

Der Bargello Riccardo Fusco

Bargello Riccardo Fusco war nicht sehr groß, aber er war schmal und wohlproportioniert. Schon seit einigen Jahren waren seine schwarzen Haare grau meliert, genau wie der Bart, der seine hageren Wangen bedeckte. Der dunkle Teint betonte die klaren Gesichtszüge, und die entschlossen blickenden blauen Augen mit kleinen Fältchen und etwas geschwollenen Lidern lenkten die Aufmerksamkeit von der kräftigen Nase ab.

Als Riccardo an der Spitze seiner Männer in dieser Nacht zum Palazzo Calvi ritt, dachte er an all die Scherereien, die aus dieser Geschichte entstehen würden. Der keuchende Diener, der in seinem Palazzo aufgetaucht war, um ihn über das Geschehene zu informieren, hatte keinerlei Einzelheiten berichtet, aber die Sache war eindeutig. Er hatte noch nicht den Dieb gefunden, der Roncaglini getötet hatte, und auch noch nicht die Gründe für den plötzlichen Tod von Ravelli herausgefunden, und schon wurde ein weiterer Kardinal umgebracht!

Dieses Mal hatte der Mörder jedoch ein Gesicht und einen Namen: Andrea Gianani.

Bevor er an den Gouverneur Roms schrieb und die Sache an Seine Heiligkeit übergab, wollte Fusco alles selbst überprüfen.

Er hatte sofort zwei Männer geschickt, um den Palazzo Gianani zu überwachen, für den Fall, dass der junge Mörder nach Hause zurückkehren würde, dann hatte er sich zu Pferd mit sechs Männern und seiner rechten Hand, Tito Ferro, auf den Weg zum Tatort gemacht.

Vielleicht hätte ein anderer Amtsinhaber zu dieser unchristlichen Zeit einen Vertreter vorgeschickt, aber Riccardo delegierte ungern; er erledigte die Dinge lieber selbst, vor allem bei heiklen Fällen wie diesem.

Im Innenhof des Palazzo Calvi traf er auf eine Gruppe verwirrter Personen, die von seinen Männern im Salon versammelt wurden. Einige Gäste waren bereits wieder zu Hause: Die Marquise, deren Ehemann und Tochter und auch ein alter Adeliger zum Beispiel hatten nicht auf die Ankunft des Bargello warten wollen. Andere waren, mehr aus Neugier denn aus Pflichtgefühl, geblieben, um das Geschehene zu kommentieren.

Fusco wählte den Majordomus als ersten Gesprächspartner und zog sich mit ihm und Tito Ferro in ein Arbeitszimmer zurück.

»Also«, begann Riccardo und wandte sich an den Oberdiener. »Ihr werdet mir die Namen der Diener und der Gäste des Kardinals nennen. Ich will Augenzeugenberichte von allen hören. Fasst nun die Fakten zusammen.«

»Während der Kardinal wie geplant mit seinen Gästen zu Abend aß, war ein Kunsthändler am Tor aufgetaucht …«

»Sein Name?«

»Den weiß ich nicht, Exzellenz.«

»Tito, ruf ihn her.«

»Er ist nicht hier, Capitano«, schaltete sich der Majordomus ein. »Er ist geflohen, weil er Angst hatte, dass Messer Gianani ihn umbringen wollte.«

»Kannte der Kardinal ihn gut?«

»Nein, das glaube ich nicht. Seine Eminenz begab sich oft in den Laden von Mastro Simone, um Kunstwerke zu kaufen, vielleicht hat er ihn dort kennengelernt.«

»Mastro Simone ist ein alter Bekannter«, warf Tito Ferro ein. »Wir haben ihn schon lange im Auge ... wegen seinen Geschäften.«

»Schickt sofort jemanden, um ihn zu holen«, wies Fusco Tito an, der fortging, um den Auftrag auszuführen. Dann wandte Fusco sich erneut an den Majordomus: »War es das erste Mal, dass dieser Mann hierherkam?«

»Nein, der Kardinal hatte ihn schon vor einer guten Woche empfangen, zusammen mit Mastro Simone. Sie haben ihm ein Gemälde übergeben.«

»Welches?«

»Ein Porträt, das sich jetzt im Schlafzimmer seiner Eminenz befindet.«

»Zeigt es mir später. Fahrt fort.«

»Ein Diener hat den Händler in die Galerie geführt.«

»Der Händler hatte ein anderes Gemälde bei sich?«

»Ja. Auf dem Tisch, auf dem seine Eminenz ... ermordet wurde, liegt ein neues Bild ... Es ist jetzt jedoch ganz verschmutzt.«

»Wir werden es uns trotzdem noch ansehen. Sprecht weiter.«

»Der Kardinal hat das Abendessen verlassen, um in die Galerie zu gehen. Aber in diesem Moment kam Messer Gianani in den Speisesaal. Er war außer sich ...«

»Und warum habt Ihr ihn nicht daran gehindert, den Kardinal zu sehen, wenn er so aufgebracht war?«

»Messer Gianani war ein enger Freund seiner Eminenz. Wie hätte ich darauf kommen sollen, dass so etwas geschehen würde?«

»Was meint Ihr damit, er war ein ›enger‹ Freund seiner Eminenz?«

Unter dem eindringlichen Blick des Bargello wurde der Majordomus rot.

»Exzellenz, ich weiß es nicht, ich kann nichts Genaues sagen. Der Kardinal hatte viele … Freunde, und ich höre nicht auf das Geschwätz der Dienerschaft.«

»Und was wäre das?«, fragte Fusco beharrlich.

Der Majordomus senkte den Blick und schwieg.

Ferro trat erneut ein und ging auf den Diener zu.

»Waren sie Liebhaber?«

»Das kann ich nicht beschwören.«

»Gianani war eifersüchtig, weil er den Kardinal mit dem Händler antraf, und …?«

»Ich weiß es nicht.«

»Beendet Eure Geschichte«, forderte Fusco ihn auf.

»Messer Gianani ist zur Galerie gegangen und hat den Pagen fortgeschickt, den ich ihm als Begleitung mitgegeben hatte. Es wäre unhöflich gewesen, einem Freund des Kardinals zu widersprechen, ich konnte nicht darauf bestehen. Wie seine Eminenz mich angewiesen hat, bin ich bei den Gästen geblieben, bis ich den Händler schreien hörte, dass er den Mord am Kardinal gesehen habe und dass Gianani auch ihn umbringen wolle. Als wir hingelaufen sind, hat Messer Andrea uns mit dem Dolch bedroht, dann hat er sich in der Galerie eingeschlossen und ist durch die Hintertür geflohen. Und der Händler ist derweil durch die Haupttür geflüchtet.«

»Was glaubt Ihr, wieso?«

»Vielleicht war er ein Hehler«, sagte der Majordomus zögerlich, »und wollte hier nicht gefunden werden.«

»Könnt Ihr ihn mir beschreiben?«

Der Majordomus blieb recht vage, ihm war nur das Hinken des Händlers aufgefallen.

»Bringt mich nun dorthin, wo der Kardinal ermordet wurde, ich will seinen Körper untersuchen«, schloss Fusco.

Der Majordomus verbeugte sich, da kam eine Wache herein, die Andreas Satteltasche trug.

»Capitano«, sagte er zu Riccardo. »Auf dem Pferd von Gianani haben wir das hier gefunden.«

Fusco untersuchte den Inhalt: ein Buch, ein paar Kleidungsstücke, ein Beutel mit Dukaten.

Hatte er den Mord geplant und sich auf die Flucht vorbereitet?, fragte Fusco sich und stieg über die Tür zur Galerie, die aus den Angeln gehoben war. War er so wütend über den Kardinal, dass er ihn vor allen ermordet hat und geflohen ist, ohne an die Konsequenzen dieser Tat zu denken? Eine unlogische Entscheidung … Es war dagegen wahrscheinlicher, dass aus seinem Zorn ein Eifersuchtsanfall wurde, als er Calvi gegenüberstand … Aber es war noch zu früh, um solche Schlüsse zu ziehen.

Die Eleganz von Lorenzo Calvi war verschwunden. Sein Körper, der auf dem Tisch lag, war steif und zerstört.

Riccardo befahl einer Wache, die Leiche umzudrehen, um die Wunde an der Halsschlagader zu untersuchen. Ein Dolchschnitt, klar, präzise. Lorenzos Gesicht war blutleer, die Augen noch wie im Moment des Todes vor Überraschung aufgerissen. Das bluttriefende Gewand war zerknittert zu Boden gefallen.

Einer seiner Männer näherte sich und reichte Fusco einen blutigen Dolch.

»Capitano, der ist in der Nähe der Hintertür gefunden worden.«

Fusco nahm den Dolch und drehte ihn in seinen Händen. Es war ein ganz normaler Dolch mit einer sehr dünnen Klinge. Der Griff aus Bein hatte nichts Besonderes. Die Waffe war nicht durch ein Wappen markiert und konnte in jeder Waffenschmiede gekauft worden sein. Es war unwahrscheinlich, dass sie dem Kardinal gehörte, also war sie von Gianani oder die des mysteriösen Hehlers.

Fusco übergab die Waffe an Ferro, der sie in eine Tasche steckte, dann ließ er die Leiche des Kardinals entfernen.

Auf dem Tisch, auf den Lorenzo gestürzt war, lag das Bild.

Es war ein männlicher Akt in einem Garten, aber das Gesicht war wegen eines großen Blutflecks nicht zu erkennen.

Er befahl Ferro trotzdem, es zu konfiszieren. Dann ging er zur Dienstbotentür, die immer noch von einem Diener bewacht wurde, trat hinaus auf die Straße und versuchte sich vorzustellen, in welche Richtung Andrea geflohen war.

Hier eröffnete sich ein Labyrinth der Möglichkeiten. Die engen Gassen bildeten ein Netz, in dem man sich leicht verstecken konnte.

Er befahl seinen Männern, die Gegend zu durchkämmen und offiziell mit Steckbriefen nach Andrea Gianani zu suchen.

Begleitet vom Majordomus und Ferro ging Riccardo nach oben, in das Schlafzimmer des Toten. Er durchschritt einen langen Korridor, betrachtete die düsteren Porträts der Ahnen des Kardinals an den Wänden und stellte sich die wütenden Gesichter vor, die ihre Nachfahren in wenigen Stunden präsentieren würden.

Die Familie Calvi würde viel Lärm machen, mit dem Hochmut, der sie schon immer auszeichnete, dachte er, als er das Zimmer betrat.

Sofort fiel ihm ein süßlicher Duft auf. Nichts deutete darauf hin, dass hier ein Geistlicher schlief, kein Kruzifix, kein Heiligenbild, bloß Wandteppiche, auf denen vor allem nackte Männer und lasterhafte Handlungen zu sehen waren.

Der Majordomus zeigte ihm eine Staffelei in einer Ecke, und Ferro hob das Tuch an, das ein Porträt bedeckte.

»Das ist Juan Borgia«, stellte Ferro fest.

Der Bargello betrachtete lange das Gesicht des Papstsohns. Seit Monaten hatte er in einer Unmenge von Verdächtigen nach dessen Mörder gesucht, aber noch hatte er den Fall nicht gelöst. Er hatte ihn nicht gut gekannt, aber er wusste, dass der junge Borgia ein unermüdlicher und überzeugter Schürzenjäger gewesen war und nichts mit den sexuellen Vorlieben von Calvi zu tun hatte.

Warum hatte dieser ein Porträt von ihm in seinem Schlafzimmer? Vielleicht interessierte dieses Gemälde, zweifellos ein Meisterwerk, den Kardinal wegen seines künstlerischen Wertes? Oder faszinierte ihn die männliche Schönheit von Juan?

Und wer war auf dem neuen Gemälde zu sehen? Vielleicht auch Borgia?

»Ferro, nimm auch dieses Gemälde und bring es in den Palazzo. Ich will wissen, woher es stammt und ob es gestohlen worden ist.«

Während sein Adjudant der Anweisung folgte, schaute Riccardo sich weiter um. Er wollte das Wesen des Ermordeten begreifen, und zwar über das Geschwätz in Rom hinaus.

Er setzte sich an Lorenzos Schreibtisch und durchstöberte neugierig die Gegenstände und Papiere.

Dokumente, einige Briefe, von einem Sekretär geschrieben, die noch der Unterschrift des Kardinals bedurften, ein antikes Manuskript.

Nachdem er alles genauestens untersucht und nichts ausgelassen hatte, nahm er ein kleines Buch in die Hand, das in Leder mit Intarsienmuster gebunden war, und schlug es auf. Auf der ersten Seite klebte ein kleines Pergamentrechteck, auf dem folgendes Motto stand: *Mihi aut nulli.*

Fusco las es laut vor. *Wenn nicht für mich, dann für niemand –* es war klar, dass der Kardinal seine Schätze nicht teilen wollte.

Er suchte zwischen den anderen Manuskripten und sah, dass jedes mit diesem Besitzzeichen markiert war. Beim Stöbern im Schreibtisch fand er auch den großen Goldring, der dieses Siegel trug.

Er sah sich noch einmal um.

Eine starke Persönlichkeit, dieser Kardinal, eine Präsenz, die jeden Gegenstand durchdrang.

In Riccardos Kopf läutete eine durchdringende Alarmglocke: Ja, diese Tat würde zu vielen Scherereien führen, und es gab einige Einzelheiten, die ihm immer noch entgingen.

Jetzt musste er seinen Vorgesetzten Bericht erstatten.

»*Mihi aut nulli*«, wiederholte er.

»Was sagt Ihr, Kapitän?«, fragte Ferro und trat näher.

»Nichts, nichts. Gehen wir, unsere Nacht geht weiter, Tito. Wir müssen den Bericht vorbereiten.«

Auch der letzte Mord hatte sich ausgezahlt.

Segundo bewegte sich mit pochendem Herzen. Niemand folgte ihm, nur ein paar nachtaktive Vögel waren in dieser selbst von den streunenden Hunden vergessenen Straße noch wach.

Er ließ das Pferd im benachbarten Stall und betrat seinen Rückzugsort. Er nahm den Feuerstein, der auf dem Tisch neben der Kerze lag, schlug ihn und entzündete die Kerze, dann nahm er die Maske ab und warf den Umhang auf eine Bank.

Er zog die Handschuhe aus und hielt die verletzte Hand an die Flamme. Es war kein tiefer Schnitt, aber er verlief über den gesamten Handrücken. Er war angeschwollen und blutete immer noch.

Segundo öffnete einen Schrank und nahm eine Flasche Schnaps heraus. Er goss etwas über die Hand, biss dabei die Zähne zusammen, um nicht zu schreien, während sich Schweißperlen auf seiner Stirn bildeten.

Als die Wunde nicht mehr blutete, verband er sie mit einem Lappen. Dann entfernte er den falschen Bart aus seinem Gesicht, doch mit der schmerzenden und verbundenen Hand war das nicht einfach. Er befeuchtete einen Lappen in einer Schüssel mit Wasser und machte nach und nach die dünne Schicht nass, die am Gesicht klebte, und löste kleine Teile. Am Ende wusch er die Reste des Klebers ab.

Sein Gesicht sah wieder aus wie immer, aber er war nicht mehr derselbe wie vorher.

Er nahm ein Holzbündel aus einer Truhe und legte es in den Kamin, er hielt die brennende Kerze daran und wartete, bis das Reisig Feuer fing, bevor er ein Scheit dazulegte.

Die Flammen stiegen hoch, fraßen den falschen Bart und die blutverschmierten Kleider, die bald zu Asche wurden. Dann zog Segundo das Wams aus und bemerkte, dass es an mehreren Stellen Blutflecken hatte. Von wem es stammte, von ihm, Lorenzo oder Andrea, wusste er nicht. Zornig warf er das Kleidungsstück, die Handschuhe und den Hut in den Kamin. Dann untersuchte er auch den Umhang, der erstaunlicherweise nicht schmutzig war. Er war verstaubt, hatte jedoch keine Blutflecke.

Er ließ ihn in eine Ecke fallen, setzte sich und wischte sich das schweißgebadete Gesicht ab.

Calvi in seinem eigenen Palazzo zu ermorden war ein

Risiko gewesen, aber er hatte keine Wahl gehabt: Der Kardinal bewegte sich niemals ohne Eskorte. Als er ihm das erste Porträt von Juan gebracht hatte, hatte er es nicht geschafft, allein mit ihm zu sein, doch dieses Mal war Gianani aufgetaucht … Wäre er nicht plötzlich eingetreten, hätte er den Palazzo unbemerkt verlassen können, und der geheimnisvolle Hehler wäre in den Flammen des Kamins verschwunden.

Jetzt jedoch …

Er hob erneut die Flasche und trank. Der starke Schnaps brannte in seiner Kehle.

Er hatte Gianani nicht töten können!

Er war ihm mehrfach gefolgt, um die Gewohnheiten des Kardinals auszuspionieren, und war überzeugt gewesen, dass er ein Schwächling war, dabei hatte er sich mit unerwarteter Kraft verteidigt.

Da er ihm die Maske verschoben hatte, hatte er sein Gesicht gesehen, aber sie kannten sich nicht. Außerdem verbarg der Bart seine Gesichtszüge, nur seine Augen könnten ihn verraten.

Die Skizzen, die er bei Mastro Simone gesehen hatte, bewiesen, dass Gianani ein recht guter Zeichner war und daher in der Lage, sein Gesicht zu zeichnen und anderen zu zeigen – vielleicht dem Bargello, und Fusco war nicht dumm, er würde ihn wiedererkennen, und das war's! Er stand auf, denn bevor er sich um Gianani kümmern würde, musste er herausfinden, was nach seiner Flucht im Palazzo geschehen war. Sein Einfall, ihn des Mordes zu bezichtigen, hatte ihm erlaubt, ungestört zu fliehen, aber was dann? Er stellte sich vor, wie Andrea den Anwesenden erzählte, was geschehen war, wie er sich entlastete, seine verletzte Schulter zeigte. Morgen würde man den unbekannten Hehler beschuldigen und überall nach Spuren seiner flüchtigen Existenz suchen. Er musste alles verbrennen, Umhang, Stiefel, alles, was Andrea gesehen hatte, musste verschwinden.

Segundo seufzte.

Es war noch nicht vorbei. Sinnlos, es zu leugnen.

Was tun? Fliehen, wie sein Instinkt es verlangte?

Nein, er musste noch einmal morden.

Und dieses Mal einen Unschuldigen, um sich selbst zu retten.

Solange Andrea lebte, bedeutete seine Anwesenheit in Rom Unsicherheit, Angst, vielleicht Unehre.

Segundo öffnete den Gürtel, an dem die leere Scheide des Dolchs befestigt war, und legte ihn auf den Tisch.

Er atmete tief ein und streckte sich auf einer Pritsche aus. Sein Herz hatte sich beruhigt, und die Bitterkeit der Anspannung hatte sich mit der des Schnapses vermischt.

Er konnte bis morgen warten, um herauszufinden, wie es im Palazzo Calvi gelaufen war.

Bevor er die Kerze ausblies, warf Segundo einen Blick auf den Kamin.

Vom Hehler war nur noch Asche übrig.

XIV.

Der Wille des Papstes

Rom war noch in Dunkelheit gehüllt, als Papst Alexander VI., der schon seit einer halben Stunde wach war, das Gebetbuch beiseitelegte und die silberne Glocke läutete.

Die Kleriker, die die prunkvollen Gewänder hereinbrachten, welche Burckard für die Morgenmesse vorsah, wünschten ihm verschlafen einen guten Morgen. Borgia gab mit einem flüchtigen Blick darauf seine Zustimmung.

Nicht immer befolgte er in allen Einzelheiten die Vorschläge des Zeremonienmeisters, und er beugte sich den Empfehlungen seines strengen Assistenten nur, um sich seine öden Vorhaltungen zu ersparen. Burckards Eifer ging so weit, sogar seine Mahlzeiten zu überwachen. Der Zeremonienmeister achtete darauf, dass er sein Frühstück nicht vor der Messe einnahm, und sorgte dafür, dass die Diener es ihm pünktlich nach dem Gottesdienst dampfend auf den Tisch stellten. Brot und Milch, ein frugales, doch gehaltvolles Mahl, verkündete Burckard mit seinem harten Akzent, genau das Richtige, um die zahlreichen Audienzen abzuhalten, die den Tag eines Pontifex bestimmten.

Rodrigo hob die Arme, um ein besticktes weißes Chorhemd überzuziehen, ein Geschenk eines spanischen Nonnenklosters. Zweifellos sehr kostbar, doch hätte er lieber eine bequeme Weste mit Ledergürtel, dazu Strümpfe und Stiefel angezogen, um darin ein paar Stunden zur Jagd zu gehen.

Im Lauf der Jahre war seine Figur umfangreicher geworden, doch seine Haltung war nach wie vor aufrecht und seine Bewegungen waren geschmeidig. Die mittlerweile grauen Haare waren spärlicher geworden, die dadurch hohe Stirn wölbte sich über dunklen und anziehenden Augen, die gern all jene in den Ruin trieben, die ihrem Zauber erlagen.

Nach entschiedenem Anklopfen betrat Burckard kurzerhand den Raum. Er trat schnellen Schrittes auf den Papst zu und machte aus seiner Genugtuung über die angemessene Kleidung keinen Hehl. Er selbst jedoch war unfrisiert und aufgewühlt.

»Heiligkeit! Etwas Furchtbares ist geschehen!«

Rodrigo gebot dem Kleriker Einhalt, der ihm gerade einen Hermelinmantel um die Schultern legen wollte, und sah Burckard beunruhigt an. Ihm war noch gut in Erinnerung, wie man ihm Juans Verschwinden mitgeteilt hatte.

»Was ist los?«, fragte er sorgenvoll und bedeutete dem Zeremonienmeister, sich etwas abseits zu unterhalten.

»Kardinal Calvi, Heiligkeit! In seinem eigenen Haus ermordet! Heute Nacht!«

Rodrigo entfuhr ein Seufzer der Erleichterung. Niemand aus seiner Familie! Ihm fiel ein Stein vom Herzen, es war dennoch eine schlimme Nachricht.

»Auf welche Weise?«, fragte er nach einer angemessenen Pause.

»Man hat ihm die Kehle durchgeschnitten. Ganz grauenhaft. Es war einer seiner Freunde. Der Jüngste der Giananis. Er ist geflohen und wird in ganz Rom gesucht.«

»Und der Grund?«

»Möglicherweise Eifersucht … die beiden waren … man

munkelt, sie seien …« Burckard verhaspelte sich auf der Suche nach dem passenden Wort.

Der Papst winkte ab, er hatte verstanden, und sagte: »Schreibt Gouverneur della Rovere, ruft den Bargello und Kardinal Monreale. Ich will ganz genau wissen, was vorgefallen ist, und«, er senkte die Stimme, »sorgen wir dafür, dass es unter den römischen Baronen keine Unruhe gibt.«

»Mein Gott, Eure Heiligkeit!«, flüsterte Burckard und sah ihn betroffen an. »Drei Kardinäle innerhalb weniger Tage. Und Calvi auch noch auf solche Art und Weise!«

»Lasst mir Marradès rufen«, befahl der Pontifex.

»Das habe ich bereits getan, Heiligkeit, doch heute Morgen hat ihn noch niemand gesehen.«

»Cesare?«

»Ich schicke sofort jemanden, ihn zu holen, Heiligkeit.«

»Ich brauche ihn hier«, rief der Papst ungeduldig. »Michele Corella wird wissen, wo er ist.«

Burckard nickte.

Borgia erteilte ihm einen raschen Segen, und nachdem sich der Zeremonienmeister entfernt hatte, befahl er den Klerikern: »Also los, lassen wir Unseren Herrn nicht warten.«

Eine Stunde später ließ der Papst mit ärgerlich gerunzelter Stirn den Blick rastlos über seine Untersuchungsbeamten und Ermittler schweifen und trommelte mit den Fingern der rechten Hand auf seine Armlehne. Auch wenn er nun die Kasel und die anderen prächtigen Gewänder seines Ornats nicht mehr trug, machte er doch immer noch den Eindruck eines Herrschers.

Er hatte den Bericht von Riccardo Fusco kommentarlos verfolgt, suchte jedoch häufig Burckards Blick, der neben ihm stand. Der Sekretär hielt den Blick gesenkt und schien bedrückt, dass er bisher weder Marradès noch Kardinal Cesare Borgia gefunden hatte.

Als die Referenten schwiegen, sagte der Pontifex in scharfem Ton: »Ich hoffe, Ihr seid Euch darüber im Klaren, wie gravierend diese Situation ist. Der dritte Kardinal in einer Woche! Ganz abgesehen von den Bischöfen und Adeligen, die sich auf dem Land gegenseitig umbringen.«

»Verzeiht, Heiligkeit, doch Kardinal Roncaglini wurde von einem Dieb getötet, und Kardinal Ravelli starb an einer Krankheit. Tragische Schicksalsschläge, die nicht miteinander in Verbindung stehen«, merkte einer der Justizbeamten an.

»Das entspricht zwar den Tatsachen, aber Ihr wisst, dass es denen, die uns verleumden, sehr zupasskommt, niederträchtige Gerüchte über uns in die Welt zu setzen und uns die Schuld in die Schuhe zu schieben.«

»In Calvis Fall lässt sich das nicht leugnen, Heiligkeit«, stellte ein weiterer Beamter fest. »Der Bargello hat zahlreiche Zeugenaussagen zusammengetragen, die Gianani der Tat bezichtigen.«

»Und wo ist der Mörder von Kardinal Uberto? Wo sind die sagenhaften Schätze abgeblieben, von denen nun alle reden?«

»Wir tun unser Möglichstes, Heiligkeit.« Der Untersuchungsrichter richtete einen zornentbrannten Blick auf Fusco, der nicht aus der Fassung zu bringen war.

»Schafft mir so schnell wie möglich Gianani herbei«, ordnete Borgia an. »Setzt ein Kopfgeld auf ihn aus, und wenn Ihr ihn nicht finden könnt, dann verhaftet seine Brüder.« Der Blick des Pontifex verdüsterte sich. »In diese Familie muss definitiv einmal Ordnung gebracht werden. Macht Euch jetzt an die Arbeit. Ich erwarte Eure Berichte.« Er gab ihnen hastig seinen Segen und forderte sie auf zu gehen.

Die Beamten und Fusco verließen mit einer tiefen Verbeugung den Raum.

»Burckard, vertagt meine Audienzen«, wandte sich Borgia an den Zeremonienmeister, der gedankenverloren etwas abseits stand. »Ich muss mich um anderes kümmern. Und findet Marradès!«

Er hatte auf den Tagesanbruch gewartet, der gar nicht mehr kommen zu wollen schien. Das kleinste Geräusch versetzte seine Sinne in Alarmbereitschaft und ließ ihn das Schlimmste befürchten.

Beim ersten Sonnenstrahl stand Segundo auf, wusch sich und zog die sauberen Kleider an, die er in der Höhle versteckt hatte.

Er versorgte die Wunde an der Hand, die weniger angeschwollen schien, und wickelte eine saubere Binde darum. Er zog Handschuhe aus weichem Leder an, die den Verband verdeckten, ihm aber dennoch Bewegungsfreiheit ließen. Er entnahm einem Kästchen zwei Dolche; einen steckte er in das Futteral am Gürtel, den er um die Taille trug, den anderen in den rechten Stiefel. Er warf sich einen Samtmantel über die Schulter, bedeckte sein Gesicht mit der Kapuze und ging hinaus. Im Stall streichelte er seinem Pferd das Maul und prüfte, ob es gefressen hatte. Dann sattelte er es und begab sich schließlich ins Stadtzentrum.

Die beste Methode, sich ein Bild zu machen, war ein Gang über den Markt, wo die Neuigkeiten noch frischer waren als das Gemüse, oder durch die Gassen der Krämer, wo unangenehme oder brisante Dinge zu einer richtig großen Sache aufgeblasen und mit fantastischen Details ausgeschmückt wurden.

Er brauchte nicht lange, um herauszufinden, was in dieser Nacht geschehen war: Andrea Gianani war aus Lorenzo

Calvis Palazzo geflohen, und der Bargello hatte ihn mit dem Vorwurf, seinen mutmaßlichen Liebhaber getötet zu haben, suchen lassen.

Warum hatte er sich nicht gestellt und seine Unschuld klären lassen? Wo hielt er sich versteckt? Hatte er mit jemandem gesprochen oder gar schon eine Zeichnung von seinem Gesicht angefertigt? Segundos Geist arbeitete auf Hochtouren, als er sich für den Gang durch die Menge bereit machte.

Er musste Gianani finden, bevor der Bargello es tat.

Im Vorzimmer herrschte Gedränge. Diejenigen, denen die Audienz verweigert worden war, beschwerten sich lautstark; sie bedrängten die Sekretäre, denen es nicht gelang, den allgemeinen Aufruhr in den Griff zu bekommen. Daher riefen sie die päpstlichen Garden zu Hilfe, um die Gemüter zu beschwichtigen.

Die Vertreter einiger Adeliger stießen Drohungen aus; besonders erbost waren die Calvi, die Burckard zu ignorieren versuchte.

Als er Marradès, noch in Mantel und Handschuhen, eintreten sah, eilte der Zeremonienmeister auf ihn zu.

»Gut, dass Ihr da seid!«, rief er aus. »Ich weiß nicht mehr, wie ich diese Menge im Zaum halten soll. Seine Heiligkeit hat heute Morgen mehrmals nach Euch gefragt.«

»Das dachte ich mir, ich kam, so schnell ich konnte. Erzählt mir, was los ist!«

Während Burckard ihn über die Fakten in Kenntnis setzte, hatte sich auch Francisco Flores eine Bresche durch die Menge der Bittsteller geschlagen und kam rasch auf sie zu.

»Stimmt es, was man mir zugetragen hat?«, fragte er beunruhigt.

»Ja, Don Flores, seine Eminenz Kardinal Calvi wurde von

einem der Gebrüder Gianani ermordet«, entgegnete Burckard. Dann fuhr mit gesenkter Stimme fort: »Der Heilige Vater ist außer sich, und das Kardinalskollegium ist in Aufruhr. Man muss Gianani schnellstens finden und verurteilen.«

»Damit muss der Bargello sich befassen«, entschied Marradès mit Bestimmtheit.

»Der Bargello ist Römer, und die Adeligen schützen Gianani, denn er ist einer von ihnen«, sagte Burckard gedankenvoll. »Ich glaube, es ist besser, wenn Ihr zu Seiner Heiligkeit hineingeht. Er hat sich vor einer halben Stunde mit Kardinal Valentino zurückgezogen. Doch er erwartet Euch voll Ungeduld.«

Burckard ging zur Tür des Arbeitszimmers. Davor stand Michele Corella, Cesare Borgias Gefährte mit dem grimmigen Auftreten und dem finsteren Gesicht. Er und Cesare waren unzertrennlich; nun legte er die behandschuhte Rechte zum Gruß an den Hut.

Burckard vernahm ein schwaches Zittern in der Brust, als er, gefolgt von Marradès und Francisco, in das Arbeitszimmer des Papstes schlüpfte. Alexander VI. stand gestikulierend vor seinem Sohn.

Kardinal Cesare Borgia machte einen gelangweilten Eindruck, als sei er es leid, sich die Klagen anzuhören. Als er Marradès und Francisco hereinkommen sah, verabschiedete er sich eilig von seinem Vater und verließ das Arbeitszimmer.

Der Papst sah sowohl Marradès als auch Francisco zornig an.

Nachdem sie sich verbeugt und seine Hand geküsst hatten, warteten die beiden Männer gesenkten Hauptes.

»Wo wart Ihr?«, fragte der Papst ungeduldig.

»Heiligkeit, vergebt mir, etwas Unvorhergesehenes hat mich aufgehalten.« Zerknirscht verbeugte sich der Kammerherr nochmals.

»Ich kenne die Einzelheiten der Tragödie noch nicht«, fügte Francisco in gemäßigtem Ton hinzu, »man sagte mir nur, ein Gianani habe …«

»Er hat es gewagt, einen Kardinal umzubringen! In seinem eigenen Haus!«, unterbrach ihn Borgia. »Aus Eifersucht! Und dann ist er geflohen! Keiner weiß, wo er ist!«

Der Papst schritt aufgebracht durch den Raum. »Wenn Calvi nicht innerhalb weniger Tage schon der Dritte gewesen wäre, wäre es mir gleichgültig, welches Ende er nahm. Wie nimmt man an den anderen Höfen dieses Kardinalsgemetzel auf? Um uns in ein schlechtes Licht zu setzen und unsere Vorhaben zunichtezumachen, wird man uns vorwerfen, wir könnten die öffentliche Ordnung nicht aufrechterhalten. Man wäre sogar imstande, uns für diese Todesfälle verantwortlich zu machen. Der römische Adel hält nur zusammen, wenn es darum geht, sich uns in den Weg zu stellen. Sie schmieden da draußen ihre Ränke, alle miteinander, es fehlt keiner: Orsini, Colonna, Sforza auch.«

»Eure Mutmaßungen sind berechtigt, Heiligkeit, die verstorbenen Kardinäle waren unsere Gegner, und es ist zu erwarten, dass unsere Widersacher gemeinsam Front machen, um …«, meldete sich Marradès ruhig zu Wort, doch der Papst überging seinen Kommentar.

»Nun sind drei Hüte neu zu vergeben«, sagte er und ging damit von den Beschimpfungen zum praktischen Teil über. Wir werden die infrage kommenden Kandidaturen sichten, um die vorteilhafteste Wahl zu treffen. So ziehen wir wenigstens Nutzen aus dieser verworrenen Situation. Marradès, kümmere du dich um die Audienzen. Betone unser Befremden angesichts der Geschehnisse und unseren Willen, sie aufzuklären.«

»Und womit kann ich Euch dienen, Heiligkeit?«, fragte Francisco und legte eine Hand aufs Herz.

Nachdenklich setzte sich der Papst an den Tisch.

»Du wirst zur Witwe Gianani gehen … Marradès, du erinnerst dich bestimmt noch ans letzte Mal – als ihr Ehemann gehängt wurde und ich dich hingeschickt habe, den gottlosen Baron bei Laune zu halten.«

»Rechne nicht mit höflichem Umgang, Francisco, diese Familie ist sehr hochmütig«, bestätigte der Kammerherr, und der Papst fügte in väterlichem Ton hinzu: »Bei diesen Rebellen braucht man Fingerspitzengefühl. Beruhige sie, Francisco, sag der Baroness, dass ich nicht die Absicht habe, mich mit ihnen anzulegen, und überzeuge sie davon, dass ich Gnade walten lasse, wenn sich ihr Schwager umgehend stellt.«

»Wie Ihr wünscht, Heiligkeit.« Francisco neigte zur Bestätigung den Kopf und dachte bei sich, was für ein Schauspieler der Papst doch sein konnte. Milde war es bestimmt nicht, die der den Giananis gegenüber walten lassen wollte!

»Der Bargello macht seine Arbeit, wir die unsere. Fusco ist streng, und seine Pedanterie ist mir oft ein Ärgernis, aber bei diesen Fällen ist seine Arbeit nützlich. Ich erwarte möglichst rasch detaillierte Berichterstattung von Euch«, schloss Borgia und reichte den Fischerring zum Kuss.

Francisco befolgte den Ritus, und Marradès tat es ihm nach, dann verließen beide den Saal.

XV.

Der durchbohrte Engel

Aufmerksam betrachtete Gemma das Gesicht des Unbekannten, der nach wie vor ohnmächtig auf Samirs Bett lag.

Er sah aus wie einer der Märtyrer auf den Kirchengemälden, die sie sich immer ganz ergriffen ansah. Rein und vollkommen nahmen sie ihre Folterqual auf sich, von einer goldenen Aureole umgeben und den verklärten Blick zum Himmel gerichtet.

Mit kundigen Handgriffen fuhr sie ihm mit einem feuchten Tuch über die fieberheiße Stirn und befeuchtete die trockenen Lippen mit ein paar Tropfen Pfefferminztee. Der Mann wälzte sich hin und her und murmelte: »Ich war es nicht«, und andere Sätze ohne Sinn.

Seine Schulter blutete nicht mehr. Gemma hatte sie mit einer Paste aus Heilkräutern versorgt und dann fest verbunden. Wer weiß, was diesem durchbohrten Engel widerfahren ist, dachte sie, aus welchen Himmeln er gestürzt ist, dass er so zugerichtet ist.

Der Morgen graute. Gemma verließ das Zimmer und rief Samir.

»Ich höre mich draußen um, ob es Neuigkeiten gibt. Bleib du in seiner Nähe.«

Sie griff nach Schal und Korb und begab sich zum nahe gelegenen Marktplatz. Dort waren die Stände bereits aufgebaut; teils simple Karren mit Ware, die man einfach so abgestellt hatte, teils richtige Tische, auf denen sich die Erzeugnisse stapelten. Die Händler priesen ihre Waren in den unterschiedlichsten Tonlagen und Dialekten an. Hausfrauen, Diener und Neugierige spazierten zwischen den Ständen umher, kauften oder kommentierten die Ware.

Gemma trat gerade an einen Gemüsestand, als der harte Klang einer Trommel die Aufmerksamkeit der Menge auf sich zog. Die Trommel zur einen und eine Wache zur anderen Seite verkündete ein Ausrufer schreiend eine Bekanntmachung.

»Bürger von Rom! Wer etwas über Andrea Gianani weiß, soll es dem Bargello melden! Bürger! Wer etwas über Andrea Gianani weiß, soll es dem Bargello melden! Derjenige wird eine Belohnung bekommen! Bürger!«

Sobald das Trüppchen weitergezogen war, um den Aufruf an anderer Stelle zu wiederholen, wandte sich Gemma an eine Verkäuferin. »Nunzia, verzeiht, was ist passiert? Wen suchen sie?«

»Das ist eine hässliche Geschichte, meine liebe Gemma! Vor einer Stunde hat mir mein Schwager, der immer das Gemüse zum Bargello bringt, erzählt, dass eben jener Mörder der Bruder eines Barons ist, stellt Euch das mal vor. Er hat den Kardinal Calvi umgebracht!« Die Frau senkte die Stimme und kam mit ihrem Gesicht ganz nah an das von Gemma.

»Er war sein Liebhaber! Aber? Was habt Ihr? Ihr seid ja ganz blass!«

War er es?, fragte sich Gemma, und das Herz schlug ihr bis zum Hals. Sie hatte einen Mörder in ihr Haus aufgenommen! Nein, sagte sie sich gleich darauf, nein! Dieser junge Mann war nicht imstande, jemandem etwas Böses anzutun, das spürte sie … Außerdem hatte er im Fieberwahn immer wieder gesagt: »Ich war es nicht!« Da musste ein Missverständnis vorliegen.

Im allgemeinen Geschrei des Marktes war nach wie vor die Stimme des Ausrufers zu hören, die sich allmählich zwischen den Ständen verlor, während die Schläge der Trommel heftig in Gemmas Kopf hämmerten.

»Herzchen, was ist denn? Wollt Ihr einen Schluck Wasser?« Neugierig beäugte Nunzia das blasse Gesicht des Mädchens. »Wisst Ihr vielleicht etwas?«

»Ich? Was redet Ihr da? Ich bin doch die ganze Zeit im Haus!« Gemma versuchte, ihre Beunruhigung hinter einem angestrengten Lächeln zu verbergen. »Mich haben bloß diese Neuigkeiten durcheinandergebracht, aber jetzt geht es wieder. Gebt mir von den Zichorien und einen Kohl für eine Gemüsesuppe.«

Gemma verstaute das Gemüse in dem Korb, gab der Verkäuferin das Geld und eilte nach Hause.

Andrea heißt er also, dieser Engel. Oder ist es ein Teufel? Stimmte es, was da als Wahrheit verbreitet wurde? Nunzia hatte gesagt, er sei der Liebhaber des Kardinals gewesen! Der Liebhaber! Doch diese Klatschbase zog über alle her …

Der Einzige, der ihr darauf eine Antwort geben konnte, war Andrea selbst.

Sie blieb abrupt stehen.

Es gab noch eine andere Möglichkeit – sie konnte zum Bargello gehen. Es war eine Belohnung ausgesetzt, sie könnte sie einkassieren, Barocelli auszahlen und wäre wieder frei.

Der Ausrufer war noch in der Nähe, sie brauchte bloß die Wache zu rufen, die ihn begleitete, und … Aber wenn er nun doch nicht der Gesuchte war?

Sie dachte an das schöne, leidende Gesicht, an das, was er

im Fieberwahn gesagt hatte … Nein, sie würde ihn nicht ausliefern, sie wollte erst mit ihm sprechen.

Engel töten nicht.

Sie betrat das Haus ganz vorsichtig und wurde vom fragenden Blick Samirs empfangen. Doch sie erzählte ihm nichts von den Geschehnissen auf dem Markt.

Auf ein Stöhnen hin stürzte sie zum Krankenlager.

Während Gemma ans Bett trat, öffnete Samir die hölzernen Fensterläden ein wenig, sodass das Morgenlicht hereinfiel.

»Wo bin ich?«, fragte Andrea atemlos, schaute sich um und entdeckte das Mädchen. »Und wer seid Ihr?«

Der Schmerz zeichnete sich auf seinen Gesichtszügen ab, als er die linke Schulter bewegte.

»Ich heiße Gemma und habe Euch auf der Straße aufgelesen.«

Andrea schloss die Augen; bestürzt öffnete er sie wieder. Es war nicht bloß ein schlechter Traum. Lorenzo mit durchschnittener Kehle, der Messerstich an der Schulter, die nächtliche Flucht …

»Hat Euch jemand gesehen? Wer hat mich verarztet?«, fragte er sie mit Blick auf den fachmännisch angelegten Verband und das weiße Leinenhemd, das er statt seiner schmutzigen Kleider trug.

»Es hat mich niemand gesehen, und versorgt habe ich Euch. Mein Diener hat Euch entkleidet und umgezogen. Ich werde versuchen, Euer Wams zu waschen und zu flicken und auch das zerrissene Hemd.«

Eine Weile betrachtete Andrea das Mädchen. Sie hatte wunderschöne Augen und ein anmutiges Gesicht, wenn man von der langen Narbe absah, die ihre linke Wange entstellte und die sie auf kindliche Weise mit einer Locke zu verbergen suchte. Ihre Stimme war klar und angenehm; sie war gut, wenn auch einfach gekleidet.

»Wie fühlt Ihr Euch?«, fragte sie besorgt.

»Schlecht ... die Schulter«, flüsterte Andrea.

»Die Wunde war tief. Ich habe sie genäht und versorgt, aber wenn Ihr es wünscht, lasse ich einen Arzt kommen.«

»Nein!«, schrie Andrea und versuchte aufzustehen, doch er wurde ganz blass vor Anstrengung und musste sich wieder hinlegen.

»Bewegt Euch nicht.« Gemma trocknete ihm die Stirn. »Das Fieber ist gesunken, aber Ihr habt viel Blut verloren und müsst Euch ausruhen, wenn Ihr nicht wollt, dass sich die Wunde entzündet.«

Andrea nickte. Er musste der Unbekannten vertrauen, er hatte keine andere Wahl. Er warf einen Blick auf den großen, korpulenten Diener, der in respektvollem Schweigen bei der Tür wartete.

»Was wisst Ihr von mir?«, fragte er mit hauchdünner Stimme.

»Ich weiß, dass sie Andrea Gianani suchen ... Seid Ihr das?«

Andrea nickte. Was nützte es schon, die Wahrheit zu verbergen? Vielleicht hatte sie schon den Bargello gerufen.

»Man sagt, Ihr hättet Euren Freund, einen Kardinal, getötet«, sagte Gemma, ohne ihn anzusehen.

»Nein! Nicht ich habe ihn getötet, ich schwöre es! Habt Ihr mich angezeigt?«

Mit bangem Blick sah Andrea sie eindringlich an.

»Niemand weiß, dass Ihr hier seid«, antwortete Gemma hastig, um seine Befürchtungen auszuräumen.

»Habt Ihr die Garden wirklich nicht gerufen?«

»Nein, ich habe gehört, wie Ihr im Fieberwahn wiederholt

habt: ›Ich bin es nicht gewesen.‹ Ich wollte zuerst von Euch die Wahrheit hören – die Leute reden immer zu viel.«

»Ich habe niemanden getötet, glaubt Ihr mir das?«

»Ich glaube Euch«, murmelte Gemma und senkte den Kopf, um die aufsteigende Röte zu verbergen.

»Man hat bestimmt ein Kopfgeld auf mich ausgesetzt, wieso holt Ihr es Euch nicht?«

»Ich habe Euch, ohne zu wissen, wer Ihr seid, auf der Straße aufgesammelt, weil Ihr verletzt wart. Das Kopfgeld interessiert mich nicht.«

Andrea seufzte. Die Großzügigkeit dieser jungen Frau verwirrte ihn.

»Verzeiht, ich wollte Euch nicht beleidigen. Ich bin so durcheinander. Ich werde Euch erzählen, was mir passiert ist, so könnt ihr Euch selbst ein Urteil bilden.«

Gemma entließ Samir und setzte sich auf die Kante eines Stuhls gleich beim Bett.

Lupa betrat das Zimmer und knallte die Tür zu. Sie schmiss die Tasche mit den Einkäufen auf den Tisch und riss die Fensterläden auf.

Parola schnarchte immer noch, die Wirtin schüttelte ihn kräftig.

»Wach auf! Wach auf!«

Der Schauspieler öffnete die triefenden Augen ein wenig, sah sie kurz an und drehte sich auf die andere Seite.

»Steh auf, Faulpelz!«

»Lass mich schlafen«, brabbelte Parola. »Hat dir das heute Nacht denn nicht gereicht? Du bringst mich noch ins Grab! Ich bin doch keine dreißig mehr.«

»Holzkopf! Du interessierst mich doch gar nicht!«, schrie Lupa und stieß ihn fort. »Weißt du, was ich auf dem Markt gehört habe? Erinnerst du dich, wie jemand heute Nacht an die Tür geklopft hat?«

»An die Tür?«, fragte Parola noch ganz schlaftrunken.

»Ja! Du grober Klotz hast das natürlich gar nicht gemerkt. Als ich wiederkam, hast du schon einen ganzen Wald abgesägt, so hast du geschnarcht. Da war einer an der Tür, der zu dir wollte. War das zufällig ein gewisser Andrea Gianani?«

»Wie soll ich das wissen? Du hast doch mit ihm gesprochen, oder?«

»Es war ein großer, eleganter, gut aussehender Typ. Er war an der Schulter verletzt.«

»Na und?«, fragte der Schauspieler gähnend. »Ja, das könnte er gewesen sein. Was wollte der von mir?«

»Er wollte, dass du ihn versteckst. Das wollte er! Der Bargello sucht ihn. Er hat einen Kardinal umgebracht. Es ist ein Kopfgeld auf ihn ausgesetzt. Wer ihn findet, bekommt einen Batzen Geld!«

Parola setzte sich schlagartig auf und war hellwach.

»Haben sie den Namen des Kardinals genannt?«

»Ja, Lorenzo Calvi.«

»Du blöde Kuh!«, schrie Parola, stand auf und suchte seine Kleider. »Der schuldete mir noch Geld! Wenn du ihn wenigstens hättest hereinkommen lassen, wäre das Kopfgeld jetzt unser!«

»Na, großartig! Und wie hätte ich das wissen sollen? Bei all den Dreckskerlen und Taugenichtsen, die hier ständig aufkreuzen. Der hat geblutet, er hätte hier krepieren können, und ich will keinen Ärger mit dem Bargello. Ich habe schon genug Gauner am Hals«, meinte Lupa und besah sich die Kleider des Schauspielers, die auf dem Fußboden verstreut waren.

»Du begreifst einfach nichts, du bist eben nur eine Frau! Weiber! Niedere Wesen! Du hast ihn nicht reinkommen lassen, weil du dich weiter vögeln lassen wolltest, deshalb!«, schrie der Schauspieler, hob eine graue Strumpfhose vom Boden auf und zog sie an.

»Und wohin gehst du jetzt?«, fragte Lupa und versuchte, ihn aufzuhalten.

»Jetzt werde ich dem Bargello was zu Gianani und seinem Kardinal erzählen!« Parolas Gesicht bekam einen gierigen Zug. »Und vielleicht springen ja auch ein paar Dukaten heraus. Für mich!« Er schob Lupa grimmig beiseite und ging fort.

»Elender Mistkerl! Bei all dem Geld, das du mir schuldest!«, schrie die Wirtin ihm aus dem Fenster nach, während er im Gehen seine zerrauften Haare ordnete. »Und dabei steht es dir noch nicht mal wirklich zu!«

Gemma hatte ihn in seinem Bericht nicht unterbrochen, sie hatte mitgefiebert und -gelitten.

Ippolitos Tod hatte sie sehr gerührt, sie hatte Juan Borgia gehasst und schließlich verstanden, warum sich Andrea in die Freundschaft mit Lorenzo geflüchtet hatte.

Sie sah, wie seine wohlgeformten Hände den Saum des Bettlakens kneteten. Solch feine, langgliedrige Hände konnten unmöglich die eines Mörders sein.

»Das ist alles«, schloss Andrea, als spräche er mit sich selbst. »Wie dumm. Ich bin geflohen, ohne auch nur zu versuchen, mich zu entlasten. Ich weiß auch nicht, warum …«

»Ich hätte es genauso gemacht«, wandte Gemma mit leiser Stimme ein. »Wenn ich merke, wie Leute mich schief ansehen und über mich urteilen, die mich gar nicht kennen, möchte ich auch am liebsten weglaufen.«

»So habe ich mein Leben und meine Familie ruiniert.«

»Verzweifelt nicht, Ihr seid frei und könnt Eure Unschuld

beweisen. Ihr habt das Gesicht des Mörders gesehen. Das könnte ein Anfang sein, um …«

»Ja«, unterbrach sie Andrea. »Sein Gesicht kann ich nicht vergessen, vor allem die Augen nicht. Sie waren wirklich außergewöhnlich. Ich könnte sie zeichnen. Habt Ihr Papier und Zeichenkohle?«

Hastig holte Gemma aus Barocellis Arbeitszimmer das Heft, in dem der Kaufmann die Haushaltsausgaben verzeichnete, und riss ein Blatt heraus. Sie fand auch einen Stückchen Zeichenkohle und übergab beides Andrea, zusammen mit einem Holzbrett als Zeichenunterlage. Der junge Mann brachte mit ein paar präzisen Strichen eine genaue Skizze zu Papier. Dann ließ er sich erschöpft wieder aufs Lager fallen.

»Da, das ist er.«

Gemma nahm das Blatt und betrachtete das Porträt.

»Wie gut Ihr zeichnet!«, rief sie und bewunderte die Züge des dargestellten Mannes. Besonders beeindruckte sie der unvergessliche Blick der beinahe schon unheimlichen Augen.

»Eure Zeichnung ist sehr genau – das müsste reichen, um ihn anzuzeigen.«

»Alle Indizien sprechen gegen mich.«

»Aber Ihr habt ihn gesehen«, beharrte Gemma.

»Ja, und deshalb wird er mich suchen, um mich zu töten, damit ich ihn nicht anzeigen kann. Ich muss fort, ich will Euch nicht gefährden.«

»Es geht Euch zu schlecht«, sagte Gemma und tupfte ihm die Stirn ab. »Außerdem kann er Euch nicht finden. Die Straße war menschenleer, als wir Euch zu Hilfe kamen.«

»Ich habe keine Angst vor ihm!«

Gemma bemerkte eine Veränderung in seinem Blick, als er diese Worte aussprach. Es zeigte, dass er weder ängstlich war noch kuschte.

»Wenn ich nur wüsste, wer er ist – ich würde ihn stellen und fragen, warum er Lorenzo getötet hat! Oder wer ihn dafür bezahlt hat«, fügte Andrea hinzu und versuchte nochmals aufzustehen, doch ein Schwindel warf ihn aufs Bett zurück.

Gemma trocknete ihm das aschfahle, schweißbenetzte Antlitz. Dann füllte sie einen Trinkkrug mit Wasser und fügte ein paar Tropfen einer ätherischen Substanz hinzu.

»Trinkt, das wird den Schmerz lindern.«

Sie führte den Becher an Andreas trockene Lippen und hielt seinen Kopf, um ihm das Trinken zu erleichtern.

»Mit diesem hohen Fieber werdet Ihr nirgendwohin gehen«, flüsterte sie sanft. »Ihr müsst erst wieder zu Kräften kommen, und hier seid Ihr vorerst in Sicherheit. Samir bewacht den Eingang des Hauses.«

Andrea ließ sich in die Kissen sinken und flüsterte ein kaum wahrnehmbares Danke, dann schwieg er mit geschlossenen Augen.

»Was soll ich damit machen?«, fragte sie Andrea und zeigte auf die Zeichnung.

»Wenn die Garde kommen sollte, um mich zu holen und mich daran hindern zu sprechen, dann zeigt ihnen das.«

»Das wird nicht nötig sein, wir werden beweisen, dass Ihr unschuldig seid!«

Andrea sah sie voller Zärtlichkeit an. Dieses Mädchen gab ihm wieder Hoffnung, und das erste Mal in seinem Leben fühlte er sich nicht einsam. Etwas Ungekanntes, nie zuvor Empfundenes ließ ihm das Herz erbeben, wenn er in Gemmas sanfte Augen schaute.

»Ich danke Euch nochmals und verzeiht mir meine Unhöflichkeit. Ich habe Euch überhaupt nicht nach Euch oder Eurer Familie gefragt.«

Gemma lächelte verlegen. Sie musste die Wahrheit sagen, doch es war eine unschöne Wahrheit.

»Ich bin es, die Euch hätte erklären müssen, wer ich bin, in dem Augenblick, in dem ich Euch hierherbrachte. Dies ist nicht mein Haus, sondern das eines Kaufmanns, der nicht mein Ehemann ist. Er sorgt für mich, deshalb bin ich bei ihm.«

Andrea wandte den Blick ab.

»Ihr habt schon viel für mich getan, jetzt muss ich gehen.«

»Nein!« Gemma trat beunruhigt zu ihm. »Er ist nicht in Rom und wird erst in ein paar Tagen zurück sein. Ich bitte Euch, urteilt nicht über mich, ehe …«

Andrea wollte etwas erwidern, doch ihm schwanden die Kräfte. Der Beruhigungstrunk begann zu wirken, und im nächsten Moment schlief er ein.

Gemma blieb an seiner Seite. Sie hatte so viele Gebete an die Madonna gerichtet, sie möge ihr die Kraft verleihen, Barocelli zu verlassen, und nun hatte sie ihr Andrea geschickt. Ihn im Stich zu lassen würde bedeuten, dieses Zeichen zu missachten. Als sie ihm die Haare aus dem Gesicht gestrichen hatte, hatte seine Schönheit sie schon betört, doch jetzt, nachdem sie mit ihm gesprochen hatte, war sie auch von seiner edlen Seele bezaubert. Seit Langem hatte sie sich mit niemandem so unterhalten, auch mit niemandem, der so freundlich war. Sie durfte nicht aufgeben: Das Leben konnte auch anders sein.

Sie nahm das Porträt des Mörders und betrachtete es eingehend.

Wer er wohl war …

XVI.

Erste Verhaftungen

Es war Ercole, der Bastiano weckte.

Er nahm einen Zipfel der Bettdecke zwischen seine kräftigen Kiefer und zog sie weg, immer zur selben Stunde, dann legte er sich geduldig vor das Bett. Bastiano streichelte seinen mächtigen Kopf und murmelte schläfrig ein Lob.

Der Hund und die Gianani waren seine Familie. Als junger Mann hatte er unter dem Banner des alten Barons gekämpft und war in der Schlacht verletzt worden. Gianani hatte ihn gerettet, und er hatte ihm im Gegenzug die Treue geschworen und ihm sein Leben geweiht.

An diesem Morgen war Bastiano schon wach, als Ercole kam. Er wusste, dass auf eine solch schreckliche Nacht nur ein trostloser Tag folgen konnte, und bereitete sich innerlich darauf vor.

Er zog sich eilig an und ging, gefolgt vom Hund, in den Hof hinaus, wo er das Eingangstor mit dem größten Schlüssel aus dem Bund öffnete, der an seiner Hüfte hing. Das gehörte nun auch zu seinen Aufgaben, in der Vergangenheit jedoch, als der Palazzo noch Wachen und Aufseher hatte, hatten er und der Baron lange Kontrollritte durch die Besitztümer gemacht. Nun war davon wenig übrig, bloß der Landsitz von Volpaia, weiter im Norden.

Ercole bellte, als er die Kutsche des Bauern erkannte, der mit den Lebensmittelvorräten in den Hof gefahren kam.

Nachdem Bastiano die Fracht kontrolliert hatte, rief er einen Küchenjungen, der Geflügel, Eier, Obst und Gemüse abladen sollte.

Er hatte seine Arbeit immer gern gemacht, doch in den letzten Monaten setzte ihm die wehmütige Stimmung im Palazzo zu. Mit dem Tod seines Herrn war eine Ära zu Ende gegangen, auch der kranke Kastanienbaum trug kaum mehr Früchte.

Ihm war, als könnte er immer noch hören, wie sein Herr seine Söhne anspornte, auch in diesem Jahr wieder die Kastanien einzusammeln. Mit kindlichem Geschrei begleiteten die Jungen den Wettkampf; sie brannten darauf, den Preis in Empfang zu nehmen, den der Baron dem Schnellsten in Aussicht gestellt hatte. Er widmete seinen Söhnen nicht viel Zeit, sie hingegen schwelgten in den seltenen Momenten der Freude. Nun war von der Freude keine Spur geblieben.

Der alte Diener kannte jedes Geheimnis der jungen Gianani, er hatte sie zur Welt kommen und aufwachsen sehen, hatte gesehen, welchen Hass sie gegen ihren Vater hegten. Doch ohne seine Führung machten sie oft Fehler.

Als er die Treppe zum ersten Stock hinaufging, hörte Bastiano den kleinen Ruggero weinen und wie die Amme versuchte, ihn zu trösten. Baronin Isabella hatte gegen den Brauch alles dafür getan, ihren Sohn selbst zu stillen, doch sie hatte keine Milch. Der Schmerz hatte ihre Brüste trocken werden lassen. Die Herrin war so traurig, und sie aß nichts.

Baron Jacopo hingegen schlief am Morgen und wachte in der Nacht. Das konnte Bastiano an den vielen abgebrannten Kerzen in seinem Zimmer sehen. Jacopo kontrollierte die Rechnungen, dann saß er am Kamin und las. Er ging abends selten aus, fand stattdessen immer eine Ausrede, seiner Schwägerin Gesellschaft leisten zu können, und Schlaflosigkeit zermürbte ihn.

Plötzlich hörte Bastiano einen Knecht nach ihm rufen – es war so weit.

»Bastiano, schnell, es ist der Bargello! Sie wollen den Baron holen!«

»Bleib du hier«, befahl er dem Jungen und begab sich mit raschen Schritten zum Vorhof.

Riccardo Fusco war bereits mit Tito Ferro und ein paar Gardisten hereingekommen und sah sich ungeduldig um.

»Ruft Eure Herren«, wies Ferro Bastiano an.

Mit einer Verbeugung drehte sich der Diener um, um die Anweisung auszuführen, doch das Eintreffen von Jacopo hielt ihn auf.

»Was geht hier vor sich, Hauptmann Fusco? Was hat ein solches Eindringen bei Morgengrauen zu bedeuten?«

»Ich suche Euren Bruder Andrea.«

»Aus welchem Grund?«

»Er ist des Mordes an Kardinal Calvi angeklagt.«

Jacopo nahm den Schlag hin, wobei er Ungläubigkeit vortäuschte.

»Das ist nicht möglich! Es muss ein Irrtum vorliegen!«

»Ist er hier?«

»Bastiano, geh und ruf Andrea!«

»Er ist heute Nacht nicht nach Hause gekommen, Baron«, murmelte Bastiano.

Ferro übergab Jacopo ein Schreiben mit päpstlichem Siegel.

»Dies ist ein Durchsuchungsbefehl.«

Während Jacopo ihn öffnete und las, forderte Fusco mit einem Kopfnicken seine Gardisten auf, den Palazzo zu inspizieren.

Angeführt von Ferro entfernten sich die Waffenträger und ließen den Bargello mit Gianani allein.

»Hauptmann, seid Ihr Euch der Schwere Eurer Unterstellung bewusst?«

»Behindert nicht die Justiz, Baron«, rief Fusco aus und begab sich ins Innere des Palazzo. »Dies sind nicht bloß Mutmaßungen, ich habe Zeugen.«

»Erklärt mir wenigstens, was geschehen ist!«

»Euer Bruder hat Kardinal Calvi in seinem eigenen Haus die Kehle durchgeschnitten und ist anschließend geflohen.«

»Absurd! Mein Bruder ist zu solch einer Tat nicht fähig, und der Kardinal ist ein guter Freund von ihm.«

»Man hat gesehen, wie er den Palazzo Calvi ziemlich aufgeregt betreten hat, und nachdem er den Kardinal getötet hatte, hat er die anwesenden Gäste mit einem Dolch in der Hand bedroht und ist schließlich geflohen.«

Während er Jacopo antwortete, ließ Riccardo Fusco den Blick durch den Raum wandern.

»Doch niemand hat ihn töten sehen, entnehme ich Euren Worten«, erwiderte Jacopo und versuchte, den umherschweifenden Blick des Bargello zu einzufangen. »Mit anderen Worten: Er wurde nicht auf frischer Tat ertappt.«

»Jetzt werdet Ihr spitzfindig.«

»Spitzfindig? Nennt mir lieber einen Grund für diese Tat!«

»Danach werde ich Euren Bruder fragen. Doch vielleicht habt auch Ihr eine Idee – in Anbetracht der besonderen Art seiner Beziehung zu Calvi.«

»Ihr werdet doch dem boshaften Gerede keinen Glauben schenken? Sie waren bloß Freunde!«, schrie Jacopo empört.

»Ich bitte Euch, seid so freundlich, Euch zurückzuziehen, damit wir unsere Arbeit machen können«, schnitt ihm Fusco das Wort ab. »Ich will mit der Dienerschaft sprechen. Du da«, sagte er an Bastiano gewandt, »zeig mir den Weg.«

Jacopo erwiderte nichts mehr. Die Anweisung des Bargello war klar und unmissverständlich gewesen. Um seine Wut in den Griff zu gekommen, begann er im Arbeitszimmer auf und ab zu laufen, bis schließlich Isabella eintrat. »Was hat Andrea gemacht, wieso sucht man ihn?«

»Es handelt sich um ein Missverständnis, mach dir keine Sorgen«, sagte Jacopo und streckte ihr die Hände entgegen. Isabella trat einen Schritt zurück.

»Du hast mir nicht vergeben«, flüsterte Jacopo.

Isabella sah die Beschämung in seinem Blick, doch sie erwiderte nichts. »Du hast recht«, fuhr Jacopo fort. »Ich schäme mich für mein Benehmen. Ich werde in meinem ganzen Leben nie wieder etwas trinken und ...«

»Lass uns jetzt nicht an jene Nacht denken!«

»Gib mir eine zweite Chance. Ich will dir beweisen, wie sehr ...«

»Erklär mir lieber, was vor sich geht und wo Andrea ist!«, verlangte Isabella nochmals und setzte seiner leidenschaftlichen Erklärung ein Ende.

»Er ist geflohen, ich weiß nicht wohin. So höre doch, vielleicht gibt es keine weitere Gelegenheit mehr, um ...«

Fuscos Eintreten unterbrach ihn.

»Man hat Euren Bruder nicht gefunden«, sagte der Bargello. »Also müsst Ihr uns in die Engelsburg folgen.«

»Dies ist ein Übergriff«, erklärte Jacopo und sah Isabella an, die ihr Gesicht in den Händen verbarg.

»Dies geschieht nicht auf mein Betreiben, Baron, so will es das Gesetz.«

»Ich werde mich an Kardinal Sforza wenden!«

»Das ist Euer Recht. Wo ist Euer Bruder Mario?«

»Ich habe keine Ahnung«, antwortete Jacopo. Und hielt dem Blick des Bargello stand.

»Sobald er zurückkommt, soll er sich bei mir melden. Und nun folgt mir.«

»Könntet Ihr nicht …«

»Baron, macht mir meine Aufgabe nicht noch schwerer. Ihr seid für das, was geschehen ist, nicht verantwortlich, aber Befehl ist Befehl.«

»Nun gut, Hauptmann«, stimmte Jacopo zu, biss die Zähne zusammen und sah die zitternde Isabella an. »Vielleicht wird sich die Angelegenheit im Gespräch mit dem Gouverneur aufklären.«

Er trat auf Isabella zu und ergriff ihre Hände. Dieses Mal zog die junge Frau sie nicht zurück.

»Ich werde bald zurück sein, und Andrea wird diese Verwicklungen aufklären, du wirst sehen. Ich vertraue dich Bastiano an.«

Er warf dem Diener einen Blick zu, der zustimmend nickte, dann beugte er sich hinab, um Isabellas Hände zu küssen, und folgte raschen Schrittes der Garde nach draußen.

Tito Ferro hatte sich breitbeinig vor Mastro Simone aufgebaut, der ihn völlig verstört ansah.

»Warum habt Ihr mich festgenommen? Was habe ich getan?«, kreischte der Maler und suchte Beistand bei Fusco, der ungerührt in einer Ecke der Zelle saß.

Der Bargello ließ mit seiner Antwort auf sich warten und strich über das Schwert, das er am Gürtel trug. Er hatte Geschick darin, Geständnisse zu erzwingen, er wusste, wie er sich in die Köpfe der Befragten graben konnte, und wenn sie logen, merkte er das sofort. Der hier, der sich gerade vor ihm wand, war ein kleiner Fisch, einer, der gestohlene Werke an den Mann brachte. Dem Majordomus von Lorenzo zufolge hatte dieser jedoch den Hehler mit dem Kardinal bekannt gemacht.

Er musste ihn rasch dazu bringen zu sagen, was er wusste.

»Nun, Mastro Simone, wirft die Werkstatt nicht genug ab?«, fragte Riccardo gleichmütig.

»Was soll das heißen?«, fragte Simone beunruhigt.

»Das heißt, dass Ihr gezwungen seid, Euer Einkommen mit dem Verkauf gestohlener Werke aufzubessern.«

Er traf ins Schwarze. Der Maler wurde feuerrot im Gesicht und riss die Augen vor Überraschung noch weiter auf.

»Ich kenne viele kunstinteressierte Herrschaften, doch ich handele nur mit Dingen, die erlaubt sind.«

»Ihr seid nur ein unschuldiger Maler und ein gewissenhafter Kaufmann, und daher …« Fusco sah ihn spöttisch an, dann änderte er unvermittelt den Ton und trat dicht an ihn heran: »… ein Kaufmann, der nicht viel nachfragt.« Die Augen des Bargello funkelten unter den geschwollenen Lidern.

»Seid Ihr Kardinal Calvi oft zu Diensten?«

»Er ist einer meiner besten Kunden, ein echter Experte.«

»Habt Ihr ihm in jüngerer Zeit ein Porträt von Juan Borgia verkauft?«

»Nein, davon weiß ich nichts.«

»Und Ihr kennt nicht zufällig einen Lahmen, der mit solcher Ware handelt?«

Mastro Simone konnte seinen Unmut nur mit Mühe verbergen.

»Nein, Hauptmann.«

»Verschwendet meine Zeit nicht, Mastro.« Riccardo gab

Tito ein Zeichen, woraufhin dieser drohend näher kam. »Dafür fehlt mir die Geduld.«

Mastro Simone schluckte schwer.

»Ich habe mit dieser Geschichte nichts zu tun, Hauptmann, Ihr irrt Euch.«

Fusco brachte sein Gesicht so nah vor das des Malers, dass er es fast berührte.

»Dem Kardinal wurde die Kehle durchgeschnitten, und der Hinkefuß hat bei dem Mord geholfen.«

Simone erbleichte schlagartig.

»Doch dann ist er verschwunden. Und ich gehe davon aus, dass Ihr mir dabei helft, ihn zu finden.«

Mastro Simone suchte Halt an einer Wand.

»Der Kardinal … tot? Aber wer …«

»Wo ist Andrea Gianani?«, fragte Ferro drohend.

Der Maler sah ihn verdutzt an.

»Er nahm bei mir Malunterricht, er ist ein guter Freund des Kardinals, aber …?«

»Ein so guter Freund, dass er ihm in seinem eigenen Haus die Kehle durchgeschnitten hat!«

Mastro Simone wurde schwummerig, er glitt zu Boden und flüsterte: »Er? Nein! Das kann nicht ein, sie waren so vertraut miteinander.«

»Wie sehr?«

»Die Leute können gehässig sein …« Der Blick des Malers irrte unstet umher.

»Seid ihr immer noch sicher, den Hehler nicht zu kennen?«

Simone zögerte, ehe er antwortete: »Ich weiß nicht, wer es ist, das habe ich Euch schon gesagt.«

Fusco sah ihn wortlos an. Er log, da war er sich sicher.

»Ihr bleibt in der Zelle. Ich gebe Euch ein paar Stunden

Zeit nachzudenken. Ich bin sicher, dass die Erinnerung zurückkehrt – und zwar schleunigst, denn sonst …«

Er ließ den Satz im Raum stehen, doch sein Blick sprach Bände.

Er drehte sich um und ging, gefolgt von Tito, ohne Mastro Simone Zeit für eine Erwiderung zu lassen.

Parola marschierte schnurstracks zum Palazzo des Bargello und versuchte dabei, das Gewirr seiner Gedanken zu ordnen. Sicher, wenn Lupa Gianani in dieser Nacht hereingelassen hätte, hätte er das Kopfgeld kassieren können, doch damit hätte er Andrea verraten, und einen Adeligen zu verraten war nicht gut für seine Karriere. Alles in allem hatte die Wirtin genau das Richtige getan, als sie Gianani wegschickte. Er hatte nun die Gelegenheit, noch ein bisschen Geld zu verdienen, ohne sich jemanden zum Feind zu machen. Im Gegenteil, er konnte den Bütteln zeigen, dass seine Hilfe wertvoll war. Er würde Lupa nichts sagen, einer Frau mit dem Hirn zwischen den Schenkeln konnte man nicht trauen!

Er bereitete sich auf die Unterredung mit dem Bargello vor. Ein paar eindrucksvolle Worte wären gut, etwas Effektvolles aus einem seiner Stücke am besten. Er kramte in seinem Gedächtnis nach einer geeigneten Passage, doch es fiel ihm keine ein. Er hatte jedoch eine saftige Szene parat, die er dem Schergen erzählen und die ein glaubhaftes Motiv für die Tat des jungen Delinquenten abgeben konnte. Was hatte er sie bei Buonarroti streiten sehen, da war es hoch hergegangen!

Entschlossen betrat er den Palazzo, bestärkt durch die Bedeutsamkeit seiner Enthüllungen sah er sich um, doch an diesem Ort fühlte er sich nicht so recht wohl. Hier hatte er einige wenig angenehme und noch weniger ehrenvolle Stunden verbracht, in denen er ein paar kleinere Vergehen verbüßt hatte. Er fasste sich ein Herz und wollte gerade einen Wachtposten fragen, wo Hauptmann Fusco sei, als er ihn sah. Der Bargello begab sich zu einem anderen Ausgang, wie immer in Begleitung von Tito Ferro und einigen Gardisten mit finsterem Gesichtsausdruck. Parola lief ihm rufend entgegen: »Hauptmann! Hauptmann!«

Fusco sah ihn mit unverhohlener Missbilligung an. Dieser geschwätzige Schmierenkomödiant, der sich gern in Schwierigkeit brachte, nur um seinen dürftigen Verdienst etwas aufzubessern, drohte ihm Zeit zu stehlen.

»Exzellenz!« Parola verbeugte sich mit besonderem Nachdruck. »Ich muss Euch dringend in einer Sache von essenzieller Bedeutung sprechen.«

»Parola, stehlt dem Hauptmann nicht seine Zeit!«, knurrte Ferro und hielt ihn von Fusco fern.

»Hauptmann, Ihr müsst mich anhören!«, beharrte Parola und folgte ihm dicht auf den Fersen. »Ich habe erstaunliche Neuigkeiten. Neuigkeiten, die den Verlauf Eurer Untersuchungen verändern werden. Die Euch ...« Bei einem Blick auf den Bargello begriff Parola, dass er besser auf den Punkt kommen sollte. »Ich habe gehört, Ihr sucht den Baron Andrea Gianani.«

Riccardo Fusco blieb abrupt stehen und packte Parola am Arm.

»Und was weißt du darüber?«

»Die Ausrufer sagten ...«

»Mach es kurz. Ich weiß, was die Ausrufer gesagt haben.«

»Gianani kam letzte Nacht zu mir ... Der arme Kardinal Calvi! Er wusste meine Komödien sehr zu schätzen, und, stellt Euch vor, er wollte, dass ich ...«

Fuscos Blick flackerte.

»Parola, die Sache ist ernst, erzähl mir keine Lügengeschichten.«

»Es ist wirklich wahr, Hauptmann! Ich schwöre es!« Der Schauspieler legte zerknirscht eine Hand aufs Herz. »Er verlor viel Blut aus einer Schulter.«

»Und du hast ihm geholfen?«

»Nein, ich selbst hab ihn gar nicht gesehen, das war Lupa. Er kam zu mir, aber weil sie nicht wusste, wer er war, hat das dumme Weib ihn weggeschickt!«

Fuscos Hirn arbeitete fieberhaft. Lupas Gasthaus befand sich am Ende der Via del Pellegrino, und wenn Gianani verwundet war, konnte er nicht weit gekommen sein. Vielleicht hatte ihn jemand mitgenommen und versteckt.

»Wie Ihr seht, arbeite ich mit der Justiz zusammen, und an Eurem Gesichtsausdruck sehe ich, dass dies Anerkennung … und Entlohnung verdient hat.« Parola verzog den Mund zu einem selbstgefälligen Lächeln.

»Das Kopfgeld bekommst du, wenn du mir Gianani lieferst. Na los, hast du noch mehr zu berichten?«

»Vor ein paar Tagen war ich in der Werkstatt eines jungen Künstlers aus der Toskana. Ich will mich nicht loben, aber ich arbeite nur mit den besten …«

»Fass dich kurz, Parola!«, schrie Fusco, der die Geduld verlor. »Wenn du nicht sofort auspackst, lasse ich dich auspeitschen.«

»Na ja, in Buonarrotis Werkstatt habe ich den Kardinal und auch Baron Gianani getroffen.«

»Waren sie gemeinsam gekommen?«

»Ja, und anfangs waren sie noch ein Herz und eine Seele, doch als der Kardinal dem Florentiner eine bestimmte Skulptur für sich vorschlug, fing Gianani fürchterlich an zu toben.«

»Was sagte er?«

»Ach, an den genauen Wortlaut kann ich mich nicht erinnern. Seltsam eigentlich, denn ich habe sonst ein gutes Gedächtnis. Jedenfalls sprachen sie über eine Skulptur.«

»Welche?«

»Eine Madonna mit dem toten Christus, und Buonarroti sagte, er sehe dem Sohn des Papstes ähnlich, dem, den sie umgebracht haben, und an der Stelle ist Gianani wütend geworden! Er schien nicht mehr er selbst zu sein! Eine Furie, kann ich Euch sagen! Und dann hat er den armen Kardinal umgebracht – er war so großzügig und hatte so einen guten Geschmack. Ah, er wusste mich zu schätzen! Nun ist er tot, und ich habe mit ihm auch einen Auftraggeber verloren!«

Fusco hob die Hände, um Parolas überbordendem Redefluss Einhalt zu gebieten.

»Wer sah aus wie Juan Borgia?«

»Der Christus der Skulptur! Der Maler hat seine Zeichnungen gezeigt, aber mir kam es nicht so vor, als ...«

»Hat Gianani den Kardinal bedroht?«

»Bedroht? Nein, nein, aber er hat herumgeschrien. Der Kardinal hat fast gar nichts gesagt, doch Gianani packte ihn am Wams, als wollte er ihn verprügeln, und dann ist er abgehauen – ohne ein Wort des Abschieds.«

»Ich möchte über diese Geschichte noch mal mit dir reden, halt dich zur Verfügung. Ich lasse nach dir schicken, hör dich unterdessen nach weiteren Neuigkeiten um.«

Der Schauspieler nickte.

»Zu Euren Diensten, Hauptmann!«

Fusco drehte sich um und setzte seinen Weg fort.

»Schick jemanden zur Befragung zu diesem Buonarroti«, befahl er Tito. »Nein, geh lieber du und lass dir erzählen, was geschehen ist. Ich traue Parola nicht.«

Doch ehe er den Palazzo verließ, hielt er schlagartig inne, weil er eine Eingebung hatte. Die Garde, die ihn begleitete, blieb ebenfalls stehen.

»Stimmt etwas nicht, Hauptmann?«, fragte Ferro.

»Nein«, antwortete Fusco stirnrunzelnd.

Parola hatte ihm ein paar grundlegende Dinge mitgeteilt, am entscheidensten war die Tatsache, dass Andrea verwundet war, was weder die Gäste noch die Diener Lorenzos bemerkt hatten.

Wer hatte ihn verletzt? Der Kardinal, als er versuchte, sich zu verteidigen? Das war unwahrscheinlich, aber nicht unmöglich. Und wenn es nicht Calvi selbst gewesen war, dann blieb nur der Hehler übrig. Keiner der Zeugen hatte ihn mit einem Dolch in der Hand gehen sehen, aber er hätte ihn unter dem Mantel verstecken können. Aber warum sollte er Andrea mit dem Dolch angegriffen haben? Um den Kardinal zu verteidigen?

Die einzige Waffe, die man gefunden hatte, war das herrenlose Messer, das Gianani hatte fallen lassen, ehe er verschwunden war, und man wusste nicht, wem es gehörte.

Die einzige Person, die Andrea gesehen hatte, war Lupa.

Das war von größter Bedeutung, denn es gab ihm einen Hinweis auf den Ort, an dem er suchen musste. Er würde sofort das Viertel durchkämmen lassen.

Parola hatte außerdem den Grund für den Streit zwischen dem Kardinal und Andrea aufgeklärt. Der junge Mann war eifersüchtig und verärgert über die Leidenschaft, die Calvi für Bilder und Statuen an den Tag legte, denen der Feind seiner Familie Modell gestanden hatte.

Es gab zahllose Hypothesen und Tatsachen, die anfangs eindeutig erschienen waren und sich nun undurchsichtiger gestalteten.

Segundo zügelte das Pferd und hielt auf der Brücke, um auf den Tiber zu schauen.

Flüsse hatten ihn immer schon fasziniert, und egal in welchem Land er sich auch befand, verbrachte er doch immer ein wenig Zeit auf irgendwelchen Brücken oder an Flussufern, um auf das vorbeifließende Wasser zu schauen. Wenn er still und ruhig in seinem Bett dahinfloss, vermittelte ein Fluss ihm Weisheit, Beständigkeit und Unausweichlichkeit − das Wasser folgte seinem natürlichen Lauf, oder es beugte sich dem, den die Menschen für ihn vorgesehen hatten. Doch niemand konnte seine Kraft bändigen, wenn der Fluss durch den Regen anschwoll und mächtig genug war, alles, was im Weg stand, zu zerstören.

So fühlte auch er sich. Er war immer in vorgegebenen Bahnen geblieben und hatte sein Schicksal hingenommen. Doch vom Schmerz übermannt war er über die Ufer getreten, hatte kein Erbarmen mehr gekannt, hatte getötet.

Er schloss die Augen und lauschte auf die Stimmen des Flusses. Das Rauschen des Wassers wurde vom Schreien und Rufen einiger Jungen übertönt, die sich einen Lumpenball zuwarfen und ihm unter Gespritze und Gelächter auf dem Kiesbett hinterherliefen.

Wie schon als Kind so beneidete er sie auch jetzt um ihre Unbekümmertheit. Er hatte niemals so unbeschwert spielen können, denn es gab immer jemanden, der über ihn wachte oder seine Energie in kraftraubende und monotone Übungen umlenkte.

Er überließ sich den Erinnerungen, der Sehnsucht, der Traurigkeit … Er spürte die Wärme einer kleinen Hand, die sich seiner entgegenstreckte, sah die dunklen Augen eines Kindes, das ihn voller Bewunderung anlächelte.

Nun lächelte dieses Kind nicht mehr.

Segundo ließ den Tränen freien Lauf, überrascht, dass sein Herz noch zu solchen Empfindungen fähig war.

Doch es war das Herz eines Mörders.

XVII.

Volpaia

Die beiden betagten adeligen Damen verließen den Palazzo Gianani in Begleitung eines jungen Mannes, schüttelten untröstlich den Kopf und kommentierten das Unglück der Familie, die sie soeben besucht hatten.

Francisco Flores wartete, bis sie in ihrer Kutsche davongefahren waren, dann gab er dem Pferd die Sporen und hielt vor dem Tor, das von den Wachtposten des Bargello streng bewacht wurde.

Die Torwache hielt ihn an und musterte ihn eingehend. Flores trug ein Wams aus blauem Brokat, und über seinen vom offenen Haar umschmeichelten Schultern lag ein leichter Samtmantel. Auf dem Kopf trug er einen Hut mit Feder und an den Füßen Stiefel aus glänzendem, weichem Leder.

Die Wache ließ ihn eintreten und rief nach einem Knecht, der das Pferd in die Stallungen führen sollte. Francisco trat in den Innenhof des Palazzo. Die Stille dieses verlassenen Ortes wurde vom Weinen eines Kindes gestört, das aus dem oberen Stockwerk kam.

Ein Diener kam angelaufen und begleitete ihn in das Arbeitszimmer, wo Bastiano, der an seinem Schreibtisch gerade über Rechnungen gebeugt war, ihn fragend anblickte.

»Ich bin Francisco Flores, Botschafter Seiner Heiligkeit«, woraufhin der Diener sich erhob und sich ehrerbietig verbeugte. »Ich möchte mit Eurer Herrschaft sprechen.«

Bastiano war kurz irritiert.

»Ich bedaure, Exzellenz, doch es ist keiner der Herren im Palazzo«, antwortete er schließlich. »Nur die Baronin ist noch da.«

In diesem Augenblick öffnete sich die Tür, und Isabella trat zögerlich ein; ihre Unruhe verbreitete sich ebenso im Raum wie ihr zartes Parfüm.

Bastiano zog sich gesenkten Blicks in einen Winkel des Raumes zurück.

Mit einem Blick auf die Frau verneigte sich Francisco. Die Haut ihres Gesichtes war so durchscheinend, dass man darunter die Adern sehen konnte. Ihre vollen roten Lippen stachen aus dieser Blässe hervor und vermittelten den Eindruck unschuldiger Sinnlichkeit.

Das feine, seidige, leuchtend kastanienbraune Haar fiel ihr offen über den Rücken. Auf dem Kopf trug sie einen kurzen schwarzen Schleier, der von einem samtenen Haarreif gehalten wurde. In ihre goldenen Ohrringe waren Aquamarine eingefasst. Sie war groß und schlank und trug ein Kleid von eleganter Strenge.

Die erschrocken aufgerissenen und unschuldig dreinblickenden Augen Isabellas erzeugten in Francisco Verwirrung und den starken Wunsch, dieses verletzliche Wesen zu beschützen.

»Ich bin Francisco Flores«, sagte er, als er sich wieder aufrichtete. »Seine Heiligkeit schickt mich.«

»Seine Heiligkeit?«, fragte Isabella überrascht und mit unverhohlener Verärgerung. »Ich habe schon mit Hauptmann Fusco gesprochen, und ich habe dem nichts hinzuzufügen.«

Francisco bemühte sich, einen besänftigenden Ton anzuschlagen.

»Ich bitte Euch um Verzeihung, aber auch um Euer Verständnis. Wie ihr Euch vorstellen könnt, ist die Familie Calvi erzürnt und fordert die Aufklärung des Mordes am Kardinal.«

Isabella blieb erhobenen Hauptes mitten im Raum stehen, nur ein leichtes Zittern des Kinns verriet ein Ringen mit den Tränen.

»Ich bedaure das Schicksal des Kardinals, doch mehr auch nicht. Ich frage mich hingegen, welche Botschaft mir Seine Heiligkeit durch Euch zukommen lassen will. Ich möchte nochmals betonen, dass ich nicht weiß, wo Andrea ist, und dass ich von seiner Unschuld überzeugt bin.«

Francisco versuchte, das Unbehagen zu bezwingen, das er empfand. Diese junge Frau, die sich so anstrengte, Stärke auszustrahlen, verstörte ihn.

Schließlich brach er das Schweigen.

»Darf ich offen mit Euch sprechen, Baronin?«

Isabella nickte streng.

»Wir müssen die Wahrheit aufdecken, Herrin. Seine Heiligkeit hat mich zu Euch gesandt, um Euch zu informieren, er werde, sollte Euer Schwager sich umgehend dem Bargello stellen, Nachsicht …«

Isabellas Miene verhärtete sich.

»Danke, Don Flores, die Gianani haben mit der Nachsicht Seiner Heiligkeit bereits Bekanntschaft gemacht. Und ich auch. Ich verdanke Seiner Heiligkeit meine Witwenschaft.«

Francisco erinnerte sich an Marradès' Worte, dass es nicht leicht sein würde, diese Familie zu besänftigen.

»Dieses Mal wird Seine Heiligkeit nachsichtig sein.«

»Glaubt Ihr das wirklich, Don Flores?«

»Da bin ich sicher. Er hat nicht die Absicht, Euch in

Bedrängnis zu bringen. Der furchtbare Trauerfall, den er kürzlich erst erlitten hat …«

»Der Schmerz Seiner Heiligkeit kann unseren nicht tilgen«, unterbrach ihn Isabella. »Wir werden das niemals vergessen.«

»Ich hatte nicht vor, Euch darum zu bitten.«

»Jacopo zu verhaften war niederträchtig. Andreas Schuld ist noch nicht bewiesen.«

»Ich hoffe, Ihr habt recht und die Zeugen irren sich, Herrin.«

»Kein Zeuge hat ihn töten sehen. Das hat mir Hauptmann Fusco bestätigt.«

Francisco mied den herausfordernden Blick, den Isabella ihm zugeworfen hatte. Stattdessen versuchte er, das Thema zu wechseln, indem er auf ein Wandstück mit einem Fresko zeigte – eine ländliche Jagdszene in der Nähe einer kleinen Burg.

»Wie friedvoll es dort sein muss!«, rief er aus.

»Das ist Volpaia, das einzige Lehen, das den Gianani geblieben ist, nachdem Seine Heiligkeit den Rest konfisziert hat …« Isabella unterbrach sich plötzlich und wurde rot.

Francisco entging diese leichte Erregung nicht.

»Interessiert Ihr Euch für Kunst, Don Flores?«, fragte Isabella, um ihre Verlegenheit zu überspielen.

»Ich kenne mich nicht aus, doch ich schätze sie.«

»Dann folgt mir.« Isabella bedeutete Bastiano mit einem kurzen Nicken zu bleiben, verließ darauf entschlossen das Arbeitszimmer und führte Flores zum Saal der Malerei. Francisco folgte Isabella über den Flur und bewunderte dabei die fließende Bewegung ihrer dunklen Kleider und ihren leichten Gang.

Er hoffte, dass das anfängliche Eis schmelzen würde, um an ein paar Informationen zu kommen, doch sah er sich außerstande, dies zu erzwingen. Isabella riss die Tür des Saales auf, schob die Vorhänge beiseite und nahm das Tuch vom Porträt ihrer Familie.

»Das hier hat Andrea gemacht«, sagte sie stolz. »Seht Ihr, mit wie viel Liebe er seine Familie gemalt hat?«

Francisco war beeindruckt von der Genauigkeit des Gemäldes. Er kannte die Gianani persönlich und stellte fest, dass sie sehr natürlich wiedergegeben worden waren.

»Der Mann, der hinter Euch steht, ist Euer Ehemann?«

»Er war mein Ehemann, Don Flores.«

Francisco senkte den Blick und verneigte sich leicht verlegen.

»Euer Schwager hat Talent. Es ist ihm gelungen, die Persönlichkeit jedes Einzelnen einzufangen, auch wenn ich sagen muss, dass Ihr in Wirklichkeit noch viel schöner seid.«

Als er diese Worte aussprach, durchlief ihn ein Schauder. Isabella brachte ihn völlig durcheinander; was er gesagt hatte, könnte als unangemessene Galanterie angesehen werden.

Isabella errötete erneut, deshalb wies sie auf Andrea und sagte: »Bisweilen ist er ein wenig reizbar, aber das heißt noch lange nicht, dass er ein Mörder ist.«

»Ich kenne ihn nicht, doch ich hoffe und glaube, dass Ihr mir helfen werdet, dies zu beweisen.«

»Seht doch nur seine Augen. Er ist so ein freundlicher Mensch, er hat niemandem jemals etwas zuleide getan. Höchstens vielleicht sich selbst.«

»Ihr wisst wirklich nicht, wo er ist?«, fragte er und trat näher. »Ich möchte Euch wirklich helfen, glaubt mir.«

»Niemand weiß, wo er ist … Und nun ist Jacopo in der Engelsburg.« In Isabellas Stimme lag ein Zaudern. »Dies ist ein erneuter Schlag ins Gesicht der Gianani, einen Mann ohne Schuld wie einen Dieb zu verhaften!«

»Es mag grausam sein, doch es ist das Gesetz. Sobald Andreas Unschuld erwiesen ist, wird Euer Schwager frei sein, Ihr werdet sehen«, murmelte Francisco wenig überzeugt.

Isabella setzte sich auf den einzigen Stuhl im Arbeitszimmer. Francisco kam näher und richtete den Blick auf ihre weißen Hände, die gefaltet im Schoß lagen. Isabellas Kummer versetzte ihm einen Stich, und ihr reiner und unschuldiger Duft machte ihn ganz benommen.

»Und Mario?«, fragte er schließlich.

»Er muss auf der Jagd sein«, erwiderte Isabella nach kurzem Zögern und bestätigte Francisco die Vermutung einer gemeinschaftlich geplanten Flucht der Familie.

»Es wird Euch vielleicht unangebracht erscheinen, was ich Euch nun sagen möchte.« Er wunderte sich selbst über seinen Ton. »Ich bin hier als Bote Seiner Heiligkeit, doch ich möchte Euch meine persönliche Unterstützung anbieten.«

Isabella musterte ihn von unten nach oben – die Stiefel, die elegante Kleidung –, schließlich verharrte sie bei seinem ausdrucksstarken Gesicht und sah ihn aus vom Weinen verschwollenen Augen an.

»Wenn man bedenkt, wer Euch schickt, überraschen mich solche guten Vorschläge. Es ist die Wahrheit, dass wir nichts wissen, gar nichts.«

»Erlaubt mir, Euch zu helfen«, beharrte er und stellte sich vor, wie ein Lächeln dieses traurige Gesicht aufhellen würde.

»Kein Mann dieser Familie würde Euch um Gnade bitten, aber ich bin eine Mutter und scheue mich nicht, Euch anzuflehen.«

Isabella stand abrupt auf, sodass ein plötzlicher Schwindel ihr fast die Sinne raubte. Francisco umfasste sie und half ihr, sich wieder hinzusetzen. Dann strich er ihr aus einer spontanen Regung heraus über die tränennasse Wange. Diese kurze Berührung wühlte ihn unerwartet auf.

»Ich bin einsam, erschöpft und habe Angst«, flüsterte Isabella. Nach und nach kehrte ihre Gesichtsfarbe zurück. »Ich glaube, ich kann diese Situation nicht mehr lange ertragen. Ich hoffe, Mario kehrt bald zurück.«

»Wenn ich wüsste, wo er ist, würde ich ihm Eure Bitte übermitteln«, sagte Francisco, doch sie schüttelte den Kopf und flüsterte ein leises »Danke«, das sich in Franciscos Seele senkte, wie ein Wassertropfen im Schnee versinkt. Diese zarte und zerbrechliche Frau zu benutzen, um an Informationen zu kommen, gefiel ihm nicht.

Hastig und schweren Herzens verabschiedete er sich und folgte Bastiano zu den Stallungen.

»Ich habe den Eindruck, dass Eure Herrin schwer geprüft ist.«

Der Diener sagte nichts dazu und wies einen Pagen an, Franciscos Pferd zu holen.

»Hast du nichts von Baron Mario gehört?«, setzte Francisco nach und musterte Bastiano eindringlich.

»Nein, Exzellenz.«

»Seltsam, es sind viele Neuigkeiten im Umlauf. Du müsstest doch wenigstens wissen, dass der Bargello ihn sucht.«

Auch dieses Mal schwieg Bastiano.

Als der Page mit dem Pferd kam, verbeugte sich der alte Diener und ging wieder an die Arbeit.

Außer Sichtweite von Bastiano fragte Francisco den Pagen, während dieser ihm in den Sattel half, zum Anwesen in Volpaia aus und wie man am schnellsten dort hingelange.

Die Torwachen sahen, wie er hinausritt und sich im Trab auf den Weg machte.

Der Ritt hatte Mario nicht zur Ruhe kommen lassen. In der Familie geschah ein Unheil nach dem anderen und zu viele absurde Dinge: Vor drei Monaten hatte sich der Alte, der sonst niemals etwas vergeben hatte, geweigert, Ippolito zu rächen, und nun hatte Andrea, der nie aufbegehrt hatte, Calvi die Kehle durchgeschnitten.

Andrea war anders als sie, die übrigen Männer der Familie, er hatte nicht das drängende Verlangen nach Frauen und konnte auch nicht mit Waffen umgehen. Der Alte war überzeugt gewesen, dass er homosexuell sei, aber er irrte sich. Andrea war ein Rätsel, er dachte nur an die Kunst, und genau aus diesem Grund hatte er Calvis Nähe gesucht. Wer weiß, mit welchem Versprechen der Kardinal versucht hatte, ihn in die Falle zu locken. Doch er würde seine geweihten Hände nach niemandem mehr ausstrecken, weder nach seinem Bruder noch nach sonst jemandem! Er empfand eine boshafte Genugtuung bei dem Gedanken, dass es ausgerechnet ein Gianani war, der ihn endgültig bestraft hatte. Es war richtig gewesen, Andrea gegen ihn aufzuwiegeln.

Als er in den Hof von Volpaia einritt, war, verschleiert vom Herbstnebel, die Sonne gerade aufgegangen.

Mario stieg vom Pferd und forderte den Gutsverwalter auf, ihm ins Innere des Hauses zu folgen.

»Ist Andrea hier?«

»Nein, Baron! Hier ist niemand, nur die Bauern!«

»Könnte es sein, dass er angekommen ist, ohne dass du es bemerkt hast?«

Der Verwalter verneinte entschieden.

»Such ihn überall. Und bring mir vorher etwas zu essen.«

Als der Verwalter gegangen war, zog sich Mario die staubige Weste aus und ging auf den Hof hinaus zum Brunnen. Mit dem Eimer holte er Wasser hoch und wusch sich Hände und Gesicht, dann fuhr er sich durch die Haare und ging wieder ins Haus.

Zwei junge Bauersfrauen waren gerade dabei, den Tisch mit Tischtuch und Geschirr zu decken. Mario warf einen Blick auf sie. Die eine war dürr und reizlos, aber die andere hatte schöne Brüste und ein frisches Gesicht mit munteren Äuglein, die ein lebhaftes Temperament versprachen. Gianani setzte sich und stürzte einen Becher Rotwein hinunter. Dann fasste er die hübsche Dienstmagd beim Unterrock, zog sie auf seinen Schoß und flüsterte ihr etwas ins Ohr. Das Mädchen nickte, lächelte fügsam und goss ihm mehr Wein ein. Unterdessen brachte die andere ein Brett mit gebratenem Fleisch, einem Stück Käse und einem Laib Brot herein. Mario schob das Mädel beiseite und stürzte sich auf das Essen; gierig verschlang er das Fleisch eines Hühnchens, dann säuberte er seine Hände, legte sich aufs Bett und versuchte sich vorzustellen, wohin Andrea geflohen war. Während ihm schon die Augen zufielen, dachte er noch, dass er wenig vom Leben und den Gewohnheiten seines Bruders wusste.

Als er aufwachte, war es bereits Nachmittag, und er ging hinunter in die Tenne, wo sich der Verwalter in einem vertraulichen Gespräch mit einem Bauern befand.

»Herr, Cecco ist soeben aus Rom angekommen«, teilte er ihm mit und zeigte auf den Mann, der mit gesenktem Kopf neben ihm stand.

»Er ist heute Morgen mit seinem Karren von hier losgefahren und ist gerade im Eiltempo zurückgekehrt. Bastiano hat ihm aufgetragen, Euch zu berichten, dass Baron Jacopo vom Bargello festgenommen wurde.«

Mario schob den Verwalter zur Seite und stürzte sich geradezu auf den Bauern, der verlegen seine Mütze wrang.

»Was hat Bastiano dir gesagt?«

Dem eingeschüchterten Bauern gelang es nicht, zu antworten oder Mario auch nur anzusehen, der ihn hingegen streng musterte.

»Er ist nur ein ungehobelter Kerl, er weiß es nicht besser«, mischte sich der Verwalter ein. »Der Bargello erschien im Palazzo und hat den Baron in die Engelsburg gebracht.«

Mario reagierte ärgerlich. Das Gesetz wurde ihnen gegenüber mal wieder ohne Nachsicht angewandt. Wenn er geblieben wäre, hätten sie auch ihn mitgenommen. Der Bargello würde nicht lang brauchen, um von der Existenz Volpaias zu erfahren. Er musste nach Rom zurück. Er würde sich einen sicheren Unterschlupf suchen, in der Stadt allerdings, um im Falle eine Falles eingreifen zu können. Doralice hatte ihm ihre Liebe gestanden, sie würde ihn verstecken und auf dem Laufenden halten.

»Lass mein Pferd satteln«, wies er den Verwalter an.

Die Sonne ging allmählich unter, dunkle Wolken ballten sich am Himmel zusammen und kündigten ein Gewitter an.

Francisco ritt in scharfem Galopp. Er wusste nicht so genau, wie man nach Volpaia kam, doch die Beschreibungen einiger Bauern und eines Kaufmanns, denen er unterwegs begegnet war, hatten ihm den richtigen Weg gewiesen. Er trieb das Pferd über ein offenes und flaches Feld.

Er folgte nur einer Eingebung, aber um Gianani zu finden, durfte er nichts unversucht lassen. Vielleicht hatte sich nicht nur Mario, sondern auch Andrea hierhin geflüchtet.

Die Begegnung mit Isabella hatte in ihm seltsame Empfindungen ausgelöst. Er bekam den Anblick ihrer haselnussbraunen Augen und der Tränen nicht aus dem Sinn, die sie so leicht vergossen hatte. Sie hatte ihn mit der sinnlichen Anmut ihrer Bewegungen verzaubert. Francisco gab seinem Pferd die Sporen. Genug davon! Es war wirklich nicht der richtige Augenblick, sich wie ein Jüngling zu verlieben, schon gar nicht in diese Frau.

Er sah das strenge Gesicht seiner Mutter vor sich. Donna Inés setzte ihm seit Tagen damit zu, dass sie von ihm verlangte, er solle um die Hand einer entfernten Cousine anhalten, die gerade aus Valencia gekommen war. Die Schwiegertochter, die sie sich in ihrem Haus wünschte, sollte Katalanin sein, und wenn seine Mutter sich etwas in den Kopf gesetzt hatte, gab sie sich nicht so leicht geschlagen, doch auch er war nicht bereit nachzugeben.

Als er an einer Weggabelung ankam, ließ Francisco sein Pferd in den Trab fallen und sah sich um. Dichte Vegetation behinderte die Sicht zur Rechten; links lag die Straße, die dem Lauf des Tibers folgte. Sie verlief durch Felder und verlor sich in der Ferne.

Francisco entschied sich für den gewundenen Weg entlang des Flusses. Nach wenigen Metern jedoch sah er einen im Galopp herannahenden Reiter und verlangsamte sein Tempo, bevor dieser ihn erreichte.

Ihre Blicke trafen sich, und Francisco erkannte Mario Gianani, aber ihm blieb nicht die Zeit, um mit ihm zu sprechen.

Eine Gruppe von Männern zu Pferd war plötzlich aus dem Gehölz hervorgebrochen und umringte sie. Sie trugen auffällig farbige Kleidung und hatten ihr Grinsen hinter Tüchern verborgen.

Korsische Briganten!, dachte Francisco und zückte das Schwert.

Mario tat es ihm gleich und kam an seine Seite. Auf ein Zeichen des Anführers stürzten sich die Briganten mit kreisenden Schwertern auf sie und schlugen blindlings zu, johlend stachelten sie sich gegenseitig an.

Francisco und Mario parierten die ersten Hiebe, doch es war nicht leicht, dem Angriff standzuhalten. Die Korsen waren zu fünft und legten weder besondere Technik noch Ritterlichkeit an den Tag. Sie wollten morden und rauben.

Während er den Schwerthieben auswich und dabei versuchte, sich im Sattel zu halten, verfluchte Gianani seine Feinde. Es gelang ihm, einen am Bein und einen anderen an der Brust zu verletzen, doch traf ihn der Tritt eines sich verschreckt aufbäumenden Pferdes am Knie. Als einer der Korsen sah, dass er in Bedrängnis war, stürzte er sich auf ihn und streifte ihn mit einem Messer am Arm. Ein Schlag traf ihn am Kopf, und Mario ließ das Schwert fallen. Francisco sah ihn vom Pferd stürzen, ohne ihm zu Hilfe kommen zu können, denn die Gegner umringten ihn immer bedrohlicher. Nach einem Doppelangriff traf Flores ein Stockhieb im Nacken.

Bevor er bewusstlos vom Pferd fiel, hörte er noch das verzweifelte Wiehern seines Pferdes.

Dann wurde es dunkel.

XVIII.
Blitze über dem Engel

Plötzlich zerrissen Blitze den Himmel über Rom, das in einen unruhigen Schlaf gefallen war.

Gemma schloss hinter sich die Tür zur Dachkammer, in der sie Andrea untergebracht hatte. Aus dem Zimmerchen konnte man durch eine kleine Tür aufs Dach gelangen – ein guter Fluchtweg, sollte das Haus von den Soldaten des Bargello durchsucht werden.

»Die Balken sind aus altem Holz«, sagte das Mädchen und hob den Kerzenleuchter zur Decke, um besser sehen zu können.

»Hoffen wir, dass das Dach hält.«

»Und sonst?«, fragte Andrea besorgt und richtete sich auf seinem behelfsmäßigen Lager auf.

»Werden wir nass!«

Sie lächelten sich an, während weit entfernte Donnerschläge die stehende Luft erzittern ließen.

»Seit wie viel Jahren lebt Ihr hier?«, fragte Andrea sie.

»Seit sechs.«

»Und er … dieser Mann ist Euer …« Andrea unterbrach sich verlegen.

»Liebhaber, wollt Ihr sagen?«, antwortete Gemma und sah ihn voll Bitterkeit an.

»Verzeiht mir«, flüsterte Andrea verwirrt und stützte sich aufs Kissen.

»Ihr braucht Euch nicht zu entschuldigen. Ihr habt mir alles über Euch erzählt, ich hingegen habe Euch noch gar nichts erzählt.«

Gemma setzte sich auf einen Schemel.

»Oliviero Barocelli«, begann sie und sprach den Namen mit Abscheu aus, »so heißt der Mann, mit dem ich lebe, und er verkauft Seide und Damast. Mein Vater hat früher Geschäfte mit ihm gemacht. Meine Familie war wohlhabend, und ich hatte ein glückliches Leben, bis eines Tages die Fracht, in die mein Vater unser ganzes Geld investiert hatte, bei einem Schiffbruch unterging. Barocelli zahlte unsere Schulden und rettete meinen Vater vor dem Bankrott und dem Gefängnis. Doch er tat es nicht aus Menschenliebe – er wollte mich. Zu der Zeit war ich einem jungen Mann versprochen, der sich zurückzog, als meine Familie das Unglück ereilte. Mit diesem Makel und ohne Mitgift hätte mich kein anderer genommen. Also meldete sich Oliviero, der mich nicht heiraten konnte, weil er schon verheiratet war, der aber jemanden brauchte, der ihm das Haus in Rom in Ordnung hielt, wenn er verreist war. Mit meiner Arbeit würde ich zurückzahlen, was er ausgegeben hatte, um uns vor Schande und Hunger zu bewahren. Für meine Familie schien es ein großes Glück zu sein …« Gemma senkte den Blick. »Meine Brüder waren klein, meine Mutter zu schwach, um zu arbeiten, und mein Vater war ein gebrochener Mann, der seine Tage im Wirtshaus zubrachte. Sie wussten, was Oliviero von mir wollte, doch sie lieferten mich ihm aus …«

Gemma unterbrach sich, seufzte tief und sah Andrea an, der ihr aufgewühlt zuhörte.

Draußen kamen die Blitze immer näher und tauchten die Nacht in unwirkliche Farben, während der Wind brauste.

»Ich war vierzehn Jahre alt und hatte Prato noch nie verlassen. Meine Mutter weinte bei meiner Abreise, mein Vater hingegen blieb im Wirtshaus hocken, vielleicht aus schlechtem Gewissen, wer weiß. Er starb wenige Monate später. Am Anfang gefielen mir dieses Haus, die Kleider und Geschenke, und Oliviero war freundlich, er sagte mir, ich sei schön, auch mit der hier.« Sie berührte die Narbe in ihrem Gesicht. »Aber jetzt ist er anders. Oder ich habe mich verändert. Er hat angefangen zu trinken, und wenn er trinkt, schlägt er mich und quält mich mit seiner Eifersucht. Ständig hält er mir vor, was er für mich tut, und er spürt, dass ich ihn hasse.«

Gemmas Stimme wurde von einem lauten Donner übertönt. Instinktiv streckte Andrea eine Hand nach ihr aus, doch das Mädchen bemerkte es nicht.

»Und wo ist er jetzt?«

»Florenz, Venedig … Er sagt mir weder, wohin er geht, noch, wann er zurückkommt, um mich erwischen zu können, sollte ich ihn betrügen.« Gemma schwieg einen Augenblick, dann fuhr sie fort: »Meine einzige Zuflucht ist das Kloster von San Francesco a Ripa. Pater Ernesto ist wie ein Vater für mich. Er ist es, der mir beigebracht hat, Arzneien aus Kräutern zuzubereiten und den Kranken zu helfen.«

»Ihr habt mich in der Tat besser versorgt als ein Arzt«, sagte Andrea anerkennend.

»Macht mich nicht besser, als ich bin. Als ich Euch unter der Madonnenstatue sah, bin ich Euch nicht sofort zu Hilfe gekommen.«

»Aber dann habt Ihr es doch getan.«

»Ich hätte nicht den Mut gehabt, Pater Ernesto zu beichten, dass ich einen Verletzten … einen Unglücklichen … einen ebenso Unglücklichen wie mich im Stich gelassen habe.«

Einem unbezähmbaren Drang folgend sprang Andrea vom

Lager auf und nahm, ohne auf den Schmerz in der Schulter zu achten, Gemma bei den Händen und zog sie von ihrem Sitz hoch.

Sie sah ihn verblüfft an, dann drückte Andrea sie sacht an sich. Der Duft ihrer Haare, ihrer Haut, ihrer ganzen Person entfachte in seinen Adern ein nie zuvor gekanntes Feuer. Er rückte sie noch einmal von sich ab, um sie anzusehen. Dann drückte er seine Lippen auf ihre.

Das Geräusch des reißenden Flusses weckte ihn.

Francisco öffnete die Augen. Er lag am Boden, orientierungslos wie nach einem langen Schlaf. Dunkelheit umfing ihn. Er spürte unter sich das nasse Gras und nahm seinen herben Geruch wahr. Er versuchte, den Kopf zu heben, aber er spürte einen dumpfen und hämmernden Schmerz im Nacken. Er probierte, den einen Arm zu heben, dann den anderen. Sie waren übel zugerichtet, aber nicht gebrochen.

Ganz in der Nähe schlug ein Blitz ein und beleuchtete die umliegende Landschaft und den Umriss eines stampfenden Pferdes taghell. Als es donnerte, bäumte sich das Tier auf und wieherte erschreckt.

Schlagartig erinnerte sich Francisco an das, was geschehen war. Langsam bewegte er die Beine und spürte in einem Schenkel ein scharfes Stechen, das ihm den Atem raubte. Es gelang ihm, sich aufzusetzen. Um ihn drehte sich alles, und ein aufdringliches Summen lag ihm in den Ohren. Wiederholtes Würgen durchbebte ihn, doch es gelang ihm, nicht umzukippen. Dieses Pferd war seine einzige Hoffnung, er musste es erreichen und beruhigen.

»Komm her, mein Hübscher, komm.«

Wieder eine Reihe von Blitzen.

Francisco bemerkte, dass sie ihm Weste und Stiefel ausgezogen hatten. Er trug nur noch das Hemd und die zerrissene Hose. Er kam auf dem schlammigen Boden auf alle viere, dann stand er mit zusammengebissenen Zähnen auf. Ihn überkam fürchterliche Übelkeit und Schwindel, doch auch dieses Mal gelang es ihm, standhaft zu bleiben. Er sah sich um und entdeckte das Pferd gut zehn Meter von ihm entfernt. Es bewegte sich unruhig und hatte noch Sattel und Zaumzeug.

Es war nicht seins, es war das von Mario Gianani, das weggelaufen war, nachdem die Briganten ihn aus dem Sattel geworfen hatten.

Mario! Was war mit ihm passiert?

Francisco sah sich aufmerksam um, doch er sah nichts als die unbestimmten Umrisse des Gehölzes und das schäumende Wasser des Tibers, das an einer Flussbiegung verwirbelte. Vielleicht hatten die Briganten Mario in den Fluss geworfen?

Eine eisige Bö beugte die Baumkronen und peitschte die Mähne des Pferdes, das immer noch ausschlug. Gleich wird ein Unwetter losbrechen, dachte Francisco, er musste einen Unterschlupf finden.

Er tastete sich zu dem Tier vor, das um einen im Schlamm liegenden Körper kreiste – es war Mario. Francisco kniete sich hin, legte das Ohr auf Ggananis Brust und hörte, dass sein Herz noch schlug. Um ihn zu retten, musste er ihn sofort von dort wegbringen. Francisco versuchte, das Pferd anzulocken, das misstrauisch wiehernd weiter zurückwich.

»Hierher, mein Guter, nun mach schon!« Francisco hielt die offene Hand dicht an seine Schnauze und redete beruhigend auf es ein. Nach ein paar vergeblichen Versuchen gelang es ihm, das Zaumzeug zu fassen zu bekommen und es an einen nahen Baum zu binden. Mit einer ungeheuren Kraftanstrengung schleppte er Mario zum Pferd, hob ihn hinauf und legte ihn quer über den Rücken des Tieres, löste das Zaumzeug, setzte einen Fuß auf den Steigbügel und hievte sich, vor Schmerz stöhnend, aufs Pferd. Aus Angst, er könnte die Besinnung verlieren und hinabrutschen, legte er sich die Zügel um die Taille, dann gab er dem Pferd die Sporen und trabte davon.

Schwer fielen einzelne Regentropfen herab, und sie fielen immer dichter, bis sie zu einem wahren Wolkenbruch geworden waren.

Es waren viele, die in die Taverne Gallo Nero drängten, um Schutz vor dem bevorstehenden Gewitter zu suchen. In einem abgeschiedenen Winkel quetschte Tito Ferro zwischen dem Ruß der Fackeln und dem weinschwerem Atem der Ankömmlinge Mora aus.

»Spuck die Wahrheit aus!«, befahl er ihr und gab ihr einen Stoß. »Und komm mir nicht immer mit derselben Geschichte!«

»Ich habe Euch schon alles gesagt«, gab die Frau mit schriller Stimme zurück.

»Hast du dich mit dem Diener des Kardinals abgesprochen? Hat er dir ein hübsches Sümmchen versprochen, wenn du ihn deckst?« Ferro sah sie finster an.

»Nein, nein, ich kannte ihn nicht, er kam bloß her und sah mich an. Ich habe nicht mit ihm gesprochen, ich wusste nicht mal, dass er für den Kardinal arbeitete. Ich habe damit nichts zu tun, fragt den Wirt!« Mora zeigte zum Schanktisch.

»Mit dem haben wir schon gesprochen, jetzt ist es an dir zu singen. Also?«, beharrte Tito, unempfänglich für ihre Bitten.

»Der Soldat hat mich dafür bezahlt, ein bisschen Spaß mit dem Diener zu haben, das hat er bekommen.«

»Vor diesem Abend hattest du ihn also noch nie gesehen.«

»Nein, niemals. Daran würde ich mich erinnern, denn es war ein merkwürdiger Kerl ...«, sagte Mora gedankenverloren.

»Was war komisch an ihm?«

»Er zahlte dafür, dass ein anderer Spaß hatte!«

Die Soldaten an Titos Seite brachen in Gelächter aus.

»Du hast recht, das ist verdächtig. Und dann?«

»Er erschien mir anders als die üblichen ...« Mora warf einen verächtlichen Blick auf die Gardisten.

»Wieso, was ist mit uns nicht in Ordnung, Mora?«, fragte ein Scherge, begleitet von einer obszönen Geste. »Das vielleicht?«

Seine Kumpane lachten spöttisch, doch Tito Ferro brachte sie mit einer entschiedenen Geste zum Verstummen.

»Also?«, fragte er erneut und sah die Frau streng an.

»Er war ... feiner, genau! Mehr ein Herr«, sagte sie und sah die Wachsoldaten weiterhin herausfordernd an. »Und er hatte schöne Augen!«

»Hauptmann, traut den Worten einer Hure nicht! Die lügen immer!«, meldete sich der älteste unter seinen Männern zu Wort. »Los, Mora, wenn du keine Kostprobe von meinen Feinheiten haben willst!« Bei diesen Worten packte er die Frau am Arm und hielt ihr die zum Schlag bereite Hand vor die Nase.

Mora zuckte zusammen und schützte ihr Gesicht mit dem anderen Arm, doch sie sagte nichts.

Tito Ferro mischte sich dieses Mal nicht ein.

»Na los, rede!« Er verpasste ihr eine Ohrfeige, dass sie vom Stuhl fiel. »Gestehe, wer dich für dein Schweigen bezahlt hat!«

»Ich weiß nichts! Nichts!«, schrie Mora und wischte sich mit dem Ärmel das Blut ab, das ihr von der Lippe floss.

»Ich kenne diesen Soldaten nicht! Ich habe ihn nie gesehen.«

»Du lügst!« Der Wachsoldat hob erneut die Hand, um sie zu schlagen.

»Das reicht!«, bremste Tito seinen Mann. »Mora, versuch, ihn besser zu beschreiben.«

»Er war recht kräftig. Er hatte einen lockigen Bart, der sein Gesicht bedeckte, und lange rote Haare. Ich kann mich nicht an jeden Einzelnen erinnern, der hier vorbeikommt.« Sie zeigte auf die Menge der Ankömmlinge, die neugierig in ihre Richtung schauten. »Und dann bin ich ja mit ihm gar nicht zusammen gewesen, ich habe ihn nur wenige Minuten lang gesehen. Nachdem er mich bezahlt hatte, ist er gegangen.«

Tito seufzte.

»Sollte ich feststellen, dass du mich angelogen hast, werde ich dich holen kommen und dich ins Gefängnis …«

Ferro kam nicht dazu, seinen Satz zu beenden. Ein markerschütternder Donner durchfuhr die Nacht und ließ die Wände der Taverne erzittern.

Gemma und Andrea schnellten von der Liege empor.

»Eine Explosion!«, rief Andrea aus, stand auf und öffnete die Fensterläden ein wenig. Im Osten stieg eine Rauchwolke in den dunklen Himmel auf.

»Die Engelsburg«, fügte Andrea hinzu und zeigte Gemma, die herbeigelaufen war, die Richtung.

»Ein Blitz muss in das Munitionslager im Turm eingeschlagen haben«, sagte Andrea und nahm sie in den Arm. »Komm, gehen wir wieder ins Bett.«

Gemma ließ sich von ihm führen, und als sie wieder beieinanderlagen, strich ihr Andrea sanft über das Haar.

»Mein Leben ist seit heute Nacht ein anderes. Ich habe immer Angst vor der Liebe gehabt, dabei ist sie mit dir ganz leicht.«

»So war es bei mir auch. Du musst mir glauben. Die Heilige Jungfrau hat uns leiden sehen und uns zusammengebracht.«

Andrea lächelte, gerührt von Gemmas Gläubigkeit.

»Vielleicht hast du recht. Es gibt jemanden da oben, der für uns entscheidet.«

»Und nun?«

»Jetzt zählen nur noch du und ich, es ist mir gleich, ob da draußen ganz Rom in die Luft geflogen ist. Lass dich noch einmal herzen.«

Er nahm sie in die Arme, wobei jahrelang zurückgehaltene Tränen ihm die Wimpern netzten. Befreit von der Vergangenheit war er endlich zum Mann geworden.

»Ich lass dich nicht hier zurück.« Mit einer entschiedenen Handbewegung trocknete er sich das Gesicht. »Du wirst nicht bei ihm bleiben.«

»Wir müssen sofort einen anderen Unterschlupf für dich finden.«

»Für uns!«

Gemma nahm ihn noch fester in den Arm.

»Ich werde mit Pater Ernesto sprechen. Er ist ein guter Mann, der Einzige, der mir geholfen hat. Er wird dich im Kloster verstecken, aber du musst dich trauen, bei Kranken, Verwundeten und Sterbenden zu sein.«

»Wenn du den Mut dazu hast, werde auch ich ihn finden.«

»Das ist nicht die Welt, an die du gewöhnt bist.«

»Ich weiß nicht, welches meine Welt ist.«

»Wir werden sie finden – gemeinsam. Morgen früh werde ich ins Kloster gehen«, sagte Gemma bestimmt.

Der Regen fiel mal sachte, dann plötzlich wieder so prasselnd, dass das Dach ihm nur mühsam standhielt.

»Ich muss meinen Brüdern Bescheid geben«, murmelte

Andrea nachdenklich. »Aber vielleicht ist das auch überflüssig, sie werden sich freuen, mich losgeworden zu sein.«

»Nein, sie machen sich bestimmt Sorgen.«

»Mario behandelte mich verächtlich«, sagte Andrea in Erinnerungen versunken, »aber wenn er dem Glauben schenkt, was die Ausrufer sagen, wird er stolz auf mich sein! Jacopo nicht – der wird beunruhigt sein.«

»Wir werden Pater Ernesto um Rat fragen«, bekräftigte Gemma und küsste ihn erneut.

Das Krachen der Explosion hatte einen merkwürdigen Nachhall. Gleich darauf senkte sich eine unnatürliche Stille über die Stadt. Mit einem Mal jedoch: entfernte Schreie, Klagelaute und Türen, die neugierig geöffnet wurden.

Ercole, der schon wegen des Knalls ganz aus dem Häuschen war, sprang von seinem Platz auf und wollte gar nicht mehr aufhören zu bellen.

»Grundgütiger, was für eine Nacht! Blitze, Donner, Explosionen! Das reinste Inferno!«, rief Bastiano aus und verließ das Bett, in das er sich gerade erst gelegt hatte. »Was hast du denn, Ercole?«

Das massige Tier kratzte beharrlich an der Tür und bellte immer noch.

Bastiano entzündete eine Laterne und warf sich den warmen Mantel über.

»Schauen wir mal, was los ist.«

Er öffnete die Tür und ließ den Hund hinaus, der sich in die Dunkelheit stürzte.

»Hierher, Ercole!«, schrie ihm Bastiano nach und folgte ihm.

Als er das Licht anhob, sah er ein Pferd, das stampfend im prasselnden Regen stand. Es war Marios. Ein Mann hing auf seinem Hinterteil, und Mario lag quer über dem Sattel. Eilig öffnete Bastiano das Gittertor, ergriff das Pferd am Zaumzeug und zog es Richtung Stallungen.

Sobald sie unter einem festen Dach waren, setzte er das Licht auf den Boden und versuchte, den Mann wach zu rütteln, der über dem Tier zusammengesackt war.

»Don Flores«, flüsterte er verblüfft, als er ihn erkannte.

»Rasch«, stieß Francisco hervor. »Mario ist verwundet!«

Er ließ sich seitlich vom Pferd rutschen und legte sich mit Bastianos Unterstützung auf einen Strohballen. Der Diener deckte ihn eilig mit einer Pferdedecke zu, dann ging er zu Mario, der keine Lebenszeichen von sich gab, ließ ihn vorsichtig aus dem Sattel gleiten und legte auch ihn auf dem Boden ab. Mit einem raschen Blick erkannte er, dass er Hilfe benötigte, doch er beschloss, keine anderen Diener zu rufen. Die Anwesenheit des päpstlichen Botschafters und Marios unvorhergesehene Rückkehr ließen ihm Vorsicht angeraten scheinen. Er eilte ins Innere des Palazzo, rief Nina, die Zofe von Isabella, und bat sie, die Baronin zu wecken und zu den Ställen zu bringen.

Wenige Minuten später war Isabella, in einen Mantel gehüllt und von Nina begleitet, bei Bastiano.

Als sie Mario und Flores erkannte, stieß sie einen Schrei aus.

»Sie sind zu Pferd gekommen, verletzt«, informierte Bastiano sie.

Isabella kniete sich neben Mario, hob das Licht und betrachtete ihn. Am Halsansatz erblickte sie eine Wunde, aus der er Blut verlor. Sein ganzer Körper war mit blauen Flecken und Schnittwunden übersät.

Francisco ließ ein Stöhnen hören.

»Die Briganten«, brabbelte er benommen, »sie sind hinter uns her.«

Isabella lief zu ihm hinüber und strich ihm die nassen Haare aus dem Gesicht. Die Berührung jagte ihr einen Schauer durch den Körper.

»Bringen wir sie hinein!«

Gemeinsam mit Nina richtete sie Francisco auf, der nur mit Mühe bis ins Innere des Palazzo gelangte, während Bastiano Mario schulterte, die Laterne nahm und den Frauen folgte.

»Schnell, ins leere Zimmer im ersten Stock«, ordnete Isabella an, während sie die Treppe hinaufstieg. Francisco schien sich umschauen zu wollen, doch er sah nichts, er war nicht bei Sinnen und stolperte bei jedem Schritt; die Frauen hatten Mühe, sein Gewicht zu tragen. Als sie den ersten Stock erreicht hatten, hörte Isabella Ruggero schreien, doch sie bezwang den Impuls, zu ihm zu laufen, und überließ es der Amme, sich um ihn zu kümmern.

»Nina, geh und hol Wasser, Binden und trockene Tücher und auch die Salben«, trug ihr Isabella auf und öffnete die Tür eines Zimmers. Sie manövrierte Francisco auf ein Bett und folgte Bastiano bis zu Marios Zimmer. Sie betteten ihn und zogen ihm die nassen Kleider aus.

»Und Don Flores?«, fragte sie Bastiano mit zitternder Stimme, der gerade Marios Brust trocken rieb.

»Um ihn kümmern wir uns später, bei ihm sah es weniger schlimm aus.«

»Er muss gedacht haben, Mario sei in Volpaia und dass Andrea bei ihm sei. Ich war es, die ihm von dem Landgut erzählt hat«, fuhr Isabella traurig fort und sah dabei Bastiano an, der Salbe auf Marios Wunden auftrug.

»Bestimmt wurden sie von Briganten überfallen!«, rief Bastiano aus. »Nur sie machen in einer solchen Nacht gute Geschäfte! Niemand hält sie auf. Es reicht, in einen Wald zu gehen, schon stehen sie vor einem, und dann ...«

»Wollen wir hoffen, dass die Garde des Bargello noch nicht in Volpaia eingetroffen ist, denn wenn Andrea sich wirklich dort versteckt hat …«

»Bei diesem Unwetter werden sie sich nicht vom Fleck bewegt haben.«

Auf ein Stöhnen von Mario hin unterbrach er sich und beugte sich über ihn.

»Wir müssen dafür sorgen, dass er zu sich kommt. Versuchen wir, ihm etwas zu trinken zu geben.« Isabella sah ihn besorgt an. »Nina, bereite etwas Warmes zu.«

Sobald das Mädchen gegangen war, wandte sich Isabella an Bastiano: »Sollen wir einen Arzt rufen? Und die Garde? Haben sie ihn wohl kommen sehen?«

Bastiano überlegte einen Augenblick und bedeckte Mario mit einem Laken. Er war übel zugerichtet, doch er war aus hartem Holz geschnitzt und würde es überstehen.

Don Flores hatte Prügel bezogen, aber keine schweren Wunden.

»Draußen ist niemand. Nach dem Glockenschlag kehren die Garden in die Kaserne zurück. Wir werden vor morgen niemanden mehr sehen. Warten wir ab, Baronin. Dies ist nicht der richtige Augenblick, um für weitere Unstimmigkeiten mit dem Bargello zu sorgen. Don Flores ist ein Diplomat im Dienste des Papstes und könnte möglicherweise uns beschuldigen, ihn so zugerichtet zu haben. Es ist besser, auch gegenüber der Dienerschaft Stillschweigen zu bewahren.«

»Ja. Nur du und Nina werdet euch um sie kümmern«, sagte Isabella. »Und nun gehen wir zu Don Flores.«

XIX.

Schwierige Liebschaften

Der Regen hatte die Luft gereinigt und jedes Anzeichen von Sommer getilgt.

Gemma zog den himmelblauen Schal fester um die Schultern und beschleunigte ihre Schritte. Rom war ihr noch nie so schön vorgekommen, auch wenn nach wie vor schwarze Wolken den Himmel verdunkelten und der reißende Tiber über die Ufer treten wollte. Der Sturm hatte auf den Straßen Blätter, entwurzelte Bäume und schlammige Pfützen hinterlassen, in denen Hunde und Kinder sich planschend vergnügten. In jedem, der auf den Fluss blickte, war immer noch die Furcht vor einem neuerlichen Wolkenbruch und der unvermeidlichen Überschwemmung lebendig.

In den einzelnen Vierteln standen grüppchenweise Leute zusammen und redeten über die Geschehnisse der Nacht. Ein Blitz hatte in die Engelsstatue eingeschlagen, die daraufhin herabgestürzt war, und das Munitionsdepot der Burg hatte Feuer gefangen. Durch die Explosion waren viele verletzt worden, Palazzi und Häuser des Borgos, des Stadtbezirks um die Engelsburg, waren zerstört worden. Die Leute raunten, dass die Todesfälle unter den Kardinälen und die Heftigkeit der Blitzeinschläge Gottes Zorn über seine korrupte Kirche geschuldet waren, und man fragte sich, was noch passieren würde.

Gemma, ganz aufgegangen in ihrem Glück, hörte kaum zu. War das Liebe? Nichts zu sehen außer Andreas Augen? An nichts anderes zu denken als an den Moment, in dem sie sich wieder in den Armen liegen würden? Das freudige Gefühl in der Brust, lebendig und geliebt zu sein?

Sie betrat das Kloster von San Francesco und suchte sogleich nach Pater Ernesto. Sie fand ihn im Garten, wo er mit Pater Claudio die Sturmschäden überprüfte.

Gemma raffte die Unterröcke hoch und wagte sich durch den Schlamm zu ihnen. Der Apotheker schüttelte angesichts seiner zerstörten Pflänzchen und auch der Einkünfte, die die Klosterapotheke nun einbüßen würde, betrübt den Kopf. Der Klostervorsteher versuchte, ihn zu trösten.

»Ich muss mit Euch sprechen«, begann Gemma nach einer hastigen Begrüßung. »Allein«, setzte sie mit Blick auf Bruder Claudio leise hinzu.

»Gehen wir ins Besuchszimmer.« Pater Ernesto nahm eine ungewöhnliche Erregung bei ihr wahr.

Er ging voraus und half ihr, nicht auszurutschen. Drinnen angekommen sah er sie besorgt an: »Was hast du? So habe ich dich noch nie gesehen!«

»Mir ist etwas passiert. Ich …« Gemma unterbrach sich, von Gefühlen überwältigt. »Ich habe einen Mann gerettet, der …«

Vor Schluchzen konnte sie nicht weitersprechen.

»Sag mir, was du auf dem Herzen hast, Gemma«, beruhigte sie Pater Ernesto und legte ihr väterlich eine Hand auf die Schulter.

»Ich bin gleichzeitig furchtbar glücklich und furchtbar verzweifelt!«

Der Pater lächelte und bemerkte ein neues Funkeln in ihren Augen.

»Erzähl mir alles ganz in Ruhe und von Anfang an.«

Gemma seufzte und begann zu erzählen.

Tageslicht fiel durch die kaum geschlossenen Vorhänge und weckte ihn aus seinem unruhigen Schlaf. Francisco sah sich um. Er lag in einem weichen Bett in einem großen, schön eingerichteten Raum und trug ein Hemd aus Musselin. Er hatte Schüttelfrost, der ganze Körper tat ihm weh, doch vor allem im Nacken brannten die Stichwunden wie glühend heiße Nadelstiche.

Das Letzte, woran er sich erinnern konnte, war der Hals des Pferdes, an den er sich geklammert hatte. Jemand musste ihn aufgelesen haben. Doch wer?

Die Antwort erhielt er mit dem schüchternen Eintreten von Isabella. Sein Herz machte einen Sprung, als Francisco begriff, dass Marios Pferd sie instinktiv zum Palazzo Gianani gebracht hatte.

»Wie fühlt Ihr Euch, Don Flores?«, fragte Isabella und trat ans Bett.

»Wo habt Ihr mich gefunden?«

»Es ist ein Wunder, dass Ihr am Leben seid, was ist passiert?«

»Wir trafen auf …«

Francisco unterbrach sich. Seine Kehle brannte, es war ihm nicht möglich zu sprechen.

»Überanstrengt Euch nicht. Ich bringe Euch Wasser.«

Isabella füllte einen Becher mit Wasser aus dem Krug, der auf einer Sitztruhe stand, tauchte ihr Taschentuch hinein und benetzte seine Lippen damit. Anschließend ließ sie einige Tropfen in seinen Mund laufen.

Francisco schluckte mühsam mehrere Male. Mit einem Handzeichen gab er Isabella zu verstehen, dass er nun sprechen könne.

»Als ich Euren Palazzo verließ, hatte ich vor, nach Volpaia zu reiten, um Mario zu suchen. Ich bin ihm unmittelbar vor der Stadt begegnet, doch konnte ich nicht mit ihm sprechen, weil eine Gruppe korsischer Briganten uns überfallen hat ...« Francisco hielt inne und bat um noch mehr zu trinken.

»Wir haben uns gemeinsam geschlagen«, fuhr er fort, nachdem er getrunken hatte. »Aber sie haben mich am Kopf getroffen, sodass ich ohnmächtig geworden bin. Als ich die Augen wieder aufgemacht habe, war es Nacht, und ich fand Mario am Boden liegend vor. Ich habe ihn aufs Pferd gehoben, das zum Glück nach Hause zurückgekehrt ist. An mehr kann ich mich nicht erinnern.« Francisco schloss von der Anstrengung erschöpft die Augen, und Isabella legte ihm eine Hand auf die glühend heiße Stirn.

Ihr habt hohes Fieber. Ich muss Eurer Familie mitteilen, dass ...«

»Nein!« Francisco öffnete die Augen wieder. »Ich will nicht, dass sich meine Mutter Sorgen macht. Sie denkt, ich sei im Auftrag Seiner Heiligkeit außerhalb von Rom. Ich kann auch sofort gehen, ich will Euch keinerlei ...« Er versuchte aufzustehen, doch es gelang ihm nicht.

»Hier wird man Euch gesund pflegen. Ich habe den Garden des Bargello, die draußen ihre Runden machen, nicht Bescheid gegeben.« Isabella sah ihn ratlos an. »Verzeiht mir, ich wusste nicht, wie ich entscheiden sollte, vielleicht habe ich einen Fehler gemacht, ich hätte eine Eskorte rufen sollen, die Euch abholt.«

Francisco hob einen Arm, um Isabella Einhalt zu gebieten.

»Sobald ich mich besser fühle, werde ich gehen. Ich danke Euch für das, was Ihr für mich tut, ich bitte Euch nur noch um ein paar Stunden.«

»Ihr habt alle Zeit, die Ihr braucht. Ruht Euch aus und macht Euch keine Gedanken.«

Francisco schloss die Augen und schlief sofort ein. Verwirrt sah Isabella ihn an, dann verließ sie eilig den Raum, um Bastiano zu suchen.

»Ist das alles?«, fragte Pater Ernesto Gemma, die ihren Bericht beendet hatte.

Das Mädchen bejahte und sah ihn flehend an.

»Pater, helft ihm, er ist unschuldig! Und ich kann ihn nicht länger im Haus behalten, denn Oliviero wird jeden Moment zurückkommen.«

In Pater Ernesto löste die erste Begegnung des Mädchens mit der Liebe zärtliche Gefühle aus: Gemma war trotz des Lebens, das sie führte, nicht verbittert, doch ihr Blick war stets traurig, und nur wenn sie in der Apotheke des Krankenhauses arbeitete, kam Leben in sie.

Nun stellte der Herr sie vor eine neue Prüfung. Wer war der Mann, in den sie sich verliebt hatte? Wurde er wirklich verfolgt, oder nutzte er Gemmas Naivität aus? Der Prior bat Gott um die richtigen Worte, um sie vor Enttäuschungen zu bewahren.

»Er ist der mutmaßliche Mörder eines Kardinals, er wird von der Justiz gesucht. Ihn zu verstecken ist gegen das Gesetz. Dir bedeutet dieser junge Mann etwas, aber …«

»Ihr braucht nur mit ihm zu sprechen, um Euch von seiner Unschuld zu überzeugen!«

Das hagere Gesicht von Pater Ernesto verriet Besorgnis.

»Hör zu, Gemma, du glaubst ihm, weil du verliebt bist, doch nimm dich in Acht, die Liebe kann die Wirklichkeit verschleiern. Du weißt nichts über ihn außer dem, was er dir erzählt hat. Er könnte dich anlügen, denn er braucht deine Hilfe, aber später …«

»Er ist nicht so, glaubt mir! Sprecht mit ihm, und Ihr werdet es sehen. Wir müssen ihn retten, denn wenn er verhaftet wird, wird der Bargello ihn hinrichten lassen.«

»Doch er ist ein römischer Adeliger mit einer bedeutenden Familie im Hintergrund!«

»Die Borgia hassen seine Familie, denn seinen Bruder haben sie ohne Prozess aufgeknüpft.«

Pater Ernesto senkte den Blick mit einem resignierten Seufzer. Er kannte die Justiz der Borgia.

»Leider sprechen die Beweise gegen ihn. Ich beschwöre Euch, sprecht mit ihm!«, schluchzte Gemma und klammerte sich an seinen Arm.

Das Mädchen verlangte viel von ihm. Wenn Fuscos Männer auf der Suche nach Andrea ins Kloster hinaufkommen sollten, würde er viele Schwierigkeiten mit seinen Oberen bekommen. In der Gegend wimmelte es nur so von kleinen Gaunern, die von Hunger und Verzweiflung getrieben die Gläubigen und Pilger bestahlen, die mit vollen Taschen für die Kollekten der Kirche in Ripa ankamen.

Der Bargello drückte ein Auge zu, dass die Mönche keinen Unterschied machten zwischen Taschendieben, Verbrechern und anständigen Leuten und alle gleichermaßen medizinisch versorgten und schützten, doch er würde nicht dulden, dass sie den Mörder eines Kardinals versteckten.

Pater Ernesto dachte ein Weilchen nach.

Er hatte niemals seine persönliche Bequemlichkeit über die Vorgaben des franziskanischen Glaubensbekenntnisses gesetzt und würde es auch dieses Mal nicht tun. Wenn der junge Mann schuldlos war, war es seine christliche Pflicht, ihn zu retten, und wenn es das Leben kostete. Wenn er hingegen ein Betrüger und Mörder war, brauchte er seine Barmherzigkeit noch viel dringender.

Voller Rührung sah er in Gemmas glühendes Gesicht.

»Ich werde ihn anhören«, sagte er lächelnd. »Bring ihn heute Nacht hierher. Ich werde dir eine Kutte geben, die er unterwegs tragen soll. Und seid äußerst vorsichtig, denn auf seinen Kopf ist eine Belohnung ausgesetzt.«

»Danke, Pater, danke!« Aus einem Impuls heraus ergriff Gemma seine Hand und küsste sie.

Der Pater zog sie abwehrend zurück und strich über den gesenkten Kopf des Mädchens.

»Steh auf, Gemma, und warte noch damit, mir zu danken oder ihm zu vertrauen. Bis vor ein paar Tagen kanntest du ihn noch nicht einmal.«

Ohne Zögern antwortete Gemma: »Es ist, als würde ich ihn schon immer kennen. Wenn ich mit ihm zusammen bin, habe ich wieder Hoffnung für mein Leben.«

Der Pater sah sie hilflos an.

»Ich weiß, dass ich seiner nicht würdig bin«, fuhr Gemma fort. »Er ist ein Adeliger, und was bin ich dagegen schon? Ich bin eine Gezeichnete, die in Sünde lebt. Nein! Pater, lasst mich ausreden«, sprach sie weiter und ignorierte den Versuch des Paters, sie zu unterbrechen. »Wenn ich mich Euch nicht anvertrauen kann, wem dann? Es ist mir gleich, wie es ausgehen wird, aber die Madonna hat ihn unter mein Fenster geschickt, und ich kann ihn nicht im Stich lassen.«

»Und seine Familie?«

»Die weiß nichts. Ich habe Samir geschickt, seinen Palazzo zu kontrollieren – dort patrouilliert die Garde des Bargello.«

»Ich erwarte euch heute Nacht. Jetzt gehe ich dir die Kutte holen.«

»Eine letzte Sache, Pater. Er hat das Gesicht des wahren Mörders des Kardinals gezeichnet.« Gemma händigte ihm

Andreas Zeichnung aus. »Ihr seht so viele Leute, vielleicht kennt Ihr ihn.«

Pater Ernesto sah sich das Porträt eine Weile aufmerksam an.

»Es ist gut gezeichnet und sehr genau, doch ich habe diesen Mann noch nie gesehen. Händigt das Porträt dem Bargello mit einem erläuternden Schreiben aus. Wer weiß, vielleicht wird er ihn wiedererkennen!«

Zum Glück ist es in dem Raum nicht sehr hell, dachte Isabella, als sie sich neben Franciscos Bett setzte. So konnte sie ihn ohne Scham betrachten, während er schlief. Wer war dieser Unbekannte, dieser Feind ihrer Familie, der ihr auf den ersten Blick den Kopf verdreht hatte? Borgia hatte ihn geschickt, und es war nicht gerade schicklich, dass er Ippolitos Platz in ihren Gedanken einnahm. Und doch hatte sie den Wunsch, ihm zu gefallen. Auch fing sie an, ihn in ihre Tagträume einzuflechten. In den wenigen Augenblicken, in denen sie zusammen gewesen waren, hatte sie empfunden, wie sie nie mehr zu fühlen geglaubt hatte, und alles Leid der Vergangenheit vergessen.

Es war immer noch schmerzlich, an Ippolitos Tod zu denken – er hatte ihr das Tanzen, das Lachen, Umarmungen und die Träume genommen, die man zu zweit träumt. Auch der alte Palazzo war nun ohne Leben und in Bedeutungslosigkeit versunken. So wie die Kastanie, die von innen heraus verfaulte, zog er alle ins Verderben, die dort lebten. Alles war so finster und hoffnungslos! In der ersten Zeit hatte sie sich an die Erinnerungen an Ippolito geklammert, um ihren Tagen einen Sinn zu geben, doch inzwischen gelang es ihr nicht mehr, sich an seine Stimme zu erinnern. Sein Geruch hatte sich verflüchtigt, seine Gestik und auch die Umrisse seines

Gesichtes waren immer undeutlicher geworden. Von Zeit zu Zeit suchte sie in Ruggeros Zügen nach Ähnlichkeit mit seinem Vater, doch der Kleine sah ihr selbst ähnlich. Sie war auch heimlich in Andreas Malzimmer gegangen, um ungestört das Familienporträt zu betrachten. Sie hatte Ippolito im Bild gestreichelt und hoffte, dass sie sich ihm dadurch immer noch verbunden fühlen würde, stattdessen hatte sie nur schwache Wehmut empfunden. Sie musste die Dinge akzeptieren, wie sie waren: Ippolito war in ihrem Herzen verblasst. Und das Leben ging weiter, vielleicht zeigte es sich geradewegs in Franciscos Blick oder sprach mit seiner Stimme zu ihr.

Wieso er und nicht Jacopo? Ihr Schwager liebte sie, das war offensichtlich, doch für sie war er wie ein großer Bruder.

Das Herz geht seine eigenen Wege, dachte sie und trocknete eine Träne, und das Verlangen auch.

Sie stand auf, um zu gehen, doch Franciscos Stöhnen brachte sie dazu, sich wieder hinzusetzen. Dieses Mal neben ihn aufs Bett.

Der junge Mann riss die fiebrigen Augen weit auf und umfasste energisch ihre Hände. Isabella war dankbar für den Halbschatten, der ihre Verwirrung und Gedanken verbarg.

»Vergebt mir«, flüsterte Francisco und ließ ihre Hände los. »Ich habe geträumt.«

»Wie fühlt Ihr Euch?«

»Besser, danke. Habt Ihr Neuigkeiten von Andrea? Und Mario? Ist er aufgewacht?«

»Nein. Und ich weiß nicht, was ich tun soll. Ich fühle mich so allein.«

Francisco strich ihr sanft eine Haarsträhne aus dem Gesicht. Die Verzweiflung dieser zarten jungen Frau rührte ihn so sehr, dass er diese vertrauliche Geste wagte. Sofort ließ er die Hand wieder sinken und verfluchte seine Schwäche.

Isabella spürte, wie ihr Herz in der Brust heftig schlug. Er fühlt genauso!, dachte sie errötend. Sie stand auf und versuchte, ihre Gefühle unter Kontrolle zu bringen.

»Ich muss jetzt gehen. Mein Sohn wartet auf mich. Ich schicke Bastiano zu Euch.«

Sie ging, ohne ihn anzuschauen, und schloss die Tür hinter sich. Sie blieb noch eine Weile an die Wand gelehnt stehen, um zu Atem zu kommen, ehe sie die Treppe hinabstieg.

XX.

Kerker

Sie hatten ihn in einen Raum gesperrt, der nicht wie eine Zelle aussah: Er war weitläufig und mit einem Bett, einer Sitztruhe und einem schön gearbeiteten Schreibtisch eingerichtet. An der Tür jedoch war ein robuster Riegel angebracht, und die Fenster waren mit dicht stehenden Stäben vergittert. Jacopo trat an das Fenstergitter und sah hinaus. Der einzige Ausblick, der sich ihm bot, war eine triste graue Mauer.

Er machte kehrt und setzte sich auf sein ungemachtes Bett, in dem er eine schlaflose Nacht verbracht hatte, während der er sich fragte, in was für eine abwegige Situation er da geraten war.

Wie hatte Andrea Calvi töten können? So sehr er auch versuchte, sich die Szene vorzustellen, gelang es ihm nicht, sich seinen Bruder als Mörder vorzustellen. Andrea war impulsiv, und manchmal ging er aus nichtigem Anlass in die Luft, doch gewalttätig war er nicht. Aber was wusste er im Grunde wirklich von ihm? Vielleicht hatte all das Unglück, das seine Familie getroffen hatte, ihn so aus dem Gleichgewicht gebracht, bis er … Nein!

Das Übel war in seiner Beziehung zum Kardinal zu suchen. Wieso war Andrea so fasziniert von ihm? Er vermutete, dass die Kunst ihr Verbindungspunkt gewesen war. Und wenn ihre Beziehung darüber hinausgegangen sein sollte? Und wie weit darüber hinaus? Vielleicht hatte die Enthüllung von Lorenzos Leidenschaft für Juan in Andrea einen Hass entfacht, der den sanftmütigen Jungen zum Mörder gemacht hatte? Er beschloss, den Ermittlern nichts von dem Verhältnis zwischen Juan und Lorenzo zu berichten; es wäre ein triftiges Motiv gewesen, das Andrea belastet hätte.

Das Geräusch des Riegels, der zurückgeschoben wurde, ließ ihn aufspringen.

Riccardo Fusco trat in Begleitung zweier Handlanger ein und baute sich nach einer angedeuteten formalen Verbeugung vor ihm auf.

»Habt Ihr nachgedacht, Baron?«

Jacopo sah ihn mit ausgemachter Gleichgültigkeit an.

»Was ich Euch gestern sagte, ist die einzige Wahrheit, die ich kenne. Ich weiß nicht, wo mein Bruder ist, aber ich weiß, dass er unschuldig ist und dass Ihr Euch im Irrtum befindet.«

»Ich habe Zeugenaussagen eingeholt, die dem widersprechen. Seit einiger Zeit hatten Euer Bruder und Kardinal Calvi ständig Meinungsverschiedenheiten. Wusstet Ihr darüber Bescheid?«

Einen Augenblick lang hielt Jacopo den Atem an.

»Nein, Andrea sprach mit mir nicht gerne über seine Angelegenheiten«, erklärte er mit fester Stimme.

Fusco zog den Dolch aus der Weste, mit dem Calvi getötet worden war, und fragte: »Habt Ihr den schon mal gesehen?«

»Nein. Und wenn Ihr glaubt, er könnte von Andrea sein, irrt Ihr Euch. Er ist ein furchtbar schlechter Fechter und kann mit keiner Art von Waffe umgehen. Er hat bloß ein Kurzschwert, das mit dem Familienwappen, und manchmal nimmt er nicht einmal das mit, wenn er ausgeht. Ein sehr unvorsichtiges Verhalten, das ich noch nie nachvollziehen konnte.«

Fusco schwieg eine Weile, beeindruckt von Jacopos letzten Sätzen, dann steckte er den Dolch in seine Weste zurück.

»Was seine Differenzen mit Kardinal Calvi angeht – ist Euch je aufgefallen, dass Euer Bruder Porträts von Juan Borgia besaß?«

Jacopo zuckte unwillkürlich zusammen.

»Ich meine nicht!«

»Es hat den Anschein, dass Euer Bruder und der Kardinal wegen eines Bildes und einer geplanten Skulptur, die Juan zeigen sollte, heftige Auseinandersetzungen hatten.«

»Andrea besitzt nichts dergleichen«, sagte Jacopo verächtlich.

»Es gibt da viele Fragen, die ich ihm gern stellen würde. Es wird ihm nicht helfen, einfach so zu verschwinden, meint Ihr nicht auch?«

»Er ist aus Angst geflohen. Die Indizien sprachen gegen ihn, und er fürchtete, man würde ihm nicht glauben.«

»Wenn er unschuldig ist, hat er nichts zu befürchten.«

Jacopo sah in spöttisch an.

»Daran habe ich Zweifel, wenn Ihr erlaubt.«

»Habt Ihr etwa kein Vertrauen in die Justiz?« Auch Fuscos Ton war sarkastisch.

»Wie sollte ich, nach all dem, was Ippolito widerfahren ist?«

Fusco nahm den Schlag hin. Gianani hatte recht. Wie konnte er Vertrauen in eine Justiz haben, die seinen Bruder ohne jeglichen Prozess gehängt hatte? Der Teil, dem er zustimmen musste, gefiel auch ihm nicht, aber es war der Teil, der ihn betraf. Er warf sich in die Brust und stieß hervor: »Ist Euch eine Justiz lieber, die Aufsässigkeit, Flucht und Mord ungesühnt lässt?«

»Was könnt Ihr mir vom anderen Zeugen sagen, Hauptmann?«, fragte Jacopo und wich der Frage des Bargello aus. »Soweit ich es mitbekommen habe, ist er geflohen, und wie Ihr schon sagtet: Wer flieht, hat etwas zu verbergen.«

»Ihr seid gut informiert!«

»In Rom verbreiten sich Neuigkeiten schnell.«

»Die Flucht der beiden ist Fakt, ebenso wie die Tatsache, dass Euer Bruder zornentbrannt das Haus des Kardinals betrat. Eine Reihe von Zeugen sah ihn neben dem Toten und in seiner Hand«, er legte seine Hand auf seine Weste, »diesen Dolch, mit Blut befleckt.«

Jacopo bedachte ihn mit einem flammenden Blick.

»Niemand hat gesehen, wie er ihn getötet hat!«

»Und warum ist er dann geflohen?«

»Seit gestern möchte ich mit dem Gouverneur della Rovere und mit Kardinal Sforza sprechen«, sagte Jacopo in eisigem Ton, »doch man hat dem nicht stattgegeben.«

»Ich werde von Euren Anfragen berichten, Baron«, unterbrach ihn Fusco entschieden. Dann fuhr er in gemäßigterem Ton fort: »Vergesst nicht, ich bin nicht Euer Feind.« Er brachte sein Gesicht dicht vor das von Jacopo. »Ich suche nach der Wahrheit, zum Wohl aller.«

Einige Augenblicke lang sahen sie sich tief in die Augen, dann drehte sich Fusco auf dem Absatz um und ging, gefolgt von seinen Männern, hinaus.

Ehe sie das Haus betrat, bekreuzigte sich Gemma vor der Madonnenstatue und sagte ihr im Herzen Dank.

Sie klopfte dreimal, so wie sie es vereinbart hatten, und als Samir ihr öffnete, lief sie die Treppen hinauf in die Dachkammer.

Als Andrea ihre Schritte hörte, richtete er sich rasch auf. Die jähe Bewegung sorgte für eine schmerzverzerrte Grimasse, doch wurde daraus ein Lächeln, als er Gemmas strahlende Augen sah. Andrea zog sie fest an sich und küsste sie leidenschaftlich; er strich eine Locke zurück, die ihr beim Laufen ins erhitzte Gesicht gefallen war.

»Du hast mir gefehlt«, flüsterte er.

Gemma biss sich auf die Lippen, um nicht vor Freude zu weinen. Diese Worte waren so zärtlich. Dann kamen ihr Pater Ernestos Worte in den Sinn: Jetzt braucht er dich, aber später …

»Pater Ernesto wird dich im Kloster verstecken, dann hast du nichts mehr zu befürchten«, sagte sie und verscheuchte den Gedanken. »Sobald die Sonne untergeht, werden Samir und ich dich nach Ripa begleiten.«

»Und du?«, fragte Andrea und drückte fest ihre Hände.

»Hier kannst du nicht bleiben. Du wirst zu mir nach Hause gehen. Ich werde Isabella schreiben. Sie ist ein guter Mensch und wird dich empfangen.«

Gemma schüttelte den Kopf und erhob sich.

»Ich muss hierbleiben. Ich darf keinen Verdacht erregen.«

»Barocelli soll dich nicht mal anfassen, sonst …«

»Das wird er nicht tun! Pater Ernesto hat deine Zeichnung gesehen, aber er kennt den Mann nicht. Er rät dir, das Porträt mit einem erläuternden Schreiben dem Bargello zu schicken. Samir wird sich darum kümmern, es ihm unauffällig zu bringen.«

Andrea dachte kurz darüber nach.

»Ja, es ist einen Versuch wert. Bitte bring mir noch ein Blatt Papier!«

Als die Garde ihn holen kam, dachte Jacopo, Kardinal Sforza sei es gelungen, beim Papst ein gutes Wort für seine Sache einzulegen. Er nahm an, sie würden ihn zu einem klärenden

Gespräch bringen, doch er wurde enttäuscht. Man brachte ihn stattdessen in einen anderen Raum, unweit des bisherigen. Im Licht eines zweiarmigen Leuchters saß ein Mann vor einem Schachbrett. Jacopos Enttäuschung verwandelte sich in Verblüffung, als der Mann den Kopf hob: Es war Bartolomeo Flores, Bischof von Cosenza, den er erst vor ein paar Tagen beim Hochzeitsbankett getroffen hatte.

»Baron Gianani!«, rief Flores und forderte ihn mit ausgestreckter Hand auf, ihm gegenüber Platz zu nehmen. »So sehen wir uns also wieder, doch dieses Mal an einem nicht so angenehmen Ort, unnötig es zu bestreiten.«

Sein Lachen und die Geste, mit denen er seine Worte begleitete, erschienen Jacopo gezwungen.

»Warum seid Ihr hier?«, fragte er ihn und versuchte, einen unbeteiligten Ton zu wahren.

»Ich könnte Euch dasselbe fragen. Doch ich weiß, was Euch widerfahren ist, oder richtiger – was Eurem Bruder widerfahren ist.«

»Diese absurde Geschichte wird sich bestimmt bald aufklären.«

»Bald«, brummte Bartolomeo wie zu sich selbst.

»Und Ihr?«, beharrte Jacopo.

»Ich für meinen Teil habe um Eure Gesellschaft gebeten, um ein paar angenehme Stunden zu verbringen und so lange diesen Ort zu vergessen, an dem wir uns gegen unseren Willen aufhalten. Ihr könnt doch bestimmt Schach spielen.« Jacopo bejahte, und Bartolomeo fuhr fort: »Seine Heiligkeit hat mir dieses Privileg zum Dank für meine Dienste in der Vergangenheit zugestanden.«

Er brach in bitteres Gelächter aus, und einen Moment lang verfinsterte sich seine Miene. »Wisst Ihr, Gianani, an mir ist gewiss auch kein Heiliger verloren gegangen. Man wirft mir vor, Hunderte von Dokumenten gefälscht zu haben, und deshalb bin ich hier. Ich war sehr nützlich für Seine Heiligkeit … früher. Dann hat sich der Wind gedreht, einige Geheimnisse sind durchgesickert …« Er schnalzte mit den Fingern. »Und nun wollen sie mir ein Geständnis abpressen. Ich soll ihnen die von mir angezettelten Unternehmungen offenlegen – die es nicht gibt – und Einzelheiten meiner heiklen Verhandlungen enthüllen. Aus diesem Grund behandeln sie mich gut, sie umschmeicheln mich, sie erlauben mir Eure Gesellschaft. Ich darf dem nicht nachgeben, sonst ist mein Leben keinen Pfifferling mehr wert. Nicht einmal meine Verwandten, die stolzen Flores, haben meine Sache unterstützt. Sie schweigen still und beugen ihren brokatbedeckten Rücken vor der Macht. Nach dem, was geschehen ist, will ich Euch nicht verheimlichen, dass ich mit mehr Blutvergießen gerechnet habe, mit mehr Feuer seitens meines Cousins Francisco, doch … Aber nun wollen wir spielen, denken wir nicht mehr an unsere traurigen Fälle. Ich überlasse Euch die weißen Figuren und den ersten Zug.«

Bei den Worten von Flores merkte Jacopo, wie ein Gefühl der Leere seine Gedanken vernebelte. Er langte zum Schachbrett und machte den ersten Zug mit einem Bauern. Bartolomeo zog darauf seinerseits einen schwarzen Bauern.

»Ah, Baron«, seine schlauen Augen musterten Jacopo, »Ihr spielt gegen einen unerschrockenen Gegner, der Mönchen erlaubte, Nonnen zu heiraten, und Huren im Gewand von Prinzessinnen wieder in den Stand der Jungfräulichkeit zu gelangen. Ein Gegner, der Geheimnisse kennt, die man niemandem anvertrauen kann, und der gewiss nur deshalb hier festgehalten wird!«

Jacopo beschloss, ihn reden zu lassen und sich abwartend zu verhalten. Der Grund für diesen Redeschwall war ihm nicht begreiflich.

»Wenn ich mich recht erinnere«, fuhr Bartolomeo fort und führte mechanisch die ersten Züge aus, »brauchtet auch Ihr, als wir uns das letzte Mal trafen, ein bisschen Hilfe in einer heiklen Angelegenheit.«

Flores versetzte einen Turm und fuhr fort: »Euren Traum von der Liebe zu krönen! Nun sehe ich in Eurem Blick die Enttäuschung, mich hier vorzufinden, als unfreiwilligen Gast unseres geliebten Pontifex.«

Zögerlich setzte Jacopo einen Springer.

»Lasst Euch nicht vom Augenschein in die Irre führen. Denn auch in diesen Mauern kann man tun, was man draußen tut. Euer heiß ersehnter Dispens und Euer Eheglück sind immer noch bloß eine Frage des Geldes.«

Jacopo hielt nachdenklich inne, doch nicht ohne seine Figur zu ziehen.

»Ich habe Euch bereits gesagt, dass ich das nötige Geld nicht habe, und ich sehe auch nicht, wie Ihr nun …«, sagte er verwundert.

»Oh, wenn die Sache Euch so sehr am Herzen liegt, wie mir scheint, bin ich sicher, dass Ihr das Geld auftreiben werdet. Was ich draußen für Euch getan hätte, kann ich genauso gut innerhalb dieser Mauern für Euch tun.«

Jacopo hörte sich das erstaunt an. Die Vernunft riet ihm, die zur Schau gestellte Allmacht anzuzweifeln und sich stattdessen an andere zu wenden, um zu bekommen, was er wollte. Aber die Selbstsicherheit des Kanzlers flößte ihm auch Hoffnung ein, die er in diesem Moment dringend benötigte.

Ohne nachzudenken, setzte er die weiße Königin.

»Vorsicht, Baron!«, rief Bartolomeo und zog einen Läufer. »Schachmatt.«

Mit einer frustrierten Geste nahm Jacopo seine Niederlage zur Kenntnis. Doch nicht deshalb wurde ihm eng ums Herz.

Plötzlich war das Geräusch des Riegels zu hören. Eine Wache öffnete eilig die Zellentür und trat ehrerbietig zur Seite, um Giovanni Marradès einzulassen. Der Kammerherr trat entschlossen ein, senkte als Zeichen des Grußes leicht den Kopf und sah Jacopo dabei eindringlich an.

Vom mehrdeutigen Blick dieser schönen Augen fühlte sich Gianani durchleuchtet, und das ärgerte ihn.

»Wer hat gewonnen?«, fragte Marradès und strich über das Schwert an seinem Gürtel.

»Ich, wie du dir denken kannst«, erwiderte Bartolomeo mit der Andeutung eines Lächelns. »Kennst du jemanden, dem es jemals gelungen wäre, mich im Schach zu schlagen, Giovanni?«

Marradès antwortete nicht und sah weiterhin Jacopo an.

»Werter Baron, es schmerzt mich, Euch hier anzutreffen«, sagte er mit einem den Umständen entsprechenden Lächeln.

Jacopo erinnerte sich daran, wie Marradès nach Ippolitos Tod versucht hatte, seinen Vater zu beruhigen. In Rom raunte man, dass dieser Mann Augen und Ohren des Papstes sei. Und was wollte er jetzt?

»Ich wage zu sagen ungerechtfertigterweise, Exzellenz«, gab er zurück und bemühte sich, nicht die Kontrolle zu verlieren.

»Nicht immer sind die Gesetze so, wie wir es gerne hätten, Baron.«

Marradès stellte einen weiteren Stuhl an den Schachtisch und setzte sich.

Bartolomeo Flores brach in Gelächter aus.

»Denk doch nur, wie verrückt das Schicksal der Menschen ist! Vor wenigen Abenden noch waren wir alle drei auf einem Hochzeitsbankett, erhoben die Gläser und wussten nicht, was uns erwartete, zumindest Ihr und ich nicht, Gianani!« Er sah

Marradès funkelnd an. »Doch Vorsicht, Giovanni! Auch dein Stern kann sinken. Man fällt schneller, als man denkt, weißt du? Schau dir den Baron und mich an, wir sitzen hier, zählen die Steine in der Wand und die letzten Schläge unseres Herzens.«

»An dir ist ein Dichter verloren gegangen, Bartolomeo«, bemerkte Marradès.

»Ja, aber ein verkannter. Bist du gekommen, um eine Partie zu spielen?«

Marradès deutete ein Lächeln an, dann wandte er sich an Jacopo.

»Baron, ich muss Euch bitten, Eure Unterkunft aufzusuchen.« Er gab der Wache hinter ihm ein Zeichen mit der elegant in schwarzes Leder gehüllten Hand. »Zwischen Flores und mir ist noch eine Unterredung anhängig.«

Jacopo erhob sich.

»Sie hängt im Raum gleich einem Damoklesschwert über meinem Kopf«, feixte Bartolomeo, und an Jacopo gewandt versicherte er: »Baron, wenn Ihr mir weiterhin die Gunst Eurer Gesellschaft erweist, wird es mir eine Freude sein, Euch Gelegenheit zur Revanche zu geben.«

Jacopo konnte nur mit einem Kopfnicken antworten, ehe er der Wache folgte.

Auf dem Weg zur Treppe, die zu den Zellen unter seinen Wohnräumen führte, lief Riccardo Fusco seiner Frau über den Weg, die von einem Bankett heimkehrte.

Wie üblich tauschten sie einen kühlen Gruß aus, ehe sie auseinandergingen, sie in ihre Gemächer, er die Treppe hinab.

Um das lohnende Amt des Bargello von Rom zu erhalten, hatte er sich über viele Ringe zum Kuss beugen und denen, die ihn unterstützten, seine Treue zusichern müssen. Unter den Verbindlichkeiten, denen es nachzukommen galt, gehörte es auch, die Geliebte eines Kardinals zu heiraten, somit die frevelhafte Beziehung zu decken und nach außen hin für eine respektable Fassade zu sorgen. Er liebte diese Frau nicht, aber er wollte, wie es in solchen Situationen üblich war, ein zufriedenstellendes Einvernehmen erreichen.

Mit Caterina war das nicht möglich. Sie war reizbar, gab maßlos Geld aus und behielt ihm gegenüber ein provozierendes Benehmen bei.

Riccardo tolerierte ihre Abwesenheiten, gemäß einer Klausel im Ehevertag, die es ihr, wenn es gewünscht war, erlaubte, den einflussreichen Liebhaber zu sehen. Es war gewiss keine Eifersucht, die ihm zu schaffen machte.

Er hatte den Kompromiss akzeptiert, weil er ihm Vorteile brachte, denn er musste zugeben, dass er für sein Amt brannte. Ihm war bewusst, dass er, wenn er es behalten wollte, außer seiner Gattin auch die zunehmenden Schikanen der Katalanen ertragen musste.

Das tückisch joviale Antlitz des Papstes kam ihm in den Sinn.

Ihm zur Seite zu stehen gehörte zu seinen Aufgaben, und in vielen Angelegenheiten hatte er für Borgia bequeme Lösungen gefunden. Monate zuvor hatte ihn der Papst inständig gebeten, im Schlamm der Aristokratie zu wühlen, um den Mörder seines Sohnes zu finden. Und er hatte Hunderte von Befragungen und Untersuchungen durchgeführt, ohne etwas herauszubekommen, stattdessen merkte er recht bald, dass es für Rodrigo, der schon wieder mit neuen Projekten befasst war, keine Dringlichkeit mehr hatte, den Schuldigen zu bestrafen. So verging der junge Juan unter der Erde mitsamt dem Geheimnis seines Todes.

Je älter Riccardo wurde, desto mehr respektierte er das Leben, je mehr Tote er sah, desto mehr bedauerte er, keinen Nachwuchs in die Welt gesetzt zu haben.

Kinder hatte er weder mit Caterina, deren Bett er wenig aufsuchte, noch außerhalb der Ehe.

Wie gern hätte er im Gesichtchen eines Kindes seine eigenen Züge erkannt, mit ihm Ideen und Leidenschaften geteilt, ihm das Reiten und die Jagd beigebracht – einen Sohn zu haben war, wie nach dem Tod weiterzuleben.

Genug, dachte er. Mit dem Alter wurde man weicher, doch um seinen eigenen Entscheidungen Rechnung zu tragen, musste er stattdessen klar und möglichst unsentimental sein.

Auf seinem glänzenden Schreibtisch hatte jedes Aktenbündel seinen Platz, doch in seinem Geist herrschte Chaos.

Wozu sich noch weiter Gedanken über die Schuld eines auf frischer Tat ertappten Mörders machen? Gut, der römische Adel bedrängte ihn, er solle Beweise für die Unschuld von Gianani finden, und tatsächlich …

Was er anfangs für gesichert hielt, zerbröselte unter der Last dessen, was er nach und nach entdeckte, und alles, was er in der Hand hatte, waren Zweifel und einige wenige Gewissheiten.

Nun gelangte er allmählich zu der Überzeugung, dass die Hypothese, die er sofort ausgeschlossen hatte, nämlich die einer Beziehung zwischen den drei Kardinalsmorden, in Wirklichkeit doch nicht so unwahrscheinlich war.

Mit diesen Gedanken betrat er entschlossen die Zelle.

Teodoro saß auf einem Schemel, blickte sich eingeschüchtert um, senkte den Blick und stammelte unverständliche Worte vor sich hin. Fusco hatte Mitleid mit diesem armen Trottel, aber er musste ihn dennoch sorgsam befragen, denn

sein schwachsinniges Gebaren konnte auch Habgier und Ver-
schlagenheit kaschieren.

»Nun – und, was hat er dir erzählt?«, fragte er Tito, der sich
auch im Raum befand.

»Seine Aussage deckt sich mit der von Mora. Auch er
bestreitet, den Soldaten zu kennen.«

Als Teodoro sie miteinander sprechen hörte, trat er auf
Fusco zu.

»Das ist die Wahrheit, Herr, ich kannte den nicht! Er hat
mir zu trinken gegeben. Und dann wusste ich nichts mehr.
Er war böse!«

»Böse, aber großzügig! Die Dirne hat er dir bezahlt, oder?«,
rief Tito Ferro.

Teodoro sah Fusco flehentlich an.

»Er sagte, er habe beim Würfeln gewonnen. Mein Freund,
sagte er zu mir, er war sehr nett am Anfang, aber dann …«
Teodoros Blick verfinsterte sich. »Er hat mich getäuscht! Er
ist derjenige, der den Kardinal getötet hat! Ich hätte das niemals getan, das schwöre ich, das schwöre ich!«

»Du hast gesagt, Kardinal Roncaglini besaß einen Schatz.«

»Ja, ja, Herr. Die Pfarrei, die, die ihm der Borgia wegge-
nommen hat, brachte einen Haufen Geld ein, und der Kardinal hat viele kostbare Steine davon gekauft. Er bewunderte sie
und polierte sie jeden Abend, doch ich habe sie nie angefasst.
Seine Schwester mochte mich gern, sie hatte mir versprochen,
ich würde eines Tages meinen Teil bekommen.«

»Und du hast mit dem Soldaten über diesen Schatz gesprochen, und zusammen habt ihr den Plan gefasst, ihn aus dem
Weg zu räumen.«

»Nein! Der war nicht mein Freund, ich kenne ihn nicht, er
hat mir was in den Wein getan, er wollte nur in den Palazzo
rein, um zu stehlen!«

»Du warst sein Komplize!«, schrie ihm Ferro ins Gesicht. »Du hast deinen Herrn gehasst, und nachts gingst du gegen seine Anweisung in die Taverne, wie?«

»Nein!«, wiederholte nun seinerseits schreiend der Diener, warf sich auf die Erde und schlug unter wütenden Tränen um sich. »Nein! Nein!«

Die Garden bemühten sich, ihn festzuhalten, doch Teodoro hatte die Kontrolle über sich verloren und fuchtelte sabbernd mit Armen und Beinen.

Fusco beobachtete die Szene eine Weile. Der Blödsinnige wirkte wie ein Tier im Netz, er verdrehte die Augen und stöhnte.

»Versucht, ihn zu beruhigen«, befahl er den Garden missmutig, und zu Tito sagte er: »Folge mir.«

Während er die Treppe wieder hinaufstieg, um in sein Arbeitszimmer zurückzukehren, dachte er, dass nicht einmal der mysteriöse Soldat gefunden worden war, vorausgesetzt, es war überhaupt ein Soldat. Anscheinend war es eher eine geschickte Verkleidung, wenn es stimmte, was Mora behauptete. Er hatte die Schwäche seiner Opfer ausgenutzt, um sie zu töten, also hatte er sie vorher eingehend beobachtet, um seinen Plan umzusetzen. Und wenn sein Ziel gar nicht der Raub war, sondern die Eliminierung des Kardinals?

XXI.

Die Flucht ins Kloster

Ohne die orientalische Tunika, die er für gewöhnlich trug, fiel Samir weniger auf. Er wirkte wie ein junger Fremder von kräftiger Statur und dunkler Hautfarbe. Er trug eine Weste von Barocelli, in der er den Umschlag mit dem Schreiben verbarg, das er dem Bargello aushändigen sollte.

Am Abend zuvor hatte Andrea ihm erklärt, was er tun sollte, und er hatte geduldig zugehört, auch wenn er für diese Art von Aufgaben keinerlei Ratschläge benötigte: Die Kunst, sich nicht erwischen zu lassen, hatte er recht rasch erlernt. Er war zweiunddreißig Jahre alt, doch seine äußere Erscheinung war mehr die eines Jugendlichen im Wachstum, mit rundem Gesicht und etwas starrem Gesichtsausdruck. Er mochte Gemma, verachtete jedoch Barocelli.

In der Nähe des Palazzo des Bargello angekommen, sah Samir sich um. Die wenigen Passanten warfen nur flüchtige Blicke auf das graue Gebäude, von dem sie hofften, niemals dort zu enden. Zwei Wachtposten standen unbeweglich vor dem Eingang, andere patrouillierten in der Nähe. Gelegentlich gingen Grüppchen von Soldaten in den Palazzo, manchmal Zivilisten. Samir studierte das Kommen und Gehen und hielt Ausschau nach einer Möglichkeit, den Brief unbemerkt übergeben zu können.

Da entdeckte er einen mageren, schlecht gekleideten Jungen, der aber einen aufgeweckten Eindruck machte und Steinchen in einen kleinen Kreis warf, der in den Straßenstaub gezeichnet war.

Samir ging zu ihm.

»Du bist ein guter Junge! Willst du mir einen Gefallen tun? Ich gebe dir einen Soldo.«

Der Junge hielt in seinem Spiel inne und sah ihn neugierig an.

Samir erkannte in seinem Blick das Misstrauen von jemandem, der bereits zweifelhafte Angebote erhalten hatte, und beeilte sich, ihm zu erklären, was er von ihm wollte.

»Es ist ganz einfach. Du bringst einen Brief zu diesem Wachtposten, den du hinter der Ecke dort siehst.« Samir zeigte auf einen der Gardisten, die vor dem Palazzo des Bargello stillstanden. »Und dann läufst du weg, ohne dich fassen zu lassen. Du musst nur sagen: ›Dies ist für Hauptmann Fusco‹, hör gut zu: ›Hauptmann Fusco‹, und dann machst du dich ganz schnell davon. Ich erwarte dich dort hinten.« Er deutete auf eine kleine, schwer einsehbare Seitenstraße.

»Und wenn du mir dann den Soldo nicht gibst?«

»Da nimm, einen halben Soldo gebe ich dir jetzt, die andere Hälfte danach.«

Der Junge sah begierig auf das Geld, das Samir ihm entgegenhielt, und versuchte, es sich zu nehmen, aber Samir zog die Hand zurück.

»Erst wiederholst du, was du sagen sollst.«

»Für Hauptmann Fusco!«, skandierte das Kind.

Samir gab ihm das Geld und den Umschlag. Ihn im Auge behaltend begab er sich wie vereinbart zur Gasse, um dort auf ihn zu warten.

Der Junge ging zum Wachtposten, übergab ihm den Brief und lief zurück zum Inder.

»Gib mir den Rest«, sagte er, als er außer Atem ankam.

Samir legte das Geld in die schmutzige kleine Hand, und der Junge rannte ohne ein weiteres Wort davon. Auch Samir entfernte sich schnell, mit einem letzten Blick auf die Wache, die den Umschlag in die Jacke geschoben hatte.

Der Diener, der das Tor des Palazzo Ravelli öffnete, wich furchtsam vor Fusco und seiner Eskorte zurück. Entschlossen trat der Bargello in den Innenhof und sah sich um, schließlich fragte er nach dem Herrn des Hauses.

Kurz darauf war Pater Hans bei ihm. »Hauptmann, womit kann ich dienen?«, fragte er leutselig. »In den vergangenen Tagen haben Eure Garden bereits …«

»Ja«, unterbrach ihn Fusco brüsk, »aber ich würde gern das Zimmer von Kardinal Ravelli sehen und hätte auch einige Fragen, die ich Euch gern unter vier Augen stellen würde.«

Hans forderte ihn auf, ihm zur Treppe zu folgen, die ins obere Stockwerk führte.

»Wie Ihr feststellen werdet«, sagte der Geistliche, öffnete das Zimmer des Kardinals und dort die Fensterläden, um mehr Licht hereinzulassen, »wurde nichts angerührt seit jener tragischen Nacht.«

Fusco war erschrocken über die dumpfe Luft im Raum und über die Ärmlichkeit der Einrichtung.

Er trat vor den Mönch, und mit einem tiefen Blick in seine Augen fragte er ihn: »Ist Euch in der Nacht, als er starb, am Kardinal etwas Ungewöhnliches aufgefallen?«

»Er kam sehr ermattet vom Bankett, das schon, und er war erschüttert von der Nachricht vom furchtbaren Ende des

Kardinals Roncaglini. Er wollte sich sofort zu Bett begeben, er sagte, er fühle sich nicht wohl.«

»War er krank?«

»Seine Eminenz hatte vor einigen Jahren einen Schlaganfall erlitten, der seinen Gang beeinträchtigte, doch dann hatte er sich erholt. Manchmal allerdings ...« Der Mönch blickte verlegen drein.

»Was geschah mit ihm? Keine Scheu, wir sind unter uns!«

»Ich bin mir nicht sicher. Er war ein heiliger Mann, und ich möchte nicht, dass sein Andenken durch ein kleines Laster getrübt wird, das ...«

Fuscos ungeduldiger Seufzer war nicht zu überhören.

Der Mönch zögerte kurz, dann gestand er: »Seine Eminenz übertrieb es manchmal mit dem Essen und Trinken.«

»Eine lässliche Sünde«, kommentierte der Bargello, während er im Raum auf und ab ging. »Am Abend des Banketts hatte der Kardinal demnach also übertrieben.« Fusco öffnete eine kleine Sitztruhe und sah unter einem violetten Stück Stoff eine Peitsche, einen Bußgürtel und ein Fläschchen Alkohol. Er strich mit den Fingern darüber, dann bedeckte er es wieder und schloss den Deckel. »Hat der Arzt, der den Totenschein ausgestellt hat, den Tod eindeutig mit den Ausschweifungen dieses Abends in Verbindung gebracht?«

Hans antwortete nicht sofort und überlegte mit zusammengepressten Lippen. Dann wurde ihm schlagartig etwas Unangenehmes klar: »Ihr denkt doch nicht etwa ...?«

»Ich habe Euch eine klare Frage gestellt.«

»Ich habe die ärztliche Bescheinigung persönlich einem Eurer Untergebenen ausgehändigt.«

Fusco nickte gedankenverloren.

»Ich hab das Dokument überprüft, aber ich möchte wissen, ob der Arzt wirklich nicht den geringsten Verdacht hatte, dass der Kardinal etwas Schädliches zu sich genommen haben könnte. Ein Gift, um es klar auszudrücken.«

»Der Kardinal vergiftet? Und wie? Und vor allem, von wem? Er war ein guter Mann, bei allen beliebt.«

»Mich interessieren die Fakten. Der Arzt kam also zu ihm, sein Arzt, richtig?« Der Mönch bejahte. »Hatte er keine Zweifel hinsichtlich der Todesursache?«

»Nein, warum hätte er die haben sollen?«

»Und Ihr? Kam Euch sein plötzliches Unwohlsein nicht seltsam vor? Ich bin ihm beim Hochzeitsbankett begegnet, und da schien er mir nicht krank zu sein.«

»Nein, nein, er war nach einer Zeit des Rückzugs gerade nach Rom zurückgekehrt, und es ging ihm gut.«

»Also hatte er sich bei guter Gesundheit zum Bankett begeben, und als er zurückkehrte, war er in keiner guten Verfassung.«

»Eure Beobachtungen bringen mich zum Nachdenken, Hauptmann,« sagte Pater Hans, dem beim scharfen Blick des Bargello unbehaglich war. »Doch mir erscheint der Gedanke absurd, dass …«

»Ihr sollt nicht denken, sondern Euch an die Tatsachen erinnern«, empfahl ihm Fusco im Hinausgehen. »Und wenn Euch etwas einfällt, und sei es noch so belanglos, dann lasst es mich wissen.«

Er ging vor ihm die Treppe hinab zu seiner Eskorte.

Bevor sie aus dem Haus ging, warf Gemma einen letzten Blick auf Andrea – mit seinem engelsgleichen Gesicht, dem ungepflegten Bart und den ungekämmten Locken wirkte er tatsächlich wie ein Novize.

Sie hatte ein altes Kleid angezogen und einen abgetragenen Schal umgelegt. Die Garden, die in der Gegend unterwegs waren, suchten nach einem flüchtigen Adeligen und würden sich nicht um einen Mönch und eine zerlumpte Bettlerin kümmern. Samir würde ihnen vorausgehen, ohne groß aufzufallen.

Gemma lächelte Andrea aufmunternd zu, der mit der Laterne voranschritt, doch ihr Herz war beklommen vor Angst. Wenn die Wachen sie anhielten, gäbe es kein Entkommen.

Der Abend war frisch, und es sah erneut nach Regen aus. Am mondlosen Himmel waren die Sterne hinter Wolken verborgen. Sie begegneten nur ein paar Bettlern, die nach einer Unterkunft für die Nacht suchten, einer Dirne, die in einem Türeingang herumstand, und einigen Katzen, die sich vor einem Gasthaus um ein paar weggeworfene Essensreste balgten.

Gemma und Andrea gingen schweigend am Fluss entlang und blickten furchtsam auf das dunkle Wasser, das den Ponte Sisto umtoste. In Trastevere klopften sie schließlich an die Klostertür. Der Pförtner ließ sie ins Sprechzimmer, wo Pater Ernesto sie erwartete.

»Willkommen, meine Kinder«, begrüßte sie der Pater und segnete sie.

»Ich bin Andrea Gianani«, sagte Andrea und schlug die Kapuze zurück. »Ich bin Euch dankbar, und ich bin Euch etwas schuldig, für das Risiko, das Ihr eingeht. Ich möchte Euch gern meine Geschichte erzählen, und um Euch von meiner Aufrichtigkeit zu überzeugen, werde ich es in der heiligen Beichte tun.«

Pater Ernesto war einverstanden.

»Ich habe Euch eine etwas abgesondert gelegene Zelle herrichten lassen. Es ist besser, wenn Ihr im Verborgenen bleibt. Hier im Kloster herrscht ein Kommen und Gehen von Pilgern und Kranken, und ich möchte nicht, dass Euch jemand erkennt.«

»Ich werde tun, was Ihr wünscht«, sagte Andrea und senkte zum Zeichen seines Gehorsams den Kopf. »Aber was wird aus Gemma? Ich will nicht, dass sie bleibt.«

Die junge Frau sah ihn vorwurfsvoll an und wollte schon etwas sagen, doch Andrea fuhr fort: »Lass mich aussprechen, bitte. Pater, ich kann die Vorstellung nicht ertragen, dass Gemma in diesem Haus bleibt. Ich möchte, dass sie bekommt, was sie verdient.« Er sah sie voller Zärtlichkeit an und legte eine Hand aufs Herz. »Ich schwöre es.«

»Ich glaube Euch«, versicherte Pater Ernesto lächelnd.

»Euer Vertrauen in mich ehrt mich«, murmelte Andrea.

»Wenn Ihr Eure Unschuld bewiesen habt und frei seid, werde ich Euch bitten, ihr zu helfen.«

»Das ist mein dringlichster Wunsch, Pater.«

»Nun folgt mir. Vor der Beichte zeige ich Euch noch die Zelle.«

Fusco schlug die Tür zu seinem Arbeitszimmer zu, setzte sich an den großen Tisch aus Nussbaumholz und fuhr sich mit der Hand über die geröteten Augen. Er nahm den Krug, der immer für ihn bereitstand, goss sich etwas Wasser in die Hand und benetzte seine geschwollenen Lider.

Er war müde.

Er war weder geritten, noch hatte er ungewohnte Anstrengungen unternommen oder war weiter zu Fuß gegangen als üblich, und doch machte ihm eine ungeheure Erschöpfung zu schaffen. Er massierte die Muskeln seiner schmerzenden, verspannten Schultern, beugte dabei den Kopf nach hinten und richtete einen Stapel Papiere, die die rechte Seite des Schreibtischs einnahmen. Es waren Briefe, die er noch nicht durchgesehen hatte. Etwa zwanzig Stück, schätzte er, wie jeden Tag. Beschwerdebriefe, Denunziationen, anonyme Beleidigungen. Er hatte keine Lust, sie zu öffnen. Er wischte einen Hauch von Staub von der Tischplatte, bereitete die Schreibfedern vor und kontrollierte, ob das Tintenfässchen gefüllt war. Das Bedürfnis nach Ordnung um sich herum hatte er auch bei seinen Ermittlungen, doch er tappte völlig im Dunkeln und sah sich Unstimmigkeiten in Wirklichkeit und Logik gegenüber: Er hatte eine Leiche, er hatte einen Mörder, er hatte Zeugen, er hatte sogar ein plausibles Tatmotiv, und doch gab es etwas, das ihm falsch vorkam. Während Giananis Persönlichkeit …

Man hatte ihm ihn als leicht erzürnbaren jungen Mann beschrieben, der jedoch niemandem etwas Böses antun konnte. Und nicht mit Waffen umzugehen wusste. Die Affekttäter, die aus Zorn handeln, erkannte man sofort an den Wunden, die sie dem Opfer zufügten: ungeschickte Hiebe, unnötig heftig, zahlreicher, als es zum Töten erforderlich wäre. Eine Schnittwunde, wie sie dem Kardinal zugefügt worden war, war hingegen das Werk eines Mannes, der es gewohnt war, eine Waffe zu führen und seine Arbeit rasch zu erledigen. Es handelte sich um eine echte Exekution.

Wenn es Gianani gewesen war, der so getötet hatte, würde das bedeuten, dass niemand aus seinem Umfeld seine Geschicklichkeit im Umgang mit Waffen anzweifeln würde.

Und der andere? Der mysteriöse Hehler mit dem gelähmten Arm und dem offenkundigen Hinken, dessen Gesicht noch niemand gesehen hatte? Er fühlte sich an den maskierten Hinkefuß erinnert, der für Juan Borgia den Kuppler gespielt hatte, um ihn dann seinen Mördern auszuliefern. Nach dem Mord hatte er ihn in ganz Rom gesucht, doch er hatte ein Gespenst verfolgt – niemand wusste etwas.

Und wenn es derselbe Mann war?

Möglicherweise hatte ihn aber auch der Unbekannte aus persönlicher Rache ermordet. Vielleicht hatte der Kardinal zu viel von dessen Handel mit Kunstwerken oder von dessen Geheimnissen gewusst und gedroht, sie zu enthüllen. Des Rätsels Lösung lag bestimmt darin, die Herkunft der Porträts von Juan Borgia zu klären, die der Hinkende herangeschafft hatte. Doch wenn er ein echter Hehler war, warum hätte er dann denjenigen umgebracht, der für das Diebesgut zahlte?

Oder es war ein gedungener Mörder? Doch wer hatte ihn angeheuert und warum? Und der Dolch? Wem gehörte der? Dem Kardinal, der sich wie wild gegen Gianani verteidigt und ihn dabei verletzt hatte? Oder Gianani, der ihm mit einem anderen Messer die Kehle durchgeschnitten hatte? Und wenn wiederum der Hehler Gianani verletzt hätte, um den Kardinal zu verteidigen?

Da war noch etwas anderes, das spürte er.

Und die anderen beiden toten Kardinäle? Auch in diesen Fällen gab es keine Gewissheiten.

Die Wahrheit, dieses schlichte Wort, das allen Angst einflößte, war sein Ziel.

Fusco fuhr sich abermals mit der Hand über die Augen, streckte sich auf seinem Stuhl und ging in Gedanken nochmals durch, was geschehen war.

Fakten waren das Entscheidende, nicht Mutmaßungen.

Francisco schlug das Laken zur Seite, hielt sich an den schlanken Bettpfosten fest, die den Baldachin stützten, und versuchte, auf die Füße zu kommen, doch ein Schwindel zwang ihn, sich wieder zu setzen.

Er biss die Zähne zusammen und versuchte es noch einmal,

dieses Mal gelang es ihm, Übelkeit und Benommenheit aus-zuhalten, die ihn erfassten.

Schleppend ging er ein paar Schritte durch den Raum, indem er sich erst am Bett abstütze, dann am Bettkasten, bis er schließlich das Fenster erreichte, das mit schwerem kar-minrotem Damast abgedunkelt war. Ein heftiger Hustenan-fall schüttelte ihn und zwang ihn stehen zu bleiben. Die Kälte und der Regen in dieser verdammten Nacht!

Er schob den Vorhang beiseite und schaute hinaus. Der kleine Innenhof des Palazzo lag ruhig und verlassen da.

Erschöpft setzte er sich wieder aufs Bett, auf seiner Stirn standen Schweißperlen. Er war noch zu schwach, um aufzu-brechen. Und vor allem wollte er Isabella wiedersehen.

Das Fieber hatte ihn so geschwächt, dass er schon ein ver-ängstigtes Mädchen begehrte. Er hatte diesen dringenden Wunsch jedoch bereits bei der ersten Begegnung verspürt, demnach lag es wohl nicht am Fieber. Aber woran dann? Fas-zination, geheime Anziehung oder …?

Das Wort Liebe mochte er nicht einmal aussprechen. Er war kein Romantiker.

Das Geräusch leichter Schritte ließ ihn aufschrecken. Er schlüpfte unter die Decken und wartete darauf, dass die Tür sich öffnete. Isabella trat behutsam ein und versuchte, sich an das Halbdunkel zu gewöhnen.

Francisco beobachtete sie und spürte, wie sein Herzschlag sich beschleunigte. Wie gern würde er seine Hände durch die Flut langer, feiner Haare gleiten lassen, die den Rücken der jungen Frau umschmeichelten, das zarte Gesicht mit den kindlichen Zügen streicheln, sich in ihren unschuldigen Augen verlieren.

»Wie fühlt Ihr Euch?«, fragte sie ihn und stellte sich neben das Bett.

»Besser«, log er, lächelte angestrengt, und in seiner Stimme schwangen Gefühle mit, die sich nicht verbergen ließen.

»Es war unklug von mir, die Stadt ohne Eskorte zu verlassen. Mit meinen Männern hätte ich auch Euren Schwager schützen können.«

»Habt Ihr Hunger?«, fragte Isabella und half ihm, sich aufzusetzen.

»Ja.«

»Das ist ein gutes Zeichen. Ich rufe die Magd.« Isabella wandte sich zum Gehen, aber Francisco nahm aus einem Impuls heraus ihre Hände in seine.

»Wartet! Sagt mir zuerst, ob Ihr Nachrichten von Andrea habt und ob Mario sich erholt hat.«

»Keine Neuigkeiten von Andrea«, antwortete Isabella und sah auf ihre Hand zwischen denen von Francisco. »Mario ist immer noch bewusstlos«, fügte sie hinzu und setzte sich aufs Bett. »Ohne dass die Garden es bemerkt haben, ist ein Arzt gekommen, eine vertrauenswürdige Person, und ich habe ihm auch nicht verraten, dass Ihr Euch hier aufhaltet.« In ihrer Stimme lag ein Zittern, während ihr Francisco voller Zartgefühl die Hand streichelte.

»Ich brauche keinen Arzt«, sagte Francisco, während Isabella die Hand zurückzog. »Gibt es Hoffnung für Euren Schwager?«

»Der Arzt hat sich nicht dazu geäußert, aber wenn Mario nicht bald wieder zu Bewusstsein kommt … Die Aussichten, dass er gerettet wird, verringern sich. Und was wird aus Andrea?«, fuhr Isabella mit hauchdünner Stimme fort.

»Die Tatsachen sprechen gegen ihn.«

»Ich habe nicht vergessen, wer Ihr seid, Don Flores, aber Ihr habt Mario zurückgebracht, und ich weiß nicht mehr, ob Ihr mein Feind seid oder ein … Freund.«

Francisco sah sie zärtlich an. Isabellas Schmerz riss die Mauer nieder, hinter der er sich hatte schützen wollen.

»Wie könnte ich Euer Feind sein? Ihr habt mich aufgenommen, versorgt, gerettet. Ich verstehe Eure Vorbehalte, aber Mario hat von meiner Seite nichts zu befürchten.«

»Diese Familie hat wirklich Pech, wisst Ihr? Wir werden vom Unglück verfolgt. Die Borgia hassen uns. Seine Heiligkeit hasste meinen Schwiegervater, weil der Baron sich nie seinem Willen gebeugt hat.« Sie machte eine kleine Pause, ihre Augen funkelten vor Wut. »Ihr könnt Euch nicht vorstellen, wie mein Leben in den letzten Monaten war. Beim Tod meines Vaters verheiratete mich meine Mutter auf Anraten von Kardinal Sforza mit Ippolito Gianani. Ich war glücklich mit ihm, aber nun …«

»Ihr habt es verdient, es auch weiterhin zu sein«, murmelte Francisco.

»Berichtet Seiner Heiligkeit von meinem Leiden, wenn Ihr ihn wiederseht. Er soll seine Verfolgung einstellen, und wenn er es nicht für mich tun will, dann für meinen Sohn, der seinetwegen keinen Vater mehr hat. Versprecht mir, dass Ihr ihm das ausrichten werdet.«

Isabella konnte die Tränen nicht länger zurückhalten und weinte leise mit gesenktem Kopf. Und weil sie sich für diese Schwäche schämte, rannte sie aus dem Zimmer.

Francisco erhob sich immer noch verwirrt vom Bett. Das starke Gefühl, das er in sich wachsen spürte, machte die Situation noch komplizierter.

Er musste es bezwingen und so schnell wie möglich aufbrechen. Isabella hatte das, was ihr zugestoßen war, nicht verdient, doch Borgia würde sich von ihren Klagen nicht erweichen lassen.

Vom Kahn, der in Ripa ankerte, gingen dutzendweise Pilger von Bord. Die Männer und Frauen versuchten, sich in der Menge Platz zu verschaffen, und schauten sich um nach jemandem, der ihnen den Weg zur nächsten Kirche oder den heiligen Stätten nennen könnte, wo sie um Vergebung für ihre Sünden bitten und Ablass erhalten konnten.

Gemma beobachtete sie auf ihrem Weg zum Kloster. Sie war den Lärm in dieser Gegend gewöhnt und achtete nicht mehr groß auf das Kommen und Gehen der Menschenmenge, die jeden Tag über den Tiber in die ewige Stadt strömte und sich mit denjenigen mischte, die von dort kamen, ganz berauscht vor lauter Heiligkeit, Hoffnung oder – in den überwiegenden Fällen – vom Wein.

Sie blieb stehen und betrachtete den Kahn. Warum nicht mit ihnen fliehen? Warum nicht fernab von Rom ein neues Leben anfangen?

Behutsam schloss sie die Tür des Klosters und durchquerte eilig die Krankensäle. Sie traf Pater Ernesto am Krankenlager eines Mädchens an, dessen Gesicht von Wunden gezeichnet war und das ihn dankbar ansah.

»Annina geht es besser!«, rief der Pater enthusiastisch. »Gestern gab ich ihr einen Kräutersud, und das Fieber sank sofort. Und so sind heute auch keine neuen Schwären zu sehen.«

Gemma kniete sich neben den Strohsack, um ihre innere Aufruhr zu verbergen. Pater Ernesto war der Beweis, dass die Botschaft des Evangeliums gelebt werden konnte.

»Klettenwurzel wirkt bei diesen Infektionen Wunder«, sagte er und strich dem Mädchen über die Haare.

Der Prior erhob sich und erklärte mit strenger Stimme: »Es ist der Glaube, der die wahren Wunder vollbringt! Wer glaubt, wird geheilt.« Er richtete seinen eindringlichen Blick auf Gemma: »Das gilt auch für dich.«

»Ich weiß, Pater«, sagte Gemma und blickte zu Boden. »Und ich habe meine Entscheidung getroffen: Jetzt, da Andrea bei Euch in Sicherheit ist, werde ich Oliviero verlassen und Zuflucht in dem Klarissenkloster suchen, das Ihr mir genannt habt.«

Pater Ernesto hob ihr Kinn an und lächelte. »Der göttliche Plan sieht harte Prüfungen vor, aber du wirst sehen, die Madonna hat dir ein Zeichen gesandt und wird dir auch weiterhin helfen.«

»Wo ist Andrea?«

»Er ist in der Klosterapotheke bei Pater Claudio.«

»Aber seine Schulter ...«

»Ist kräftig genug, um einen Stößel zu halten, und ein bisschen Arbeit kann ihm nicht schaden.«

»Habt Ihr mit ihm gesprochen?« Gemma beugte sich hinab und richtete Anninas Strohsack, um ihre Unruhe zu verbergen.

»Er hat gebeichtet und hat mir ausführlich von sich und seiner Familie erzählt. Er ist ein sensibler junger Mann, wir müssen für ihn beten und einen Weg finden, ihn zu entlasten. Gehe nun zu ihm, aber komm bald zurück, ich brauche dich. Sieh nur, wie viele Neuzugänge wir heute haben!« Der Pater zeigte auf einige Frauen, die sich an eine Wand lehnten, und streichelte Gemma, ehe sie ging, zärtlich über die Wange. Dann wandte er sich einer Kranken zu, die sich an seine Kutte klammerte und um Hilfe bat.

Gemma betrat die Klosterapotheke, grüßte die Laienbrüder und ging zum Arbeitstisch am Fenster, an dem Andrea gerade im Mörser Samenkörner zerstieß. Sein linker Arm war verbunden und mit einem großen Baumwolltuch vor der Brust fixiert. Als er sie eintreten sah, lächelte Andrea.

Gemma spürte den Impuls, ihn zu umarmen, doch sie hielt sich zurück. Sie näherte sich vorsichtig und gab ihm eine Handvoll Samen.

»Ich fürchtete schon, Barocelli sei zurückgekommen«, raunte Andrea und sah sie besorgt an.

»Er wird bald zurück sein«, sagte Gemma und legte instinktiv die Hand über die Narbe, um sie zu verbergen. »Aber er wird mich nicht finden. Ich werde in einem Kloster Zuflucht suchen, so wie mir Pater Ernesto geraten hat.«

Andrea ließ den Stößel fallen und gab ihr einen flüchtigen Kuss.

»Ich habe die ganze Nacht an dich gedacht«, flüsterte er voll Leidenschaft. »Ich will dich bei mir haben.«

Gemmas Gesicht brannte wie Feuer. Ihre Hände umfassten einander fest, ohne sich um die verstohlenen Blicke des Bruders zu kümmern, der sie heimlich beobachtete, während er mit seinem Alambik ein Destillat für einen Heiltrank herstellte.

»Zunächst muss du dich vom Verdacht der Schuld befreien. Die Garden suchen dich«, sagte Gemma mit gesenkter Stimme. »Sie patrouillieren durchs Viertel und gehen in die Häuser.«

»Ich vertraue Pater Ernesto, du wirst sehen, er wird uns helfen. Ihm habe ich erzählt, was ich zuvor niemandem anzuvertrauen wagte. Wäre mein Vater so gewesen wie er …«

»Man kann sich seine Eltern nicht aussuchen«, ergänzte Gemma seufzend und löste ihre Hände aus seinen.

»Aber wir können unser Leben ändern. Zusammen schaffen wir das.«

»Im Hafen von Ripa habe ich eine Gruppe Pilger gesehen«, sagte sie und zwirbelte eine Locke zwischen ihren Fingern. »Wieso fliehen wir nicht mit ihnen? So viele brechen ins Heilige Land auf, niemand kontrolliert sie.«

Andrea blickte versonnen in die Flammen, die im Kamin hochschlugen, bis sie am Kessel leckten, der von einer Kette herabhing.

»Ich kann nicht gehen, ehe ich meine Unschuld bewiesen habe«, flüsterte er. »Ich würde meine Familie von Schande gezeichnet verlassen. Was für ein Leben wäre das? Stets auf der Flucht. Nein, ich will so nicht leben.«

Gemma senkte den Kopf und ließ sich ihre Angst nicht anmerken.

»Glaubst du, ich würde dich und was du für mich getan hast, vergessen, wenn ich erst einmal in Sicherheit bin?«, fragte Andrea, als er ihren enttäuschten Blick sah. Er nahm erneut ihre Hände in seine und sah sie voller Leidenschaft an. »Das Schicksal hat mein Leben zerstört, aber es hat auch dafür gesorgt, dir zu begegnen. Darum verfluche ich es nicht, im Gegenteil, ich bin dankbar!«

Gemma nickte wortlos. Ihr Herz war so voller Liebe, wie es noch nie gewesen war, doch sie konnte nicht anders, sie musste daran denken, dass er immer ein Adeliger sein würde und sie eine Frau aus dem Volk. Sie träumten denselben Traum, doch welche gemeinsame Zukunft hatten sie?

Sie schaffte es jedoch, ihn anzulächeln, ehe sie ging und seinen Kummer mit sich fortnahm.

Segundo öffnete die Augen mit dem Gedanken, dass ein neuer Tag anbrach und dass dies ein weiterer schwieriger Tag werden würde. In seinem Kopf kreisten viele Fragen.

Hatte der Zufall ihm vielleicht einen Streich gespielt, um es ihm heimzuzahlen? Doch er empfand keine Reue, weder dafür, Lapo getötet zu haben, noch dafür, die drei Mörder bestraft zu haben. Die Justiz hätte es nicht gewagt, diesen geweihten Abschaum zu beseitigen.

Er schon.

Gianani hatte sich irgendwo versteckt und leckte seine Wunden, da war er sich sicher. Sollte er ihn weiter suchen oder es darauf ankommen lassen, dass der Bargello sich um ihn kümmerte? Und wen verfolgte Fusco, um ihn an den Galgen zu bringen, den unbekannten Hehler oder den jungen Aristokraten?

Segundo seufzte und besah die Schnittwunde an der Hand, die inzwischen vernarbt war.

Er musste schnell entscheiden, wie er weiter vorgehen wollte.

Dutzende von Briefen lagen ordentlich gestapelt auf dem Schreibtisch von Riccardo Fusco.

Die Korrespondenz war nach genauen, von ihm festgelegten Regeln angeordnet: Dringende Briefe lagen direkt beim Tintenfass, diejenigen, die warten konnten, in der linken oberen Ecke des Schreibtischs, alle weiteren, deren Inhalt der Sekretär nicht kannte, wurden auf ein Tablett neben dem Kerzenleuchter gelegt.

Riccardo streckte gerade die Hand nach dem ersten Brief aus, als es klopfte.

Tito trat mit polternden Schritten ein.

»Hauptmann, Neuigkeiten!«

»Setz dich.« Riccardo bot ihm den Stuhl ihm gegenüber an, den, auf dem er viele Stunden beim Verfassen von Berichten zubrachte.

Tito nahm den Hut ab und ließ seinen kahlen Schädel sehen.

In seinem Blick blitzte Genugtuung auf.

»Ich habe entdeckt, wo die Porträts von Juan Borgia gestohlenen wurden, und Mastro Simone hat sich entschieden zu singen.«

»Also?«

»Die Bilder wurden aus dem Apostolischen Palast geraubt.«

Der Bargello stieß vor Überraschung einen Pfiff aus und forderte Ferro auf fortzufahren.

»Als vor etwa einem Monat Juan Borgias Wohnung ausgeräumt wurde, wurden die Bilder in ein Magazin gebracht, bis man einen angemesseneren Aufenthaltsort gefunden hätte. Von dort wurden sie entwendet.«

»Auch noch andere Wertgegenstände?«

»Nein, es fehlen nur die.«

Den Papstpalast zu berauben erforderte eine gewisse Tollkühnheit, überlegte Fusco.

»Befrage alle Arbeiter, die an der Verlegung beteiligt waren. Der Dieb könnte einer von ihnen sein. Jemand könnte die Träger mit dem Diebstahl beauftragt haben.«

»Darum habe ich mich bereits gekümmert, meine Leute fragen sie schon aus. Was Mastro Simone angeht, so habe ich ihm ein wenig auf den Zahn gefühlt, und schließlich hat er zugegeben, dass der Hehler zweimal bei ihm in der Werkstatt war. Der Hinkefuß hatte ihn gebeten, gegen eine gute Provision beim Verkauf der Porträts des Herzogs als Mittler zwischen ihm und Calvi aufzutreten. Der Maler hat mir auch Parolas Version vom Besuch bei Buonarroti bestätigt.«

»Hat er dir den Namen des Hehlers genannt?«

»Er weiß nicht, wer es ist, da bin ich mir sicher.«

»Der Diebstahl wurde nicht vom Kardinal in Auftrag gegeben. Es war der Hehler, der über Mastro Simone Kontakt zu ihm suchte, um so an Calvi heranzukommen und ihn zu töten. Nicht Gianani ist der Mörder, der Hinkefuß ist es!«

»Wieso ist Gianani dann geflohen?«, erwiderte Tito Ferro.

Fusco schüttelte den Kopf.

»Aus Angst macht man manche Dummheit. Gianani ist

wohl kein Blut gewohnt, der Hehler hat ihn verletzt, und er hat die Kontrolle verloren. Ein Raubtier gegen ein Lamm.«

Tito lachte leise. Es gefiel ihm, wie Fusco seine Geschichten ausschmückte.

»Wir wollen nicht vergessen, dass der Kardinal unbewaffnet war«, fuhr der Bargello fort. »Daher war es der Hehler, der Gianani angegriffen hat. Tito, die Sache zieht sich schon viel zu lange hin und macht mich ganz krank. Finde den Jungen, ich muss seine Version hören! Bei ihm zu Hause?«

»Weder er noch sein anderer Bruder sind nach Hause zurückgekehrt. Die Torwachen haben mir nichts Auffälliges berichtet, abgesehen vom Besuch des Botschafters Don Flores. Er hatte eine Unterredung mit der Baronin.«

Das nun wieder, dachte Fusco verärgert. Es war nicht das erste Mal, dass die päpstliche Diplomatie ihn über ihr Tun im Unklaren ließ.

Er wandte sich wieder an Ferro.

»Hast du den Bildhauer befragt … Buonarroti, meine ich, heißt er?«

»Ja, Hauptmann. Er hat Parolas Version bestätigt, auch wenn er noch ein paar weitere Einzelheiten genannt hat. Gianani und der Kardinal haben sich wegen einer geplanten Statue gestritten, die Juan darstellen soll. Es sah so aus, als seien sie sich in der Werkstatt einig gewesen, aber kaum schlug der Bildhauer eine Arbeit vor, die vom Mord am Borgia inspiriert war, geriet Gianani in Zorn. Er sagte, Calvis Besessenheit für Don Juan sei beleidigend für ihn.«

Fusco schwieg einen Augenblick und wog die Worte seines Assistenten ab.

»Ich kann seine Abneigung verstehen, die Giananis haben wegen Don Juan viel erdulden müssen.«

»Als wir sie nach dem Mord verhörten, haben sie nicht

geleugnet, ihn zu hassen, doch sei er für sie und ihre Möglichkeiten unerreichbar gewesen.«

»Und wenn ich mich recht erinnere, haben wir sie als Schuldige recht kategorisch ausgeschlossen. Ich bin mir jedoch sicher, dass Calvis Besessenheit mit einem amourösen Abenteuer zu tun hatte.«

»Demnach sammelte der Kardinal Bildnisse, weil ihm Borgia gefiel.«

»Ja«, bestätigte Riccardo. »Calvi war ein bisschen unheimlich. Diese makabre Sammellust passte zu seiner Persönlichkeit. Vielleicht missbrauchte er jemanden, der ihm diente, und jener Hehler wusste von seinen schändlichen Geheimnissen.«

Fusco erinnerte sich an das Schlafzimmer des Kardinals mit all seinen Reichtümern, den obszönen Fresken und dem arroganten Motto: *Mihi aut nulli* – Wenn nicht für mich, dann für niemand. Wie viel wusste Gianani von Calvis Sauereien und über seine Künstlerkontakte? War es möglich, dass ein Mann wie Andrea in solch eine finstere Angelegenheit verwickelt war? Ja, es war möglich, sagte sich Fusco und strich sich mit der Hand über den schmerzenden Magen. Das wusste er aus Erfahrung.

»Verdammt, wo kann er nur abgeblieben sein?«, schrie er und schlug mit der Faust auf den Schreibtisch.

Dann sagte er mit dem Hinweis auf einen Stapel ungeöffneter Briefe: »Nun geh, Tito, ich habe zu tun. In Rom geschieht noch mehr, und diese Geschichte droht uns zu viel Zeit zu rauben.«

»Wenn Ihr mich braucht, Hauptmann, ich bin unten. Ich muss noch einen Falschspieler verhören, den sie gestern zusammengeschlagen haben.« Ferro nahm seinen Hut und verließ den Raum mit einer Verbeugung.

Das Licht des Kandelabers störte Riccardo, er schloss einen Augenblick die Augen. Jeder Muskel seines Körpers war verspannt, und die Leibschmerzen quälten ihn.

Er würde ihm nicht möglich sein zu ruhen.

Sein Geist konnte nicht innehalten, wenn er auf der Suche nach der Wahrheit war.

Augenblicklich hatte er nichts in der Hand außer wertlosen Vermutungen.

»Kommt mit, Andrea«, sagte Pater Ernesto in entschiedenem Ton. »Ich muss mit Euch sprechen.«

Der junge Mann folgte ihm ins verlassene Sprechzimmer und nahm auf einer Bank Platz.

»Ich habe keine guten Nachrichten«, sagte der Pater ohne Umschweife und setzte sich neben ihn. »Ich habe einen meiner Laienbrüder wegen Neuigkeiten zu Eurer Familie losgeschickt, wie Ihr mich gebeten hattet. Nachdem er Euch nicht zu Hause angetroffen hatte, hat der Bargello Euren Bruder Jacopo verhaftet, und nun ist er in der Engelsburg gefangen.«

Andrea sprang auf und ballte die Fäuste.

»Sie wollen mich aus der Deckung locken! Und Mario?«

»Wird gesucht. Er war in der Nacht nicht zu Hause, und man weiß nicht, wo er ist.«

»Isabella ist allein.« Andreas Stimme zitterte. »Ich kann nicht länger hierbleiben, ich muss mich stellen.«

»Ihr habt keine andere Wahl. Das ist die richtige Entscheidung. Morgen früh …«

Andrea sah in verblüfft an und sagte beinahe arrogant: »Morgen früh? Warum nicht sofort?«

»Weil Ihr jetzt aufgebracht seid. Vergesst nicht: Mäßigung! Folgt nicht dem ersten Impuls, lernt aus Euren Fehlern.

Wenn Ihr so dem Bargello gegenüber auftretet, habt Ihr keine Gerechtigkeit zu erwarten.«

Nur mit Mühe hielt Andrea die Wut zurück.

»Ich verstehe, wie Ihr Euch fühlt«, fuhr Ernesto fort. »Ungerechtigkeiten bringen auch mich in Rage, doch Zorn führt zu keiner Lösung.«

»Sollen wir uns also immer fügen und schweigen? Immer nur die andere Wange hinhalten? Der Papst erwartet nichts anderes. Mein Vater hat mich gelehrt, zu meiner Meinung zu stehen und sie, wenn es sein muss, mit meinem Leben zu verteidigen.«

»Das Leben ist ein Geschenk Gottes.« Die Stimme des Paters wurde milder, während er Andreas Hände fest mit den seinen umfasste. »Und wir müssen es bewahren, so gut wir können. Denkt an Eure Schwägerin und Euren Neffen: Wegen der unüberlegten Worte Eures Bruders sind sie nun allein! Verliert jetzt nicht die Nerven, wir werden gemeinsam in Ruhe darüber nachdenken.«

Andrea senkte den Kopf, um die Wut zu verbergen, die in seinem Blick loderte.

»Es ist nicht richtig, dass Jacopo meinetwegen leidet.«

»Morgen früh werde ich Euch persönlich zum Bargello begleiten, und wir werden ihn von Eurer Unschuld überzeugen. Habt keine Angst wegen Eures Bruders, er wird bald frei sein.«

»Ich bin mir da nicht so sicher. Auch wenn der Papst nicht in diese Sache verwickelt ist, wie Ihr sagt, nutzt er sie doch, um uns zu schaden.«

Der Pater schüttelte den Kopf.

»Habt Vertrauen in den Herrn. Vielleicht versucht Euer Bruder Mario gerade in diesem Moment, Euch zu helfen.«

»Mario? Nein, Pater, ich mache mir keine Hoffnungen,

dass er mir hilft. Er war es doch, der mich gegen Lorenzo auf-
gewiegelt hat. Er schämte sich wegen unserer Freundschaft,
und er wird mir nun gewiss nicht helfen.«

»Ihr seid Brüder, und er macht sich sicher schon Sorgen um
Euch, weil er sich für das Geschehene verantwortlich fühlt.
Ihr müsst zugeben, dass Mario recht hatte, Euch zu warnen,
er sagte das zu Eurem Besten. Folgt meinem Rat, mein Sohn.
Wir beten miteinander und sammeln gemeinsam Vorschläge
für Eure Unterredung mit dem Bargello. Ich bin sicher, der
Herr wird uns helfen.«

Pater Ernesto segnete Andrea und begleitete ihn zu seiner
Zelle; auf dem Weg dorthin begann er mit ihm ein Gebet zu
sprechen.

XXII.

Der Abschied

In den alten Wandregalen ruhten einige seltene und wertvolle Bücher in kostbarem Einband unbeachtet im Staub des Arbeitszimmers. Seit der alte Baron tot war, blätterte niemand mehr durch ihre Seiten.

Isabella stickte und hob den Blick von ihrer Arbeit, um Francisco zu beobachten, der schweigend, die Hände hinter dem Rücken gekreuzt, die Titel auf den Rücken der Bücher las.

Seine Haare waren streng zum Zopf gebunden, als er und Mario nach dem Überfall der Briganten ins Haus gekommen waren, waren sie jedoch offen und bedeckten sein Gesicht. Sie hatte sie beiseitegeschoben und war ganz verwirrt wegen der Empfindungen, die diese Berührung bei ihr auslöste. Nun jedoch hielt der Anstand sie beide auf Abstand.

Francisco spürte Isabellas Blick auf sich ruhen, und so zu tun, als merke er nichts, kostete ihn große Mühe. Er hatte sich auferlegt, sein körperliches Verlangen zu beherrschen, doch dann konnte er nicht länger bleiben, denn seine Abwehr begann nachzulassen. Er drehte sich um und sah sie eindringlich an.

»Diese Nacht werde ich aufbrechen.«

Isabella schloss für den Augenblick die Augen. Der Augenblick der Trennung war gekommen, vielleicht auch der des Abschieds von einem neuen Glück.

Jäh stand sie auf und ließ die Stickerei zu Boden fallen und ebenso jede Zurückhaltung – sie trat auf ihn zu und richtete einen leidenschaftlichen Blick auf ihn.

Francisco hatte, von diesem Blick gefesselt, nicht die Kraft zu reagieren. Er nahm ihren Duft wahr, und als sie ihren Kopf an seine Brust lehnte, blieb er mit halb erhobenen Händen stehen, nicht imstande, ihr über die Haare zu streichen, wie er es gern getan hätte. Er konnte nur flüstern: »So wird es noch schwieriger.«

»Ich will nicht noch einmal allein bleiben.«

Isabellas Lippen waren so einladend und ihre Augen so flehend, dass Francisco merkte, wie seine guten Vorsätze in sich zusammenfielen. Er nahm sie in die Arme und presste seine Lippen auf ihre. Nach einigen Augenblicken löste er sich von ihr.

»Nein, ich kann nicht«, sagte er und nahm Abstand von ihr.

»Du kannst nicht? Warum?«

In diesen wenigen Tagen hatten sie sich mit Blicken verständigt. Nein, sie konnte sich nicht getäuscht haben, sie spürte, dass sie ihm gefiel. Doch sie wusste nichts von ihm. Ein Verdacht ließ ihr den Atem stocken.

»Gibt es eine andere Frau?«, fragte sie furchtsam.

Francisco versuchte, das strenge Gesicht seiner Mutter aus seinem Geist zu verscheuchen, wie sie ihm die Vorzüge der Ehe mit der Cousine aus Valencia schilderte.

»Nein, gibt es nicht.«

»Wieso dann, wenn du mich doch auch willst?«

Er wandte den Bick ab und senkte den Kopf.

»Ich kann nicht«. Er sah sie an und suchte in seinem Innern

nach der Kraft, der Versuchung zu widerstehen, sie nochmals in die Arme zu nehmen. »Ich bin nicht Teil deines Schicksals, und ich will dich nicht unglücklich machen.«

»Ich bin bereits unglücklich.«

»Mein Leben ist kompliziert.«

»Meins auch. Oder weißt du nicht mehr, was ich dir von mir erzählt habe?«

»Ich erinnere mich an jedes einzelne Wort und jeden Blick.«

»Warum dann also? Du schienst aufrichtig zu sein, als du mich angelächelt hast und meine Hände in deine nahmst.«

»Das war ich auch.«

»Und jetzt nicht mehr?«

»Ich bin es, wenn ich dir nochmals sage, dass ich nicht kann.«

»Vielleicht, weil du ein Mann des Papstes bist und meine Familie wiederum …«, wagte sie eine Erklärung.

»Ich kann keine Bindungen eingehen, mein Leben lässt das nicht zu.«

»Also habe ich mich geirrt«, murmelte Isabella entmutigt, drehte ihm den Rücken zu und wandte sich zur Tür. »Ich wünschte, ich könnte es dir erklären«, begann Francisco, im Versuch sie aufzuhalten, aber es gelang ihm nicht, den Satz zu beenden.

Sie drehte sich noch einmal um und sagte voller Bitterkeit: »Du hast dich klar genug ausgedrückt.«

Das Geräusch der Tür, die ins Schloss fiel, war ihr Abschiedswort.

Francisco blieb regungslos stehen und versuchte, dem Impuls zu widerstehen, ihr zu folgen, die Welt zum Teufel zu schicken und mit ihr fortzugehen. Er bückte sich und hob die Stickerei vom Boden auf. Es war ein Taschentuch aus feinem Leinen. Mit dem Namen Isabella waren zweimal die Buchtstaben F verflochten. Francisco steckte es in seine Weste, bevor er eilig davonging.

Der Mond, der hoch am Himmel stand, goss sein blasses Licht über die herbstliche Nacht.

Leise schloss Andrea die Tür hinter sich. Er hatte das Kloster heimlich verlassen, und niemand hatte sein Fortgehen bemerkt.

Er konnte nicht bis zum nächsten Tag warten, wie es Pater Ernesto vorgeschlagen hatte, und wollte weder Begleitung noch die wohltätigen Menschen, die ihm geholfen hatten, mit hineinziehen.

Er begab sich zum Ponte Sisto, um den Tiber zu überqueren. In der Nacht waren die Ufer des Flusses nahezu menschenleer, nur ein paar Schiffer dösten auf ihren Frachtkähnen, während andere wachten und ein Auge auf die aufgetürmten Waren hatten. Niemand würde einen Mönch in einer abgetragenen Kutte bemerken oder behelligen.

Er war nicht mehr derselbe Mann, der das Haus wutschnaubend verlassen hatte, um Lorenzo herauszufordern. Alles war anders, vor allem in seinem Herzen. Vielleicht ging er unschuldig dem Tod entgegen, doch im Bewusstsein, nicht als Flüchtiger leben zu können, als ein Feigling, der andere für seine Fehler bezahlen ließ.

Er wollte sein Schicksal auf die Probe stellen und herausfinden, was Gott noch mit ihm vorhatte. Ein Gott, den er vorher kaum gekannt hatte, ebenso wenig wie die Gesichter der Kranken und Armen. Der Hochmut und die Leichtlebigkeit, mit denen er über die Angst zu scheitern hinweggetäuscht hatte, hatten ihn von seinen Nächsten ferngehalten, die gar nicht so feindlich gesinnt waren, wie er geglaubt hatte. Pater Ernesto hatte ihm gezeigt, dass es auch Menschen gab, die bereit waren, etwas zu geben. Wer weiß, ob Gemma sein Verhalten verstand?

Wenn sie ihn nicht im Kloster vorfand, würde sie sich vielleicht hintergangen fühlen, doch um sie wirklich verdient zu haben und ihr erhobenen Hauptes in die Augen schauen zu können, hatte er nicht anders handeln können.

Ohne sich dessen bewusst zu sein, war er in dem Viertel angelangt, in dem sich der Palazzo Gianani befand. Er spürte den Wunsch, Isabella, dem kleinen Ruggero und Bastiano einen letzten Gruß zu hinterlassen; er blieb ein paar Augenblicke beim Tor zu den Stallungen stehen. Ein paar Schritte mehr würden keinen großen Unterschied machen.

Er wollte gerade in die Zufahrt einbiegen, als er einen Mann auf einem Maultier herauskommen sah. Sein Herz machte einen Satz, als er Marios Mantel zu erkennen glaubte. Wer sonst konnte das zu dieser nächtlichen Stunde sein? Ein Mann des Bargello? Andrea wich in den Schatten zurück, als der Unbekannte vorbeiritt. Nein, es war nicht Mario, er war größer und weniger kräftig, aber in der Dunkelheit konnte er das Gesicht nicht erkennen. Vielleicht war es ein Wachtposten, der seine Schicht beendet hatte.

Der andere bemerkte ihn nicht und gab dem Maultier die Sporen. Andrea warf einen Blick zum Mond, als erhoffte er sich von ihm eine Antwort, doch der Himmel blieb fern und unbewegt. Er setzte seinen Weg zum Palazzo des Bargello fort.

XXIII.

Das Antlitz des Mörders

Dies ist der Mann, der Kardinal Lorenzo Calvi umgebracht hat. Ich weiß nicht, wer er ist, doch ich habe sein Gesicht genau gesehen. Ich kenne den Grund für seine Tat nicht und bin vor lauter Angst und Schrecken geflohen. Ich erkläre, dass ich unschuldig bin und dass mir klar geworden ist, mit meiner Flucht einen schwerwiegenden Fehler begangen zu haben.
Andrea Gianani

Diese wenigen Zeilen in eleganter Schrift wurden durch eine Kohlezeichnung ergänzt.

Verblüfft drehte Riccardo Fusco das Blatt auf der Suche nach irgendwelchen weiteren Zeichen nochmals um.

Er hielt die Zeichnung an die Kerze, weil er glaubte, er habe sich geirrt. Nein, es gab keinen Zweifel, er kannte den dargestellten Mann.

Wiederholt las er das Geschriebene, dann nahm er das Blatt, verließ sein Arbeitszimmer und stieg aus dem unteren Geschoss nach oben, um Ferro zu suchen.

»Tito! Schau mal!«, rief er, als er das kleine Zimmer betrat und den anwesenden Garden befahl zu gehen.

Ferro näherte sich seinem Vorgesetzten.

»Erkennst du ihn?«, fragte Fusco eindringlich und gab ihm das Blatt.

Tito ging mit dem Porträt zum Leuchter und prüfte es eine Weile.

»Der Bart kann einen in die Irre führen, bei den Augen oder der Form von Mund und Nase gibt es jedoch keinen Zweifel.«

»Ich will wissen, wer diesen Brief gebracht hat. Geh sofort nachfragen. Und komm dann gleich zu mir.«

Während Tito sich entfernte, kehrte Fusco in sein Arbeitszimmer zurück und setzte sich.

Nur wenige Male war er in seinem Leben so verwirrt gewesen, so erschlagen von einer absurden und gefährlichen Tatsache. Er wollte die Wahrheit wissen? Bitte sehr! Auf diesem Stück verknittertem Papier blickte ihn die Wahrheit an, nach der er seit Tagen verlangte.

Aber es war nicht die, die er erwartet hatte.

Tito kam im Laufschritt zurück und schloss die Tür hinter sich.

»Ein Junge hat ihn einem Wachtposten übergeben. Das ist alles, was ich herausfinden konnte.«

»Warum sollte er Calvi töten?«, schrie Fusco und schlug mit seiner Rechten auf das Bild ein. »Welches Motiv könnte er haben?«

»Er könnte auch die anderen beiden Kardinäle umgebracht haben! In der Zelle haben wir noch den Diener von Roncaglini und Mastro Simone, und wir können auch Mora die Zeichnung zeigen.«

»Los, gehen wir!«, sagte Fusco und stand auf.

Er war angekommen. Er war innerlich ruhig, von der Anspannung der letzten Tage befreit.

Andrea näherte sich dem Tor, und eine Wache gebot ihm Einhalt.

»Ich bin Bruder Andrea«, sagte er, ohne die Kapuze abzunehmen.

»Ich muss dringend mit dem Bargello sprechen, mit ihm allein!«

Tito Ferro befahl der Wache, die Zelle wieder zu schließen.

»Seht Ihr, Hauptmann?«, sagte er. »Er war es, der Uberto Roncaglini beseitigt hat. Auch der Diener und der Maler haben ihn erkannt.«

»Aber der Maler ist oft betrunken und der Diener ein Schwachsinniger. Sind sie vertrauenswürdig?«, fragte Fusco mit düsterer Miene. »Wir müssen es auch Calvis Majordomus und Mora zeigen.«

Ferro stimmte dem Hauptmann zu.

»Wenn er Roncaglini getötet hat, hat er auch den Schatz gestohlen.«

»Ich glaube nicht, dass das Geld der Grund ist«, stellte der Bargello fest, schloss die Tür seines Arbeitszimmers und setzte sich wieder an seinen Schreibtisch.

Ferro nahm ebenfalls Platz.

»Vielleicht nicht, aber die Edelsteine sind aus der Truhe verschwunden. Und die Erfahrung lehrt, dass es immer auch ums Geld geht.«

»Zu viele hochgestellte Tote«, sagte Fusco und goss sich Wasser ein. »Und alles Gegenspieler des Papstes. Gestohlene Bilder, verborgene Schätze ... Fassen wir mal zusammen, Tito: Unser Mann betäubt, als Soldat des Papstes verkleidet, Roncaglinis Diener, dringt in den Palazzo ein, beseitigt den Kardinal und raubt den Schatz. Dann nimmt er an einem Bankett teil, bei dem auch Gherardo Ravelli zugegen ist – ich habe ihn an dem Abend mit eigenen Augen gesehen – und vergiftet ihn.«

»Das können wir nicht beweisen, Exzellenz. Der Arzt hat bestätigt, dass Ravelli eines natürlichen Todes gestorben ist.«

»Wir können es nicht beweisen, aber sie haben gemeinsam getrunken, und wir können nicht ausschließen, dass er Gift in den Kelch des Kardinals geschüttet hat. Also, nachdem er zwei Porträts von Juan Borgia gestohlen hat, verkleidet er sich als Hehler, zieht Mastro Simone in die Sache hinein, um in den Palazzo Calvi zu gelangen, und schneidet dem Kardinal vor den Augen von Andrea Gianani die Kehle durch, den er wegen seiner Flucht beschuldigt. Aber warum? Das ist der unklare Punkt!«

»Und Gianani?«, fragte Tito.

»Da er auf Calvi wegen seiner Besessenheit von Juan Borgia wütend war, ist er zu ihm gegangen und hat ihm beim Mord geholfen, wurde verletzt und ist dann vor Schreck wer weiß wohin geflohen. Aber er ist noch am Leben, wenn er uns schreiben und ein Porträt des Mörders anfertigen kann.«

»Den Namen des Mörders hat er nicht genannt, also weiß er wohl nicht, wer es ist.«

»Nein, er kennt ihn nicht, er hält ihn für einen Hehler.«

»Der Mörder hingegen weiß, dass Gianani sein Gesicht gesehen hat, und sucht ihn vielleicht.«

»Das ist möglich. Wen wir Gianani retten wollen, müssen wir ihn vor ihm finden!«

Francisco befahl dem Majordomus, Donna Inés nicht zu wecken, um ihr seine Rückkehr mitzuteilen.

Er sah sich noch nicht in der Lage, die finsteren Blicke der Mutter zu ertragen, die Anspielungen auf seine Blässe, seine ständige Abwesenheit, sein gefährliches und unstetes Leben und die Mahnung, stattdessen eine Familie zu gründen, Kinder zu bekommen, ein ruhiges Dasein zu führen.

Er wollte allein sein.

Er ging in sein Zimmer, legte Marios Mantel auf einen Sessel und warf sich aufs Bett. Dabei behielt er das gestickte Taschentuch fest in der Hand.

Isabellas Gesicht erschien ihm vor Augen, noch strahlender und begehrenswerter.

Wie einem das Leben doch mitspielte! Sich das erste Mal zu verlieben, aber im ungünstigsten Augenblick und in eine Frau, die er nicht haben konnte. Er hatte sich eingebildet, er könne nicht nur seine Handlungen, sondern auch seine Gefühle kontrollieren. Stattdessen hatten ein zartes Gesicht und zwei schwermütige Augen all seine Gewissheiten zerstört. Nun musste er auch noch gegen die gerade erblühte Liebe ankämpfen, die jedoch dem Leid nach, das sie in ihm hervorrief, über recht solide Wurzeln verfügte und über eine Kraft, mit der sie alles andere in seinem Hirn auslöschte.

Er schloss die Augen, aber der Geschmack von Isabellas Lippen ließ keinen Schlaf zu.

»Hauptmann Fusco«, sagte der Gardist, als er nach dem Klopfen eintrat. »Ein Mönch besteht darauf, Euch zu sprechen. Er sagt, es sei eine Angelegenheit von höchster Dringlichkeit.«

»Um diese Zeit?«, rief Ferro aus. »Ich komme. Die Mönche wollen immer um irgendwelche Gefallen bitten.«

»Lasst ihn vor«, sagte Fusco. »Bleib du auch hier, Tito.«

Der Gardist ging hinaus, und nach einigen Augenblicken betrat ein Mönch zögerlich den Raum. Er blieb schweigend stehen. Fusco nahm an, dass seine Zurückhaltung der Anwesenheit von Tito geschuldet sei.

»Dieser Mann hat die Anweisung, mich niemals allein zu lassen, Bruder, und wir haben keine Geheimnisse voreinander, also sprecht ruhig.«

Der Mönch ließ die Kapuze sinken und blickte Riccardo fest in die Augen.

»Ich bin Andrea Gianani.«

Fusco konnte nur mit Mühe einen Fluch unterdrücken, während sich Tito mit gekreuzten Armen vor der Tür aufbaute.

»Kann ich mich setzen?«, fragte Andrea.

Fusco zeigte auf den Stuhl vor ihm.

»Wir suchen Euch seit Tagen«, fuhr er ihn scharf an. »In welchem Kloster hattet Ihr Euch versteckt und warum?«

»Hauptmann, ich ziehe keine Leute mit in die Sache, die mir geholfen haben«, erwiderte Andrea barsch. »Ich kann Euch nur sagen, dass ich verwundet und von guten Christen verarztet wurde. Ich bin gekommen, sobald ich mich wieder rühren konnte. Lasst meinen Bruder Jacopo frei, er hat nichts mit der Sache zu tun.«

Aufmerksam beobachtete Fusco den jungen Mann mit dem sanften Gesicht, den klaren und unschuldigen Augen, die an einen Jüngling erinnerten.

»Nicht so hastig! Ihr schuldet mir erst noch ein paar Erklärungen.«

»Ja, gewiss. Verzeiht mir meine Heftigkeit, aber solange ich Jacopo meinetwegen im Gefängnis weiß, habe ich keine Ruhe.«

»Euretwegen? Ihr gebt also zu, Lorenzo Calvi ermordet zu haben?«

»Nein, Hauptmann, glaubt mir! Ich habe ihn nicht einmal angefasst! Es war dieser Mann, vielleicht ein Hehler, der ihm Kunstwerke beschaffte. Ich meine, eine Leinwand auf dem Tisch liegen gesehen zu haben, wo Lorenzo hingefallen ist … Und er hat ihm die Kehle durchgeschnitten, mit einem einzigen, sauberen Schnitt! Ich habe es mit eigenen Augen gesehen! Habt Ihr das Porträt erhalten, das ich von ihm gemacht habe?«

»Ja«, sagte Fusco mit einer ausweichenden Geste, da er im Augenblick die Zeichnung lieber außen vor lassen wollte. »Aber macht weiter!« Als Gianani schwieg, räusperte sich Fusco und fragte: »Euer Bruder hat also Belege dafür, dass Calvi und Juan Borgia ein Liebespaar waren?«

»Nein, aber er vertraut demjenigen, der ihm davon erzählt hat.«

»Und wer wäre das?«

»Eine Kurtisane, aber Mario hat mir ihren Namen nicht genannt.«

Fusco erbleichte plötzlich, verwirrt durch eine plötzliche Eingebung: Die Antwort war bei Juan Borgia zu suchen!

Er erinnerte sich, dass Juan die Liebe »auf griechische Art« verabscheute und seine Schergen anwies, jeden Sodomiten mit Stöcken zu schlagen und zu besudeln; er hatte erklärt, Rom von dieser Seuche befreien zu wollen. Wenn der Kardinal, wie Andrea berichtete, versucht hatte, ihn zu verführen, war die Reaktion von Borgia leicht zu erraten – Calvi wird heftig abgewiesen worden sein.

Riccardo kamen die unangenehmen Empfindungen im Schlafzimmer des Kardinals wieder in den Sinn, auch das Motto: Mihi aut nulli. In dem Moment hatte er es auf den Besitz von Kunstschätzen bezogen, doch nun wurde ihm klar, dass die Bedeutung einen anderen Ursprung hatte.

Monate überflüssiger Untersuchungen und irreführender Indizien fielen ihm nun vor die Füße. Er hatte Juans Mörder bei den falschen Leuten gesucht. Jetzt jedoch passten die Einzelteile zusammen und ergaben ein klares Bild, einschließlich der Motive und Zeiten. Lorenzo Calvi hatte Juan Borgia umbringen lassen, weil dieser seine Liebe verschmähte, und dabei kam ihm vielleicht sogar die Komplizenschaft von Uberto Roncaglini und Gherardo Ravelli zugute, die aus unterschiedlichen Gründen ebenfalls ein Interesse daran hatten, den Papst zur Strafe an einem besonders empfindlichen Punkt zu treffen.

Fusco fuhr sich durchs Haar. Wie viel wusste Alexander VI. von alldem? Hatte er dieses Blutbad unter den Purpurträgern angeordnet?

Er war sich darüber im Klaren, dass dies nur Hypothesen waren, doch war es schwierig, Beweise dafür zu finden und sie in Gewissheiten zu verwandeln. Der Mörder, dessen Namen und Gesicht er nun kannte, hatte wer weiß wie die drei Auftraggeber für den Mord an Juan ausfindig gemacht, er hatte die Rache des Papstes ausgeführt sowie ...

»Stimmt etwas nicht, Hauptmann?«, fragte ihn Ferro, als er das wachsbleiche Gesicht bemerkte.

»Nein, alles bestens.« Er stand auf und versuchte, den Sturm der Gefühle unter Kontrolle zu bringen, der in ihm tobte. Mit Nachdruck rief er: »Ich glaube Euch!«, und begleitete seine Worte mit einem tiefen Blick und einem Händedruck.

Andrea erwiderte bewegt den Händedruck, während Ferro nur mit Mühe seine Verwunderung verbarg.

»Im Augenblick ist es besser, wenn Ihr in meiner Obhut bleibt, niemand darf wissen, wo Ihr seid.«

»Kennt Ihr den Mörder?«

»Ja. Wie Ihr schon vermutet habt, ist er ein ... Hehler. Nun haben wir dank Eures Porträts die Bestätigung, dass er der Schuldige ist. Wir werden ihn ausfindig machen.«

»Warum hat er den Kardinal getötet?«

»Das soll er uns selbst sagen.«

Tito sah ihn fragend an, doch er sagte nichts, während

Andrea, der Fusco bang ansah, flehte: »Lasst meinen Bruder Jacopo frei, ich bitte Euch!«

»Ich kann ihn nur mit der Ermächtigung Seiner Heiligkeit aus der Haft entlassen, aber Ihr werdet sehen, ich werde sie bald bekommen.«

Erleichtert lächelte Andrea ihn an.

»Danke, Hauptmann. Ich hatte mir nicht erhofft, so viel Verständnis zu erhalten.«

»Ich weiß Euren Mut zu schätzen hierherzukommen.«

»Ich weiß, dass meine Flucht ein Fehler war. Wie viele Fehler man doch begeht, wenn man aus dem ersten Impuls heraus handelt!

»Nicht immer«, sagte Riccardo mit einem kleinen Lächeln, »nicht immer. Ich verlasse mich oft auf meine Intuition. Auf lange Sicht erweist sie sich oft als richtig. Nehmt meine Gastfreundschaft und meinen Schutz an. Ferro, ruf mir einen zuverlässigen Mann.«

Fusco erhob sich, Andrea tat es ihm gleich.

»Ich muss noch einige Dinge klären, aber ich komme so schnell wie möglich wieder zu Euch. Ich möchte noch ein paar Einzelheiten von Euch erfahren.«

Er sprach leise mit dem soeben eingetretenen Gardisten und verabschiedete sich mit einem kräftigen Händedruck von Andrea.

Kaum war Gianani gegangen, baute sich Ferro vor ihm auf und forderte: »Hauptmann, erklärt mir das!«

»Lieber Tito, ein weiteres Mal eröffnet sich uns eine unangenehme Wahrheit«, sagte der Bargello, nachdem er ihm seine Schlussfolgerungen dargelegt hatte. »Und wir müssen entscheiden, ob wir sie geheim halten.«

»Ihr habt den Verdacht, der wahre Auftraggeber sei der Pontifex. Aber wieso hat er dann, wenn er befohlen hat, im

Geheimen die drei Kardinäle zu töten, Euch gebeten, Nachforschungen anzustellen und ihm Gianani tot oder lebendig zu bringen? Wäre es nicht besser gewesen, Euch von den Ermittlungen fernzuhalten?«

»Gianani dem Henker zu übergeben, indem man ihn eines Verbrechens aus Eifersucht beschuldigt, wäre für alle die perfekte Lösung: ein Schuldiger, der nicht dem päpstlichen Hof angehört, ein aufsässiger römischer Adeliger und gefährlicher Zeuge zudem – falls der Papst Urheber der Morde ist. Doch ich bin fast sicher, dass er von alldem nichts weiß.«

»Wollt Ihr damit sagen, dass der Mörder allein gehandelt hat, aus eigenem Entschluss, ohne Borgias Rückendeckung?«

Fusco schwieg eine Weile, als würde er verschiedene Thesen gegeneinander abwägen.

»Ja, davon bin ich immer mehr überzeugt«, bekräftigte er zu guter Letzt.

»Wenn dem so wäre, hatte er großen Mut«, ergänzte Ferro bewundernd.

»Den braucht man auch, wenn man Borgia herausfordern will.«

»Im Grunde hat er jedoch den Sohn für ihn gerächt.«

»Und meinst du, dass dies ihn in seinen Augen entschuldigt? Der Papst duldet keinen Ungehorsam und auch keine Eigenmächtigkeit – erst recht nicht in einem Moment, in dem es seiner Politik nicht zuträglich wäre, sich die Kardinäle zu Feinden zu machen.«

Abermals machte Fusco eine Pause und strich sich mit der Hand über die Augen.

»Ich muss noch nachdenken, ehe ich über die nächsten Schritte entscheide. Ich habe keine Beweise und will lieber vorsichtig sein.«

»Es ist riskant, mit dem, was wir herausgefunden haben,

an die Öffentlichkeit zu gehen, Hauptmann. Wenn die römischen Barone wüssten ...«

»Die römischen Barone und der Papst wollen jeweils ihre Wahrheit durchsetzen. Ich hingegen will die, auf die es wirklich ankommt: die der Fakten. Halten wir also zunächst geheim, was wir wissen, und suchen nach einem Weg, Andrea Gianani vor dem Strick zu bewahren. Er hat niemanden getötet. Er ist nur durch Zufall in Schwierigkeiten geraten und zog dabei auch seine Brüder ins Unglück. Ich habe schon zu viele Unschuldige an den Galgen gebracht, um die Ränke der Macht zu vertuschen und den Mächtigen behilflich zu sein. Dieses Mal nicht!«

»Hauptmann, wenn wir mit der Wahrheit hinterm Berg halten, wird jemand, der da keine Skrupel hat, sie ans Tageslicht bringen.«

Fusco seufzte.

»Ich habe nicht gesagt, dass der Mörder ungeschoren davonkommt, Tito. Nur bin diesmal ich es, der die Entscheidungen trifft. Wir werden folgendermaßen vorgehen ...«

Sie wollte nur ein paar Kleider, ihre Kräuter und die Fläschchen mit Medizin und Tinkturen mitnehmen.

Sie sah sich um und fragte sich, ob sie diesen Raum vermissen würde. Nein, mit den Augen des Herzens gesehen, war es ein kaltes und tristes Zimmer.

Gemma faltete einen Unterrock und steckte ihn im Sack neben das Herbarium, das sie in diesen Jahren angelegt hatte, und warf den Seidenschal in einen Korb. Sie hielt einen Augenblick inne, wie sie ihn so zwischen die anderen Kleidungsstücke fallen sah.

In der ersten Zeit kaufte Oliviero ihr Bänder, Ketten und Mäntel. Er hatte ihr beigebracht, jede Art von Gewebe zu erkennen, Fehler ausfindig zu machen und gut gemachte Nähte zu schätzen. Das war lang her.

Sie dachte an den Tag zurück, an dem der Florentiner ihr den himmelblauen Schal geschenkt hatte. Er hatte ihn ihr um die Schultern gelegt, seine Leichtigkeit und die außergewöhnliche Farbe gerühmt, doch dann hatte er ihn ihr wieder abgenommen und sie begierig ausgezogen.

Gemma fischte ihn wieder aus dem Korb heraus und warf ihn auf den Boden.

Sie nahm die Seidenpantoffeln und steckte sie in den Sack. Am Morgen hatte sie entdeckt, dass Andrea das Kloster ohne jedes Wort, Notiz oder Gruß verlassen hatte. Er hatte ihr geschworen, sie würden sich niemals trennen, doch stattdessen ... Nein! Sein Versprechen war aufrichtig gewesen, und sie glaubte ihm, wie auch Pater Ernesto: Andrea war gegangen, um sie beide nicht zu gefährden.

Aus einem Schubfach nahm sie seine zerrissene Weste. Sie würde sie mitnehmen, um sie auszubessern. Sie legte sie in den Sack in der Gewissheit, sie Andrea eines Tages zurückgeben zu können.

Als sie hörte, wie sich der Schlüssel im Türschloss drehte, hielt sie den Atem an. Einen Augenblick lang wollte sie glauben, dass es Samir sei, der aus dem Kloster zurückkehrte, wo er gewesen war, um Pater Ernesto zu helfen. Doch Olivieros Stimme strafte ihre Hoffnungen Lügen.

»Wartet hier niemand auf den Hausherrn?«

Von der Treppe her war das ungeduldige Getrampel seiner Schritte zu hören.

»Wo bist du, Gemma?«

Der Kaufmann riss die Tür auf und warf sie hinter sich wieder zu. Er sah sie, dann den Sack, den sie gerade füllte. Zorn war in seinem Blick.

»Was machst du da?« Diese vier kalt hervorgestoßenen Worte machten die Erwiderungen zunichte, die Gemma sich zurechtgelegt hatte. Übrig blieb nur die Angst.

»Ich gehe fort«, sagte sie, ohne ihn anzusehen, und bezwang dabei das Zittern in ihrer Stimme.

»Und wohin?«

»Weg von hier und von Euch, und versucht nicht, mich mit der Geschichte von den Schulden meiner Familie zu erpressen, darum werden sich meine Brüder kümmern. Geht hin, sie sind in …«

Als Barocelli auflachte, blieben ihr die Worte im Halse stecken.

Der Kaufmann sah sie spöttisch an und kam dabei immer näher.

Gemma drehte ihm den Rücken zu und wickelte ein paar Fläschchen in ein Tuch.

»Welches Schwein hat dir das in den Kopf gesetzt, hm? Von wem hast du dich vögeln lassen?

Barocelli nahm den Sack und schleuderte ihn fort, dann packte er Gemma am Arm, sodass die Fläschchen und ihr Inhalt auf den Boden fielen. Das Mädchen versuchte, sich zu befreien, doch der Kaufmann zog es an den Haaren dicht vor sein Gesicht. Vor Wut waren die Adern an seinem Hals angeschwollen und sein Gesicht rot angelaufen.

»Du tust, was ich will! Und du gehst nirgendwohin. Du hast längst noch nicht alle Schulden deines Vaters beglichen.«

Er drückte sie zu seinen Füßen hinab und versetzte ihr eine Ohrfeige. Er traf ihren Mund, die Lippe platzte auf. Gemma fiel rückwärts, richtete sich jedoch sofort wieder auf und wischte sich das Blut ab, das auf ihr Kleid tropfte. Genug!, schrie es in ihr, es reicht! Zwischen den getrockneten Kräuterbündeln auf der Sitzbank sah sie eine Schere, sie packte sie, hielt sie vor sich und schrie: »Und ob ich gehe! Und du wirst mich nicht aufhalten!«

Barocelli wich ein paar Schritte zurück. Gemmas Schere befand sich bedrohlich auf der Höhe seines Unterleibs.

»Ich habe dich satt, deine Brutalität, deine Erpressungen!«

»He, meine Schöne, was ist los mit dir?«, bemühte sich Barocelli, sie zu beschwichtigen. »Bleib schön ruhig und leg die Schere weg. Du weißt, wie sehr ich dich und deine Familie schätze.«

»Du widerst mich an!«

»Was für ein großes Wort!«

Barocelli wich weiter zurück und gab vor, auf dem Fliesenboden auszurutschen und das Gleichgewicht zu verlieren. Es ging blitzschnell. Abgelenkt von der Bewegung bemerkte Gemma nicht, wie der Mann sie an den Knöcheln packte; er zerrte sie zu Boden. Sie versuchte, sich zu verteidigen, und schlug wild um sich, doch am Ende lag sie unter Olivieros drückendem Gewicht.

Mit einem raschen Griff lockerte er ihr Handgelenk, nahm ihr die Schere ab und schleuderte sie fort.

»Nun, meine kleine Dirne, werde ich dich überzeugen zu bleiben«, knurrte er.

Und er begann, sie zu schlagen.

XXIV.

Die Ordnung der Welt

Während er unter den Prälaten im prächtigen Vorzimmer wartete, versuchte sich Fusco vorzustellen, welche Gefühle sein Bericht beim Pontifex auslösen mochten – Erstaunen, Gleichgültigkeit, Erleichterung?

Riccardo, du riskierst Kopf und Kragen!, sagte er sich und spürte, wie die Angst ihm schwer im Magen lag. Doch wenigstens einmal im Leben wollte er die Dinge auf seine Art regeln.

Warum nahm er sich das Schicksal dieses unbedarften jungen Mannes so zu Herzen? War er denn anders als die, die er im Dienste der Macht nicht nur nicht verteidigt, sondern gar verfolgt hatte?

Andreas Unschuld verstörte ihn, mit seiner Mönchskutte und diesem Heiligenblick hatte er in ihm Gewissensbisse wiederbelebt, die Fusco bereits zum Schweigen gebracht hatte. Wie alt mochte er sein? Nicht viel älter als zwanzig, vielleicht zweiundzwanzig. Er hätte sein Sohn sein können, hätte das Schicksal ihm Kinder geschenkt. Und auf einen Sohn wie Andrea wäre er stolz gewesen; er war anders als die Gauner, die er ins Gefängnis werfen und an den Galgen bringen musste ...

»Hauptmann, Hauptmann, hört Ihr mich?«

Burckards Stimme ließ ihn hochschrecken. Fusco sprang auf und verbeugte sich vor dem Zeremonienmeister des Papstes.

»Folgt mir, Seine Heiligkeit erwartet Euch«, sagte Burckard in feierlichem Ton.

Er ging ins Arbeitszimmer voraus, wo der Papst an seinem Schreibtisch Papiere unterzeichnete, die ein Kleriker ihm vorlegte. Fusco verbeugte sich und küsste den Ring, den Rodrigo Borgia ihm hinhielt.

»Geht«, sagte Borgia zum Kleriker. »Ihr nicht, Burckard, bleibt. Also, Hauptmann, ich habe Euren Bericht gelesen.«

Fusco holte tief Luft. Der Augenblick war gekommen.

»Heiligkeit, kein einfacher Fall. Ich gab mein Bestes, ihn zu lösen.« Er legte möglichst viel Überzeugung in seine Stimme.

Borgia sah ihn mit großem Ernst an.

»Es gefällt uns, dass Ihr zu einem Schluss gekommen seid, doch sollten sich die Fakten so darstellen, wie Ihr sie hier beschrieben habt«, er legte eine Hand auf den Bericht, »dann können wir unsere Überraschung nicht leugnen.«

»Heiliger Vater, ich war der Erste, der darüber bestürzt war.« Fusco schluckte. Er musste in dieser Unterhaltung sein schauspielerisches Talent unter Beweis stellen.

»Aber wir müssen Euch da ein paar Vorhaltungen machen, Hauptmann«, sagte der Papst, während Burckard stumm nickte und Fusco kurz der Atem stockte.

»Es ist nicht hinnehmbar, dass ein Dieb den Palazzo betritt, Bildnisse aus dem Besitz unserer Familie stiehlt und sie zu verbrecherischen Zwecken gebraucht! Dies ist ein Versäumnis, das auf Eure schlechten Kontrollen zurückzuführen ist. Desgleichen erwarteten wir von Euch die Ergreifung des Übeltäters, der den Schatz des Kardinals Roncaglini an sich gebracht hat. Ein Schatz, den der selig Verstorbene zusammengetragen hat, indem er die Pfarrei ausbeutete, die der Kirche gehört, und somit die Kirche selbst. Ich will Euch nicht verhehlen, dass dies einen empfindlichen Verlust für uns darstellt! Was jedoch das Verbrechen an Kardinal Calvi anbelangt, hätten wir es vorgezogen, den Mord nach einem rechtmäßigen Prozess öffentlich zu ahnden. Ihr müsst vermeiden, dass Eure Männer in den Befragungen zu weit gehen – bis hin zum Tod des Schuldigen. Wir legen Euch nahe, in Zukunft mit weniger großem Eifer vorzugehen.«

»Heiligkeit, ich habe dem Untersuchungsgericht erklärt, wie es zu den einzelnen Tatbeständen kam und …« Fusco versuchte, die Wut zu bezähmen, die in ihm angesichts dieser unverdienten Vorwürfe aufstieg. Bei anderen Gelegenheiten hatte er selbst zu jenem Eifer, wie es der Papst genannt hatte, ermuntert!

»Ja, ja«, unterbrach ihn Borgia, »aber nun sagt mir, wie Ihr zu dem Schluss gelangt seid, dass die Todesfälle der Kardinäle nichts miteinander zu tun haben.«

»Ich habe die drei Fälle aufmerksam ausgewertet und schließlich gefolgert, dass Roncaglini das Opfer eines Diebes wurde, Ravelli an Verdauungsproblemen starb und nur der Zufall Andrea Gianani auf den Plan brachte – genau in dem Moment, als der Mörder zuschlug. Nichts davon war geplant.«

»Ihr habt in dem Bericht nicht angegeben, warum dieser Unselige Kardinal Calvi getötet hat.«

»Seine Eminenz hatte ihm großes persönliches Leid zugefügt. Er hatte seinen Sohn zu einem perversen Spiel verführt, das leider mit dem Tod des Jungen endete.«

»Mein Gott!«, rief der Pontifex voll Abscheu aus. »Lorenzo Calvi wird für sein liederliches Leben nun das Urteil unseres Herrn erhalten. Lasst uns für ihn beten.«

Burckard schlug das Kreuz, und der Papst schüttelte den Kopf.

»Wir wollen davon nichts mehr hören. Die Gerechtigkeit nimmt ihren Lauf. Verbreitet in der Stadt die Nachricht vom guten Ausgang der Untersuchungen. Das Volk soll über unsere erfolgreiche Arbeit in Kenntnis gesetzt werden. Doch lasst nichts von diesem für die Familie Calvi beschämenden Detail durchsickern. Denkt Euch eben ein anderes Motiv aus. Ich denke, Ihr braucht dafür keine Vorschläge. Erfindet eine überzeugende Wahrheit und verbreitet in der Stadt, der Schuldige sei nach einem ordentlichen Prozess verurteilt worden. Um das Kardinalskollegium kümmern wir uns. Und von Andrea Gianani weiß man nichts?«

»Doch, er hat sich aus eigenem Antrieb gestellt, aber um seinen Bruder und seine Ehre zu retten. Er befindet sich in meiner Obhut.«

»Gut. Lasst ihn frei. So wird der römische Adel aufhören, uns mit ständigen Klagen auf die Nerven zu gehen, und wir wollen hoffen, nichts mehr von den Gianani zu hören!

»Das hoffe ich auch, Heiligkeit.«

»Hauptmann, jetzt, da diese Angelegenheit abgeschlossen ist, erwarten wir, dass Ihr so schnell wie möglich Roncaglinis Schatz wiederbeschafft. Habt Ihr wenigstens seinen Wert schätzen lassen?

»Er ist nicht leicht zu bewerten, Heiligkeit. Der Diener des Kardinals konnte selbst unter Folter nicht sagen, wie viele Edelsteine es waren, und sonst wusste niemand von seiner Existenz.«

»Und von diesem verdammten Dieb keine Spur?«

»Wir suchen ihn überall.«

»Ich erinnere Euch daran, dass es sich um Vermögen handelt, das der Kirche vorenthalten wurde, und das ärgert uns

sehr. Ihr wisst, dass wir nicht gern auf Drohungen zurück-
greifen ...« Borgias Lächeln erinnerte Fusco stark an den Biss
einer Viper. »Aber wir können es nicht dulden, dass unsere
Polizei ihren Aufgaben nicht voll und ganz gewachsen ist.
Denkt darüber nach, Fusco, und handelt dementsprechend.«

Der Bargello verneigte sich und bemühte sich, die Röte
zu verbergen, die ihm ins Gesicht stieg. Seine Position war
gefährdet, aber er musste schweigen, wollte er nicht das
Lügengebäude zerstören, das er errichtet hatte.

»Nun geht.«

Der Papst erteilte ihm einen knappen Segen, ehe er ihn
entließ.

Während sich Fusco entfernte, dachte er, dass Borgia keine
Vorstellung davon hatte, vor welchen Katastrophen er ihn
bewahrte. Es waren Winkelzüge, die erheblich mehr wert
waren als Ubertos Schatz.

Jacopo Gianani stand vom Bett auf und begann, im Raum
auf und ab zu gehen. Er hatte versucht, den Mann zu beste-
chen, der ihm das Essen brachte, um Neuigkeiten zu erfahren, doch ohne Erfolg. Seine Gedanken galten stets Isabella.
Er sah sie vor sich, wie sie Ruggero in den Schlaf wiegte, mit
leicht abwesendem Blick aus dem Fenster schaute oder allein
im Garten spazieren ging.

Er hatte keine Nachrichten von Mario, er hoffte, er sei in
Volpaia in Sicherheit oder bei Freunden in Rom versteckt.
Ihre letzte Umarmung ließ auf eine Versöhnung hoffen.

Und Andrea? Vielleicht hatte er Fusco von seiner Unschuld
überzeugt. Dass Lorenzo Calvi ein Doppelleben führte,
wussten alle; nur sein Bruder war so naiv gewesen, an eine
ernsthafte Freundschaft zu glauben.

Erleichtert hörte er, wie die rhythmischen Schritte der

Gardisten die lähmende Stille durchbrachen, die ihn seit Tagen umgab.

Die Tür ging auf, und herein kam ein Offizier in Begleitung zweier Soldaten.

»Ihr seid frei, Baron«, teilte ihm der Offizier mit. »Euer Diener erwartet Euch draußen, um Euch in den Palazzo zurückzubegleiten.«

»Hat man meinen Bruder gefunden? Geht es ihm gut?«

»Ich weiß nichts. Die Anweisung des Bargello ist nur die, Euch freizulassen.«

»Ihr müsst doch etwas wissen!«

»Ich bin sicher, dass Ihr draußen jemanden finden werdet, der Euch Näheres sagen kann.«

»Dann nichts wie hinaus.«

Jacopo folgte der Eskorte in zügigem Schritt, doch das Geräusch eiserner Fesseln brachte ihn dazu, sich umzudrehen.

Bartolomeo Flores, angekettet und bekleidet mit einer weißen Tunika und einem grünen Überrock, sah ihn an. Die steife Überheblichkeit war aus seinem Gesicht verschwunden.

»Ich bin frei!«, rief Jacopo aus und ging zu ihm.

»Gut für Euch. Für mich hingegen gibt es keine Gnade«, sagte Flores und zeigte die Ketten an seinen Handgelenken. »Mich bringen sie nach San Marocco.«

Jacopo sah ihn schweigend an: Aus diesem Kerker kam niemand lebend heraus.

»Mein Freund, ich kann nichts mehr für Euch tun«, fuhr Flores fort. »Aber verzweifelt nicht. Mich werden sie beseitigen, doch ein anderer wird an meine Stelle treten. Treibt sofort Geld auf, sobald Ihr draußen seid – glaubt mir, es gibt keinen Dispens, den man am päpstlichen Hof nicht kaufen könnte. Mit Eurem Geld hätte ich den Hass des Papstes besänftigen können. Und nun könntet Ihr bereits der legitime Lebensgefährte Eurer Schwägerin sein!«

»Was wird aus Euch?«

»Was wird aus mir?« Bartolomeo gab die Frage an einen seiner Gefängniswärter weiter, der ihn mit der Lanze zur Eile antrieb.

»Zum Teufel! Kann ich mich nicht wenigstens von einem Freund verabschieden?« An Gianani gewandt sagte er: »Ich werde dort verschmachten, bis der Tod mich erlösen wird. Ich habe keine Hoffnung mehr. Seht Ihr«, mit den Augen wies er zur Bibel, die er unter dem angeketteten Arm trug, »dies ist die einzige Gesellschaft, die man mir von nun an zugesteht. Wenn ich meinen Leib schon nicht retten kann, versuche ich wenigstens, meine Seele vor der Hölle zu retten.«

Einem Impuls folgend umarmte Jacopo ihn.

»Ihr seid Ehrenmänner, Ihr Gianani!«, murmelte Flores bewegt. »Euer Vater war ein Dickkopf, aber er hat Euch zu anständigen Menschen erzogen. Ich wünsche Euch alles Gute!«

Von den Gardisten vorwärtsgestoßen trat er seinen Gang zu seinem letzten Kerker an, während Jacopo den entgegengesetzten Weg nach oben nahm. Ihre Wege trennten sich nun für immer. Dieser ebenso kluge wie ernüchterte Mann hatte ihm zum Abschied einen Rat gegeben – sich den richtigen Rechtsbeistand zu nehmen: nämlich Geld. Gianani würde ihn befolgen.

Segundo ließ auf sich warten.

Vom Fenster zum Garten aus schaute Fusco zu, wie sich die Blätter von den Bäumen lösten, zu Boden fielen und die hochstehenden Wurzeln bedeckten. Es waren herbstlich gefärbte Blätter, deren warme Goldtöne in der Novembersonne leuchteten. Diese Farben mischten sich in seinem Geist mit der rot gesprenkelten Zeichnung auf Lorenzos Tisch.

Purpurrot. Blutrot.

Auch Tito Ferro, dem man die schlaflose Nacht ansah, bewegte sich nervös durch den Raum, betrachtete die Wandteppiche, die die Wände bedeckten, und einige Jagdtrophäen, die über dem Kamin angebracht waren.

Fusco löste den Blick vom Garten und ging zum Bild hinüber, das die rechte Wand ausfüllte. Es zeigte einen alten Mann in Rüstung mit strengem Gesichtsausdruck. Einen Spanier mit stolzem Blick und kriegerischer Haltung. Die Beschriftung benannte sein Adelsgeschlecht, und der Zusatz *primero* wies darauf hin, dass er der erste Träger seines Namens war.

»Hauptmann Fusco, gibt es ein Problem?«, begrüßte ihn Segundo mit einem angespannten Lächeln, als er langsam über die Schwelle trat.

Fusco verneigte sich mit einer Hand auf der Brust, Ferro tat es ihm gleich.

»Ich habe mir erlaubt, Euch zu stören, um Eure Meinung zu einem heiklen Fall einzuholen. Eure Erfahrung könnte nützlich sein, und eine zweite Meinung würde mein Gewissen beruhigen.«

»Euer Vertrauen schmeichelt mir, doch Ihr müsstet mir erst einmal berichten, was Euch umtreibt.«

»Genau das habe ich vor, wenn Ihr erlaubt«, erwiderte Fusco.

»Dann gehen wir in den Garten.«

Segundo wies einen Diener an, eine Terrassentür zu öffnen, und begab sich mit dem Bargello auf den Weg nach draußen. Tito Ferro folgte ihnen in gebührendem Abstand.

Milde Luft, vom Geruch der feuchten Blätter erfüllt, umfing sie. Die feuchte, weiche Erde gab unter ihren Stiefeln nach.

»Also«, sagte Segundo mit einem Hauch von Ungeduld in der Stimme.

»Letzten Monat haben die gewaltsamen Tode dreier Kardinäle ganz Rom, das Kardinalskollegium und den Heiligen Vater erschüttert«, setzte Fusco an. »Ich wurde von seiner Heiligkeit beauftragt, Nachforschungen zu diesen tragischen Ereignissen anzustellen. Die Volksmeinung gelangt oft zu irrigen Schlussfolgerungen, und schnell war das Gerücht im Umlauf, dass die Verbrechen die Rache Gottes seien. Auch die Natur zürne der Kirche. Doch Gott möge es mir verzeihen – ich bleibe bei meinen Überlegungen lieber auf dem Boden der Tatsachen.«

Segundo signalisierte mit einem Lächeln Verständnis.

»Es war nicht einfach«, fuhr Fusco fort, »die Verbrechen waren sich zu ähnlich, um zufällig sein zu können. Der erste Kardinal wurde von einem als Soldaten verkleideten Dieb beraubt und stranguliert. Der zweite starb offensichtlich an einer Krankheit, doch war der Todeskampf verdächtig. Der dritte hingegen wurde Opfer eines Verbrechens aus Leidenschaft. Zu diesem Mord hatte ich einen Schuldigen, Andrea Gianani, doch …« Fusco blieb unter einer Eiche stehen. »Ich will mich nicht lange damit aufhalten, ich weiß, dass Ihr über die Angelegenheit Bescheid wisst.« Er heftete seinen Blick auf die unvergesslichen Augen von Segundo.

Auch Segundo blieb stehen, aber seine Lippen blieben verschlossen.

»Eine Angelegenheit, die sich um ein paar unverständliche Verse, aus dem Papstpalast entwendete Bilder und Don Juans Ableben dreht.« Fusco sprach den Namen mit Hochachtung aus. »Aber ich will Euch nicht mit Details langweilen, die Euch wohl bekannt sind.« Fusco setzte den Weg fort. »Ich will nur erwähnen, dass ich dank glücklicher Umstände die verworrenen Zusammenhänge aufklären und den wahren Schuldigen finden konnte.«

Er blieb unter einer Platane stehen und fing ein rötliches Blatt im Flug auf.

Isabella tupfte den Schweiß von Marios Stirn. Der junge Mann war nur für kurze Momente wieder zu Bewusstsein gekommen, in denen sie und Bastiano kaum seinen Durst löschen konnten. Dann war er wieder in einen unruhigen Dämmerzustand gefallen, von fiebrigen Albträumen heimgesucht.

Der Arzt hatte keine großen Hoffnungen gemacht, er hatte sich darauf beschränkt, ihn zur Ader zu lassen und ebenso übel riechende wie nutzlose Tränke zu verschreiben. Es blieb nur der bittere Trost, dass Mario in diesem Zustand wenigstens nicht verhaftet werden würde; wenn es das Schicksal so wollte, würde er in seinem Bett sterben. Armer Mario, so viele Schlachten, solch ein Feuer im Herzen, um dann von gemeinen Briganten totgeprügelt zu werden!

Isabella wurde von einer wachsenden Angst überwältigt. Sie war es leid zu leiden, sie wollte noch lieben und geliebt werden. Das Gefühl, das sie für Francisco empfand, befreite ihr Herz von jedem anderen Gedanken und erweckte ihren Körper zu neuem Leben.

Die Leidenschaft ist grausam, dachte sie, sie übersteht das Unglück, ohne es zu beseitigen.

Francisco hatte sie verschmäht und war fortgegangen, so unversehens, wie er gekommen war, und er hatte die Hoffnung auf ein neues Leben mit sich genommen.

Sie strich nochmals zärtlich über das Gesicht von Mario. Es war kühl und brannte nicht länger vor Fieber.

Vielleicht erholte er sich wieder. Sie berührte seine geschlossenen Augen, die trockenen Lippen, richtete die Haare. Nicht sterben, flüsterte sie in Gedanken, verlass mich du nicht auch noch …

Als er langsam die Lider öffnete, glaubte Isabella, es sich nur eingebildet zu haben. Doch dann merkte sie, dass es stimmte: Mario war bei Bewusstsein und sah sie an.

»Du bist zu Hause!«, rief Isabella und ergriff voller Zärtlichkeit seine Hände.

Riccardo Fusco sah Segundo eindringlich an, ehe er weiterging.

»Ich habe den Hehler gefunden, aber leider sind meine Männer, die die Befragung durchgeführt haben, sehr hart vorgegangen«, sagte Fusco und breitete die Arme aus. »Und so ist der Mann, nachdem er gestanden hatte, Kardinal Calvi die Kehle durchgeschnitten zu haben, gestorben.«

Verständnis blitzte in Segundos Augen auf.

»Es handelte sich um einen gerissenen Mann«, fuhr der Bargello fort, »der Zugang zum Palast des Papstes hatte. Er hatte großes Unrecht erlitten und wollte sich rächen. Ich bin überzeugt, dass diese These der Wahrheit am nächsten kommt, meint Ihr nicht?«

»Es sind immer dieselben Motive, aus denen die Menschen töten: Geld oder Ehre«, erwiderte Segundo.

»Daran besteht kein Zweifel. Manch einer hat kein Vertrauen in die Gerechtigkeit derer, die regieren, und um erlittenes Unrecht angemessen zu ahnden, verüben sie Selbstjustiz! Mit wenigen Worten: Ohne viel Federlesens nehmen sie sich das, was die rechtmäßige Regierung ihnen nicht geben kann oder will. Was meint Ihr?«

»Das war eine rhetorische Frage, Hauptmann. Ihr wisst, dass ich voll und ganz Eurer Meinung bin.«

»In diesem Fall jedoch hat die Gerechtigkeit triumphiert. Der wahre Schuldige war geständig und ist tot, und Gianani, der durch unglückliche Umstände in Schwierigkeiten geraten war, wird nun freigelassen.«

»Ich freue mich für ihn«, sagte Segundo und sah zum Horizont.

»Seine Heiligkeit hat von mir einen detaillierten Bericht zu den Todesfällen der anderen beiden Kardinäle erhalten, verursacht durch Raub im einen und Verdauungsproblemen im anderen Fall. Er hat sich über den Ausgang der Ermittlungen zufrieden gezeigt, und so wird es auch beim Kardinalskollegium sein. Der Heilige Vater hat meinen Worten Vertrauen geschenkt, und ich hielt es nicht für angebracht, ihm zu berichten, was ich über ein noch nicht lang zurückliegendes Drama herausgefunden habe, das ihn zutiefst im Herzen getroffen hatte. Es ist besser, ihn in diesem heiklen politischen Moment nicht zu beunruhigen, und vor allem«, Fusco machte eine wohlkalkulierte Pause und sah sein Gegenüber scharf an, »ist es für den Erhalt seines Pontifikates besser, jeden Verdacht von ihm und den Seinen fernzuhalten.«

»Eine vernünftige, aber riskante Entscheidung.«

»Ja, dessen bin ich mir bewusst. Doch fahren wir fort. Gianani hat Mut bewiesen, indem er sich aus freien Stücken bei mir gemeldet hat. Er hatte den Mörder so gut sehen können, dass er ihn gezeichnet und mir das Porträt gezeigt hat. Er ist ein talentierter Porträtist, doch er kennt die Identität des Mannes nicht, wohingegen jener bestens weiß, wer Gianani ist. Ich frage mich also: Hat der Mörder Komplizen gehabt? Und

wenn diese – vielleicht mächtigen – Komplizen nun beschlie-
ßen sollten, einen solch gefährlichen Zeugen zu beseitigen?
Welche Garantie habe ich, dass diese grausige Geschichte mit
dem Verschwinden des Mörders zu Ende ist?«

»Ich verstehe, Hauptmann. Ich an Eurer Stelle würde
jedoch«, Segundo erwiderte seinen Blick mit solcher Inten-
sität, dass Fusco für einen Augenblick ins Schwanken geriet,
»diese Befürchtungen ignorieren. Der Fall ist, wie Ihr selbst
gerade erst gesagt habt, mit dem Tod des Schuldigen abgeschlossen, und ich bin sicher, dass dieser Mann ein Einzeltäter
war, der vollkommen allein handelte. Gianani kann beruhigt
schlafen. Niemand wird ihm ein Haar krümmen.«

»Wenn ein Ehrenmann wie Ihr mir versichert, dass …«

»Bei meiner Ehre, Fusco, bei meiner Ehre«, schloss Segundo.

Die beiden Männer sahen sich eine Weile an, ohne etwas zu
sagen. Dann kehrten sie zum Palazzo zurück.

»Bevor wir uns verabschieden, würde auch ich Euch gern
eine Frage stellen, Hauptmann.«

Der Bargello beugte sich zum Zeichen seiner Zustimmung
ein bisschen vor.

»Ihr seid ein unbescholtener Beamter, Seiner Heiligkeit
gegenüber loyal und immer im Dienst des Gesetzes – wieso
habt Ihr diese gewagte Eigeninitiative unternommen? In diesem Fall seid auch Ihr ein Risiko eingegangen, und Ihr habt
Euch dem allein ausgesetzt.«

Fusco lächelte schmallippig.

»In diesem Fall hat mein Gewissen gesprochen und mich
Grenzen überschreiten lassen, die ich mir selbst gesetzt hatte.«

Segundo nickte.

»Meinem Gewissen folgend bin ich zur perfekten Lösung
gekommen. Ich habe Seine Heiligkeit gerettet, indem ich ihm
einen Schuldigen geliefert habe. Ich habe einen Unschuldi-

gen befreit, und ich habe einem Mann Respekt erwiesen, der eine offene Rechnung zu begleichen hatte.«

»Wahrt Ihr das Geheimnis dieses Mannes?«

Fusco versteifte sich.

»Ja, bei meiner Ehre.« Der Bargello hielt Segundos Blick souverän stand. Nun konnte er offen sprechen, ohne eine Komödie aufzuführen. »Zum Wohle aller möchte ich Euch jedoch nahelegen, aus Rom fortzugehen.«

»Morgen breche ich auf, Hauptmann, das war schon beschlossene Sache.«

»Eine Reise, die Euch, wie ich annehme, weit fort führen wird ...«

Fusco brachte eher eine Anweisung als eine Prognose zum Ausdruck.

»Ja.« Über Segundos Gesicht huschte ein Anflug von Traurigkeit. »Von Rom fortzugehen ist für mich ein herber Verzicht. Ich lasse hier meine Liebsten zurück.«

»Zu bleiben könnte verhängnisvoll werden – für Euch, für Gianani und auch für mich. Ich bin sicher, Ihr habt auch das berücksichtigt.«

Segundo senkte bejahend den Kopf.

»Über eine letzte Sache möchte ich gern noch mit Euch sprechen, einen Umstand, von dem allein Ihr und ich Kenntnis haben. Es handelt sich um diesen Schatz, den Ihr einbehalten habt. Es ist Geld der Kirche und steht Seiner Heiligkeit zu. Und Borgia ist nicht bereit, darüber hinwegzusehen. Mein Schweigen zu seinem Verbleib könnte die Fortführung meines Amtes infrage stellen. Ihr müsst ihn zurückgeben.«

Segundo nickte.

»Das hatte ich bereits entschieden, bevor ich wusste, wie wichtig er für Euch ist. Er wird Euch so bald wie möglich ausgehändigt.«

»Das ist ein angemessener Preis dafür, mit dem Leben davonzukommen«, sagte der Bargello und versuchte, sich seine Gemütsverfassung nicht anmerken zu lassen. »Ich denke, ich habe Euch in vielem, wenn nicht allem durchschaut.«

»Eine kühne Behauptung. Ich hätte da einige Fragen an Euch …«

»Ich auch!«, unterbrach ihn Fusco bestimmt. »Doch ich denke, es ist besser, wenn wir unsere Geheimnisse für uns behalten – das schützt uns beide.«

Segundo antwortete darauf nicht, beschleunigte den Schritt und blieb vor der Tür stehen, durch die sie hinausgegangen waren. Das Gespräch war beendet.

Fusco verneigte sich, und Tito Ferro tat es ihm nach, doch ehe er auf dem Absatz kehrtmachte, heftete er noch einmal seinen Blick auf Segundo.

Das große Leid war nicht zu übersehen.

Die letzte Ohrfeige, brutaler noch als die zuvor, ließ sie das Bewusstsein verlieren. Gemma schlug im Fallen mit dem Kopf auf eine Kante.

Barocelli wischte sich die Stirn und kniete sich neben das Mädchen; erschrocken sah er, wie Blut aus der Wunde lief.

»Was habe ich getan? Gemma! Gemma! Antworte! Heilige Mutter Gottes, sie wird doch nicht tot sein?«

Er näherte sein Gesicht dem des Mädchens, um zu spüren, ob sie noch atmete. Ja, schwach und unregelmäßig, aber der Atem war noch da.

Beruhigt richtete er sich wieder auf und ordnete seine Kleider.

»Das hast du mit Absicht gemacht, du Dirne! Du hattest eine Lektion verdient. Du wirst schon sehen, wenn du wieder zu dir kommst, werden dir die Flausen vergangen sein. Weggehen! Und wohin? Wo du doch hier alles hast!«

Er versuchte, sie zu schütteln, aber als sie nicht zu sich kam, verlor er die Lust, sich weiter zu bemühen. Sie ist kräftig und wohlgenährt, dachte er, als er vom Boden aufstand, eine anständige Ohrfeige wird sie nicht umbringen; im Gegenteil, es wird sie überzeugen, dass es besser wäre, noch etwas im Haus zu bleiben und die blauen Flecken zu kurieren, statt sich so vor allen Leuten auf der Straße zu zeigen.

Oliviero ging die Treppe hinab und öffnete die Tür.

Seine Hände zitterten noch, und seine Kehle war wie ausgedörrt. Er musste etwas Starkes trinken, um die Anspannung und die Niedergeschlagenheit loszuwerden. Diese Unglückselige brachte ihn um den Verstand. Fortgehen? Und an ihn dachte sie nicht? Nicht das kleinste bisschen Dankbarkeit!

Er ging in Richtung der nächstgelegenen Taverne, ohne Samir zu bemerken, der gerade kam. Der Diener sah ihn in die Spelunke gehen und beeilte sich, nach Hause zu kommen.

Riccardo Fusco trat über die Schwelle seines Arbeitszimmers und öffnete seine Weste.

»Setz dich«, sagte er zu Tito und nahm ebenfalls Platz.

»Wir hätten eine kleine Pause verdient, doch stattdessen … Schau dir das an!« Er zeigte auf einen Stapel Briefe neben den tadellos aufgereihten Akten, die einen Teil des Schreibtischs einnahmen.

Mit routinierter Geste wischte er mit dem Finger über die Schreibtischplatte, um zu prüfen, ob dort Staub lag, rückte eine Schreibfeder gerade und das Tintenfässchen an seinen Platz. Er hielt einen Moment inne, warf dann die Briefe in die

Luft und die Dokumente vom Schreibtisch und vom Bücher-
regal hinter sich und verteilte die Papiere überall.

Erstaunt stand Tito Ferro auf.

»Es reicht!«, rief Fusco und warf weiterhin Schriftrollen
und Manuskripte auf den Boden. »Diese Ordnung ist nur
vorgetäuscht, verstehst du?« Schnaufend hielt er inne und
blickte in die entgeisterte Miene seines Adjutanten. »Wo ist
die Ordnung der Welt? Ich habe immer versucht, mich mit
ihr zu umgeben. Und nun? Wo ist die Gerechtigkeit? Je mehr
du versuchst, die Dinge in Ordnung zu bringen, desto mehr
geraten sie durcheinander. Um das Leben eines Unschuldigen
zu retten, musste ich einen Schuldigen freilassen. Doch war
er letztlich wirklich schuldig?«

»Hauptmann, bei allem Respekt – der Mann hat drei Kardinäle auf dem Gewissen!«

»Er hat drei Kriminelle bestraft!«

»Ihr wollt mir doch nicht weismachen, dass Ihr diese
Selbstjustiz gutheißt?«

»Nein, das niemals! Und tatsächlich wird auch der Mörder
für seine Tat bezahlen. Er wird Rom und seine Liebsten verlassen müssen und sein Amt ebenfalls. Sein Leben ist zerstört.
Seine Spuren verlieren sich, und doch bin ich sicher, dass er es
wieder tun würde.«

Ferro senkte den Kopf, während Fusco nach einer längeren
Pause fortfuhr: »Es war eine spontane Entscheidung, als ich
dich die Leiche aus dem Gefängnis holen ließ und später vor-
gab, es handele sich um den Hehler, der beim Verhör gestorben sei. Doch diese Entscheidung war bereits im Vorhinein
gefallen. Der eigentliche Grund ist: Ich wollte Gianani retten, das hatte für mich Vorrang.«

»Und eine Leiche konnte schlecht etwas abstreiten.«

»Auch der Untersuchungsrichter, der die Papiere ungelesen unterzeichnet hat, wird dies nicht tun. Er hat geglaubt, dass der Hehler ausfindig gemacht wurde und beim Verhör verstorben sei.«

»Wir haben die Gerechtigkeit hintergangen, Hauptmann.«

»Nein, Tito, nicht die Gerechtigkeit. Gerechtigkeit ist etwas höher Stehendes, sie steht über den von Menschen gemachten Gesetzen, die vergänglich sind wie sie selbst und häufig falsch. Es bleibt zu hoffen, dass es im Jenseits anders ist.«

Tito erwiderte nichts, aber nach einer Weile sagte er: »Hauptmann, was ist mit dem Schatz von Kardinal Uberto?«

»Er hat zugesichert, dass er ihn zurückgeben wird.«

»Alles?«

»Wir wissen nicht, wie viel es insgesamt war, also müssen wir darauf vertrauen.«

»Und wie erklären wir das Wiederauffinden?«

»Wenn es sich um wiedergefundenes Geld handelt, sind Erklärungen überflüssig. Der Papst und sein Sohn werden zufrieden sein, es einsacken zu können, und werden nicht allzu viele Fragen stellen. Lass uns jetzt schlafen gehen«, schloss der Bargello und erhob sich.

»Hauptmann, lassen wir das hier so?«

Fusco sah sich das Durcheinander an, das er angerichtet hatte, und widerstand mit Mühe dem Impuls aufzuräumen.

»Ja, Tito«, antworte er schnell, ehe er es sich anders überlegen konnte, »zumindest bis morgen.«

Kaum hatte Fusco Andrea freigelassen, war er hinausgerannt. Eskorte, Maultier und saubere Kleider hatte er abgelehnt – er trug lieber die alte Kutte von Pater Ernesto, mit der würde man ihn nicht erkennen. Das Scheuern des rauen Stoffs auf der Haut erinnerte ihn an die Gefahr, der er gerade entkommen war, doch war es eine angenehme Erinnerung, weil das Leid ihm die Liebe gebracht hatte.

Während er zu Fuß durch die Straßen Roms ging, grüßten ihn manche Passanten, oder sie ergriffen seine Hand, um ihn um Hilfe zu bitten. Andrea schützte sich, indem er allen zulächelte, ohne sich auf seinem Weg nach San Francesco a Ripa aufhalten zu lassen. Er war nicht sicher, ob er Gemma dort finden würde, aber er hoffte es.

Und dann? Die drängende Frage, wie er sie von Barocelli befreien könnte, hatte ihm keine Ruhe gelassen. Er hatte noch einmal über Gemmas Vorschlag nachgedacht, die Stadt zu verlassen und weit fortzugehen, aber der Gedanke an eine Flucht gefiel ihm nicht. Sie könnten sich auch aufs Land zurückziehen, nach Volpaia, um Zuflucht vor den Boshaftigkeiten zu suchen – oder würde es Gemma beleidigen? Würde sie sich zurückgesetzt und ins Abseits verbannt sehen als eine, die eines Adeligen nicht würdig war? Er wollte ihr beweisen, dass er niemandes Urteil fürchtete, aber er war sich darüber im Klaren, dass seine Entscheidung für andere nicht leicht zu akzeptieren war. Würden Isabella und Jacopo sie akzeptieren und sie im Palazzo aufnehmen?

Er erinnerte sich an eine Familiendiskussion, als sein Vater noch lebte.

Nur Ippolito war verheiratet, und der Baron bestand darauf, dass auch die anderen drei Söhne an ihre Nachkommenschaft dachten. Die Ehe, erklärte der Alte trocken, sei eine soziale Notwendigkeit. Er empfahl daher, die Suche nach der richtigen Braut für jeden von ihnen einer seiner Cousinen, einer erfahrenen Ehevermittlerin, anzuvertrauen. Liebe war bei alldem nicht vorgesehen. Es war bloß ein Geschäft.

Nicht zum ersten Mal war er verärgert aus dem Raum gegangen. Er hatte nicht vor, sein Schicksal an das einer anderen Person zu binden, und hielt es nicht für möglich, dass er den Wunsch haben würde, neben jemand anderes zu schlafen.

Andrea musste lächeln. Damals konnte er sich nicht vorstellen, dass er eines Tages als Pater verkleidet durch Rom laufen würde, um zu einer Frau von niederem Stand und ohne Mitgift zu gelangen, mit der er das weitere Leben teilen wollte.

Er hatte geschworen, ihr zu helfen, und das würde er tun, nicht aus Dankbarkeit, sondern weil er sie liebte, und dieses Gefühl gab ihm Kraft und Zuversicht.

Der Alte würde, egal ob er nun im Himmel war oder in der Hölle, seiner Entscheidung nicht zustimmen. Doch Andrea fühlte sich befreit, auch von den Fesseln der Vergangenheit.

Nach ein paar Wegbiegungen stand er vor dem Kloster, und als er die Schwelle überschritt, empfand er Frieden. Jetzt, da der Albtraum zu Ende war, konnte er den Glauben auf eine Weise neu entdecken, die er nie in Betracht gezogen hatte. Es war wie die Entdeckung einer neuen Welt, die anders war als seine.

Den ersten Bruder, den er traf, fragte er nach Ernesto, und der Gottesmann wies auf den Saal, wo die Frauen untergebracht waren.

Andrea schlug das Herz bis zum Hals, als er dort hinging, doch sobald er Pater Ernesto über eine Pritsche gebeugt sah und an seiner Seite Samir und Bruder Claudio, rannte er.

»Pater Ernesto!«, schrie er. »Ich bin frei!«

Der Klostervorsteher drehte sich ruckartig um, kam ihm eilends entgegen und zog ihn in einen abgelegenen Winkel.

»Gelobt sei der Herr«, sagte er mit einer vor Gefühlen brüchigen Stimme, die sich für Andrea seltsam anhörte. Auch sein Gesichtsausdruck war angespannt, und in seinen gütigen Augen fehlte der Glanz.

»Wo ist Gemma?«, fragte er und sah sich um.

Der Pater ergriff seine Hand.

»Hört zu, Andrea …«

»Was ist geschehen, und wieso ist Samir hier … allein?«

»Lasst es mich Euch erklären …«

Doch Andrea hörte ihm nicht mehr zu, löste sich aus seinem Griff und ging zur Pritsche, auf der Gemma lag.

Als er ihr Gesicht sah, fiel er mit einem Schrei des Entsetzens auf die Knie. Von Gemmas feinen Zügen war nichts mehr zu sehen, eine tiefe Wunde lief über ihre linke Schläfe, und das Wundpflaster, das Bruder Claudio aufgelegt hatte, konnte die Blutung kaum stoppen. Die Augen des Mädchens waren geschwollen, die Oberlippe war dick und in der Mitte aufgeplatzt. Dass sie nicht bei Bewusstsein war, ließ sie wie tot aussehen.

Bruder Ernesto legte eine Hand auf Andreas Schulter.

»Sie lebt, und Ihr werdet sehen …«

»War er das?«

»Ja, schon, aber es war das letzte Mal, dass er ihr etwas angetan hat!«, schrie Samir unter Tränen.

Zitternd stand Andrea auf und ging zur Tür. Bruder Ernesto lief ihm nach und hielt ihn am Arm zurück.

»Gemma wird sich erholen, und wenn sie erfährt, dass Ihr frei seid, wird sie schnell genesen, da bin ich sicher. Und wenn Ihr sie liebt ……«

»Ich werde sie nie wieder verlassen, Pater«, sagte Andrea in solch ruhigem Ton, dass Bruder Ernesto ihn losließ. »Doch vorher muss ich noch eine Rechnung begleichen.«

»Nein, Andrea! Der Herr hat Euch geholfen, dankt ihm und vergesst die Vergangenheit.«

»Ich werde Gott und auch Euch das ganze Leben lang dankbar sein, aber bittet mich nicht, wie ein Feigling hierzubleiben und unter Euren Röcken Schutz zu suchen.«

»Erinnert Euch, dass Zorn Euch beinahe ins Verderben geführt hat! Die Justiz wird sich darum kümmern, diesen Mann zu bestrafen.«

»Die Justiz wird das ihre tun und ich das meine.«

Mehr sagte Andrea nicht; er hielt Samir entschlossen davon ab, ihm zu folgen, und verließ das Kloster eiliger, als er gekommen war.

Allein am Tisch des Gasthauses nickte Oliviero Barocelli ein. Er hatte eine ganze Karaffe in sich hineingeschüttet, und nun fühlte er sich besser. Die Wut war vom Wein hinweggespült worden, und wohltuender Dämmer verwischte seine Gedanken.

Diese kleine Hure ist imstande, sich zu sträuben wie eine Wilde, dachte er befriedigt, aber auch das gefiel ihm ja an ihr. Doch er würde sie schon zähmen! Erst die Peitsche und dann … Aber ja, er würde ihr ein Geschenk machen, dieses Kleid aus schwarzem Samt, das sie mal bewundert hatte.

»Seid Ihr Oliviero Barocelli?«

Der Kaufmann hob den trüben Blick und sah vor sich einen jungen Mönch.

»Ja, und Ihr? Seid Ihr gekommen, um mir die Beichte abzunehmen? Aber es ist doch noch gar nicht Fastenzeit«, brabbelte er und brach in ein blödsinniges Gelächter aus.

Andrea packte ihn an der Brust und hob ihn von der Bank. Er überragte ihn um eine Spanne, doch der Kaufmann war kräftiger als er. In der Spelunke trat Stille ein, die wenigen Gäste sahen neugierig herüber.

»Ich bin gekommen, Euch das zurückzugeben, was Ihr großzügig ausgeteilt habt!«, schrie Andrea und schüttelte ihn.

Barocelli wand sich, um sich zu befreien.

»Aber wer bist du? Wie kommst du dazu, du Unglücksmönch ...«

»Ich bin kein Mönch! Und Ihr seid kein echter Mann! Wer eine Frau schlägt, ist bloß ein niederträchtiger Mistkerl!«

Barocelli befreite sich aus Andreas Griff und wich zurück. Er war etwas wackelig auf den Beinen, aber er konnte allmählich wieder klar denken.

»Ah, jetzt verstehe ich! Du bist der, der ihr in den Kopf gesetzt hat fortzugehen. Hatte ich also recht. Von wegen Samariterin! Sie ging ins Kloster, um deiner Hitze abzuhelfen! Du versteckst dich hinter der Kutte, aber du vögelst die kleine Hure!«

»Provoziert mich nicht, Barocelli! Ihr werdet sie nie wiedersehen.«

»Und wer sagt das?«

Barocelli stand breitbeinig da, die Hände in die Hüften gestemmt, und sah ihn herausfordernd an.

Und genau dieser Blick war es, denen so ähnlich, vor denen er immer den Kopf gesenkt hatte, der Andreas Unsicherheit wegfegte. In dem Fausthieb, den er im Gesicht des Kaufmanns landete, entlud sich die Frustration von Jahren. Das Splittern von Knochen, das zu hören war, als der Kaufmann auf den Bodenfliesen aufschlug, verlieh Andrea die Gewissheit, dass ein Teil seines Lebens für immer abgeschlossen war.

XXV.

Piazza Giudea

Segundo hatte die Piazza Giudea erreicht und den Brunnen hinter sich gelassen; er klopfte leise im üblichen Rhythmus. Ein paar Augenblicke später erschien Rachel am Fenster und kam schließlich herab, um ihm zu öffnen. Ephraim betete, doch als er Rachel mit Segundo hereinkommen sah, unterbrach er die Gebete. Er bemerkte die gedrückte Stimmung des Mannes, die Ringe unter seinen Augen, seine Unruhe.

Segundo setzte sich vor den Juden und sah ihn wortlos an.

»Ich habe die Steine geschätzt, wie Ihr es mir aufgetragen habt«, sagte der Alte eilfertig. »Sie sind ein Vermögen wert.«

Der Betrag, den er nannte, war enorm, doch Segundo ließ er kalt. Er stellte sofort klar: »Ich habe sie nicht für mich genommen. Ich werde dir sagen, was du damit tun wirst, sobald die Belohnung abgezogen ist, die ich dir versprochen habe und mit der du dein Leben und das deiner Lieben auslösen wirst.«

Bei der hohen Summe, die Segundo nannte, neigte der Jude zum Dank den Kopf, auch um die Tränen zu verbergen, die ihm den Blick verschleierten.

»Mit der Hälfte des Geldes wirst du eine Rücklage auflegen, für meinen Neffen Leon. Er wurde zu früh des Vaters beraubt, und Borgia, der ihn für den Verlust hätte entschädigen müssen, hat es nicht getan. Den Rest musst du auf irgendeinem Weg dem Bargello aushändigen.«

Ephraim sagte nichts, doch sein Blick verriet seine Gedanken.

»Es ist nicht, wie du denkst. Es hat nichts mit Korruption zu tun«, sagte Segundo. »Der Kardinal hatte keine Erben, und dieses Geld geht an die Kirche.«

»Und was werdet Ihr tun?«

»Ich kehre nach Spanien zurück.«

»In unsere Heimat … Mir blutet immer noch das Herz bei der Erinnerung an die Verfolgung, die mein Volk aus Spanien vertrieben hat.«

Segundo stand auf und sah aus dem Fenster. Der Brunnen auf der Piazza sprudelte freudlos.

»Ich hingegen fühle mich als Römer, und dieses kranke Rom wird mich immer begleiten.«

»Das ist das Leben von uns Flüchtlingen. Stets mit dem Herzen woanders.« Segundo drehte sich zu Ephraim um und sah ihn an.

»Weißt du, was in diesen Tagen passiert ist?«

»Im Getto gehen Gerüchte um. Ich dachte sofort an Euch und auch an den Grund, aus dem …«

»Es waren die Auftraggeber des Mordes. Ich musste sie beseitigen.«

»Das dachte ich mir. Wie habt Ihr davon erfahren?«

»Ihren Namen hat mir der Kuppler genannt, der alles organisiert hatte. Sobald ich die Gewissheit hatte, war es um sie geschehen.«

»Warum habt Ihr sie nicht beim Papst angezeigt?«

»Drei Monate sind vergangen, und Borgia hat mit Juan auch seinen Wunsch nach Rache zu Grabe getragen. Ihn bedrückt Cesares Zukunft. Er ist Sklave seiner Ambitionen und würde nichts unternehmen, was seinen Aufstieg zur Macht gefährdet. Er hätte mir die prominenten Köpfe dreier Kardinäle nicht überlassen.«

Ephraim nickte.

»Nicht einmal im Tod sind die Menschen gleich. Es gibt Tote, die weniger wert sind als andere.«

»Nicht für den, der liebt«, sagte Segundo bestimmt.

»Ja, das denke ich auch. Und hättet Ihr Euch dem Papst anvertraut, wäre es seine Rache gewesen, nicht Eure.«

»Du liest meine Gedanken, mein Alter.«

»Doch nun könnte Borgia Euch vergeben ...«

»Nein, ich kenne Rodrigo, und ich weiß, dass mein Stündlein geschlagen hätte. Ich habe gehandelt, ohne ihn einzuweihen, und seine Tiara aufs Spiel gesetzt. Es war Wahnsinn, doch ich musste es tun.«

»Die Schuldigen haben gezahlt, und Ihr seid frei.«

»Frei? Nein. Der Bargello weiß alles.«

Ephraim sah ihn irritiert an, doch Segundo legte ihm beruhigend eine Hand auf die Schulter.

»Ich hatte ein langes Gespräch mit ihm – er wird nichts sagen. Ich vertraue ihm, wie ich dir vertraue.«

Segundo sah ihn fest an, und der Jude nickte zustimmend.

»Mein Schicksal kreuzte sich mit dem eines anderen Mannes, und zu unser beider Bestem dürfen wir niemals gemeinsam am selben Ort sein. Ich bin dafür verantwortlich, ich muss fortgehen und die zurücklassen, die ich liebe ... die Lebenden wie die Toten.«

»Für immer?« Ephraims Stimme zitterte.

»Gott allein weiß es. Bete für mich.«

Sobald Segundo gegangen war, begab sich Ephraim ans Fenster und beobachtete, wie er aufs Pferd stieg, die Piazza überquerte und beim Brunnen kurz langsamer wurde, ehe er seinen Weg im Galopp fortsetzte.

Seufzend verließ der Alte das Fenster und setzte sich an den von Papieren überquellenden Schreibtisch. Auch in der Nacht des 14. Juni hatte er dort gesessen und versucht, sich um die Buchhaltung zu kümmern, doch seine Augen waren müde, und die Zahlenreihen in der Kladde verschwammen im Licht der Laterne. Das schwache Lüftchen, das durch das kleine Fenster drang, reichte nicht aus, um im Raum für frische Luft zu sorgen.

Von der Piazza drangen nur das Gelächter des nahe gelegenen Freudenhauses und der schiefe Gesang eines Betrunkenen herauf.

Wieso war er ausgerechnet in jenem Moment aufgestanden und ans Fenster gegangen? Vielleicht war es ein Ruf Gottes.

Drei Männer – zwei auf dem Rücken eines Maultiers, ein dritter zu Fuß – waren aus einer Gasse gekommen und hatten auf dem Platz angehalten. Der Tonangebende der drei, der einen auffälligen Hut mit einer Feder trug, war vom Maultier abgestiegen, der maskierte Kumpan, der deutlich sichtbar humpelte, tat es ihm nach. Ersterer befahl dem Jungen, den er Alonço nannte, auf Katalanisch dort zu warten. Mit dem Hinkefuß war er zum Eingang des Freudenhauses gegangen. Der junge Alonço war nicht einverstanden gewesen, und man konnte erahnen, dass er ihnen folgen wollte. Sie hatten lebhaft diskutiert, während der Hinkende das Maultier hinter dem Haus anband. Am Ende hatte Alonço, einer unumstößlichen Regel folgend, den Kopf gesenkt und schließlich den anderen beiden nachgeschaut, wie sie ins Freudenhaus gingen.

Ephraim wollte schon vom Fenster weggehen und sich einen Krug Wasser holen, doch dann beschloss er, neugierig geworden, noch ein wenig weiter auf der Lauer zu liegen. Alonço, der allein geblieben war, trieb sich von Zweifeln gequält unruhig auf der Piazza herum.

Er näherte sich der Tür des Freudenhauses, entschlossen, es zu betreten, und ging gleich darauf wütend gestikulierend wieder fort. Schließlich beugte er sich über eine Fontäne des Brunnens, um seinen Durst zu stillen, ohne die Männer mit den Kapuzen zu bemerken, die aus einer Gasse kamen und über ihn herfielen.

Ephraim träumte manchmal noch von den schweigend erhobenen Klingen, die erbarmungslos niedergingen und ihn durchbohrten. Dann erwachte er von kaltem Schweiß bedeckt und verfluchte sich dafür, dass er nicht sofort Hilfe herbeigerufen hatte.

Angst schnürte ihm die Kehle zu, da sah er einen Ritter in einem schwarzen Mantel hinzukommen, wie ein Gespenst auf einem weißen Pferd. Der Neuankömmling erteilte den Angreifern knappe Befehle und ließ seinen Blick über die Gassen und umstehenden Häuser schweifen. Auch zu seinem Fenster hatte er den Blick gehoben. Er hatte den Atem angehalten und sich zurückgezogen und hatte gehofft, dass der Ritter den Schein der Laterne nicht bemerkte.

Ohne sich zu rühren, hatte Ephraim gewartet, bis das Klappern der Hufe sich entfernt hatte, dann war er wieder ans Fenster getreten. Neben dem Brunnen lag im fahlen Licht des Mondes Alonço, der in seinem Blut liegend sein Leben aushauchte.

Was sollte er tun?

Ignorieren, was er gesehen hatte? Im Getto geschah jede Nacht ein Verbrechen, wieso sollte er einem Unbekannten zu Hilfe eilen und riskieren, des Verbrechens beschuldigt zu werden? Doch in diesem Fall ließ ihm das Gewissen keine

Ruhe. Er weckte seine Söhne, und Rachel war mit ihnen auf die Piazza hinuntergegangen.

Er erinnerte sich noch gut an die brechenden Augen des Sterbenden und an seine Stimme, die schwach, aber dringend nach seinem Bruder fragte. Es war ihm gerade noch gelungen, den Palazzo zu nennen, in dem er wohnte, dann war er in Rachels Arme gesunken, in einem letzten Ringen mit dem Tod, der ihn mit sich nehmen wollte.

Alonços Angaben folgend hatte Ephraim einen seiner Jungen zu Segundo geschickt, der sofort ans Lager seines Bruders geeilt kam.

Mit dem letzten bisschen Atem, das ihm blieb, hatte Alonço ihm mehrmals einen Namen zugeflüstert, bis schließlich das Leben aus ihm gewichen war.

Der Jude trocknete eine Träne bei dem Gedanken, dass der Anblick des Todes immer der gleiche war – der gebrochene Blick seiner Söhne, die er auf der verzweifelten Flucht aus Spanien verloren hatte, der untröstliche Blick dessen, der nichts für sie hatte tun können.

Segundos Augen hingegen blickten hart und blieben trocken, während er die leblose Hand seines Bruders drückte und darum bat, jemanden zu schicken, der dem Bargello Bescheid gab. Ehe er ging, bat er ihn, niemanden wissen zu lassen, dass er da gewesen war.

Daran hatte Ephraim sich gehalten – ohne zu widersprechen, einerseits aus Furcht vor dem einflussreichen Mann, andererseits wegen des Geldes, das er ihm in die Hand gedrückt hatte. Er bewertete die Menschen nicht nur danach, was sie in der Tasche hatten, wie der Adel ihm nachsagte, er las in ihren Herzen. Und in dem von Segundo hatte er den Schmerz dessen erkannt, der ungerechterweise einen geliebten Menschen verloren hatte. Außer diesem Schmerz erkannte er auch die blinde Wut, die sich in denjenigen einnistete, der eine Ungerechtigkeit erlitten hatte. In der Vergangenheit hätte er sich an dem rächen wollen, der ihn ohne Erbarmen geschlagen hatte, nun jedoch war er stark geblieben und hatte die Zehn Gebote befolgt.

Anders als Segundo, der trotz der Muskelkraft seiner Arme eher labil war.

Aber es war an Gott, ihn zu richten.

Den Gardisten, die mehrmals gekommen waren, um ihn zu befragen, hatte Ephraim immer dieselbe Geschichte erzählt: Er war dem sterbenden Alonço zu Hilfe gekommen und weiter nichts.

In den darauffolgenden Tagen hatte die Nachricht vom Mord an Juan Borgia in Rom die Runde gemacht. Er war der Mann mit dem auffälligen Hut, der in jener Nacht Alonço auf der Piazza allein gelassen hatte.

Hätte er ihn an seiner Seite behalten, hätte Alonço nicht so geendet. Und vielleicht auch Juan nicht. Aber die Menschen, vor allem die Mächtigen, glauben, sie könnten der Klugheit spotten.

Der alte Jude schüttelte den Kopf, um diese Gedanken zu vertreiben. In der Stille der Nacht vernahm er das Weinen eines der Kinder und Rachels leisen Gesang, mit dem sie es tröstete. In der Melodie aus ihrer Heimat lag die Bitterkeit der Vertriebenen und der Wille, stets weiter zu hoffen.

Was wird aus Segundo werden?, fragte sich Ephraim. Ohne Heimat, fern seiner Lieben, immer auf der Flucht … Wer weiß, ob das Feuer, das ihn seit Monaten verzehrte, endlich erloschen war?

Epilog

Dezember 1497

Es waren nur noch wenige Meilen bis Madrid.

Seit einiger Zeit schon hatte er die Brise des Meeres hinter sich gelassen, und nun galoppierte er durch eine trockene Landschaft, die von den Winden der Tramontana gepeitscht wurde.

Sein Pferd und die Tiere der Eskorte bewegten sich mit mächtigen Galoppsprüngen voran und wirbelten dabei rötlichen Staub auf.

Als die Stadt in den Blick kam, hob Segundo einen Arm, um das Trüppchen zum Stehen zu bringen, und zügelte sein Pferd, bis es im Schritt weiterlief.

Ich werde nie mehr zurückkehren, nie wieder, wiederholte er in Gedanken.

Die letzte Umarmung seiner Mutter war nicht mehr so förmlich gewesen, sondern beinahe liebevoll. Vielleicht hatte sie schon eine Ahnung vom Abschied.

In diesem langen Monat hatte er ihr einige Male sagen wollen, dass er Alonço gerächt hatte, im Glauben, so die Wunden ihrer Seele heilen und den Zorn der stolzen Katalanin besänftigen zu können. Doch dann hatte er lieber geschwiegen. Wozu den Schmerz anfachen, den sie hinter ihrer stolzen Haltung zu verbergen suchte?

Auch die Erinnerung an seinen Vater kam ihm oft.

Er sah ihn auf seinem Totenbett liegen, wie er ihm Alonço anvertraut hatte, der noch ein kleiner Junge war. Er hatte die Kinderhände miteinander verschränkt, und mit dem letzten Atemzug hatte er geflüstert: »Beschütze ihn ...«

Doch das hatte er nicht getan. Reue plagte seine Seele.

Er hatte die Mörder bestraft, das schon, und das bereute er nicht, nur das *niemals wieder* quälte ihn.

Nie wieder, nie wieder ...

Es war die Stimme der Vernunft, aber das Herz wollte sie nicht hören. Diese gerade erst erblühte Liebe, so unvorhergesehen wie unmöglich, verursachte eine schmerzliche Sehnsucht, die seinen Willen schwächte.

Nie wieder ...

Nicht hinnehmbare Worte.

Das Schicksal hatte seine Pläne über den Haufen geworfen, das Schicksal konnte sein Versprechen tilgen. Das Leben änderte sich, die Menschen änderten sich – nichts war von Dauer.

Francisco Segundo Flores schwor sich, dass er eines Tages zurückkehren würde.

Ende

Unsere Leseempfehlung

Unsere Leseempfehlung

416 Seiten
auch als E-Book
erhältlich

England 1553: Mary Tudor hat den Thron bestiegen. Als ihre Verlobung mit Philipp, dem erzkatholischen Prinzen von Spanien bekannt wird, müssen viele Angehörige des neuen Glaubens um ihr Leben bangen – unter ihnen auch Marys Schwester Elizabeth. Und so wird ihr treuer Spion Brendan Prescott darum gebeten, sein friedliches Leben auf dem Land aufzugeben, um Elizabeth zu beschützen. Am intriganten Tudor-Hof kommt er bald einem Komplott auf die Spur, das nicht nur alle, die er liebt, ins Verderben zu stürzen droht, sondern auch das Schicksal des Königshauses besiegeln kann ...

www.goldmann-verlag.de
www.facebook.com/goldmannverlag

 GOLDMANN
Lesen erleben

Unsere Leseempfehlung

800 Seiten
Auch als E-Book
und Hörbuch
erhältlich

Varennes-Saint-Jacques 1260: Die Gebrüder Fleury könnten verschiedener nicht sein. Während Michel das legendäre kaufmännische Talent seines Großvaters geerbt hat, träumt Balian von Ruhm und Ehre auf dem Schlachtfeld. Doch nach dem Tod seines Bruders muss Balian die Geschäfte plötzlich allein führen. Es kommt, wie es kommen muss: Bald steht die Familie vor dem Ruin. Balian sieht nur noch eine Chance: Eine waghalsige Handelsfahrt soll ihn retten. Das Abenteuer führt ihn und seine Schwester Blanche bis ans Ende der bekannten Welt – und einer seiner Gefährten ist ein Mörder ...

Unsere Leseempfehlung

672 Seiten
auch als E-Book
erhältlich

Anno Domini 1346. Der junge Kaufmannssohn Adrien Fleury studiert in Montpellier Medizin. Als er nach Varennes-Saint-Jacques zurückkehrt, erkennt er seine Heimatstadt kaum wieder. Reiche Patrizier regieren Varennes rücksichtslos. Das einfache Volk rebelliert gegen Unterdrückung und niedrige Löhne. Die Juden leiden unter Hass und Ausgrenzung. Als Adrien eine Stelle als Wundarzt antritt, lernt er die Jüdin Léa kennen. Sie verlieben sich und bringen sich damit in höchste Gefahr. Doch dann wütet der Schwarze Tod in Varennes, und Adriens Fähigkeiten werden auf eine harte Probe gestellt ...

Um die ganze Welt des
GOLDMANN Verlages
kennenzulernen, besuchen Sie uns doch
im Internet unter:

www.goldmann-verlag.de

Dort können Sie
> nach weiteren interessanten Büchern ***stöbern***,
> Näheres über unsere ***Autoren*** erfahren,
> in ***Leseproben*** blättern, alle ***Termine*** zu Lesungen und
> Events finden und den ***Newsletter*** mit interessanten
> Neuigkeiten, Gewinnspielen etc. abonnieren.

Ein ***Gesamtverzeichnis*** aller Goldmann Bücher finden
Sie dort ebenfalls.

Sehen Sie sich auch unsere ***Videos*** auf YouTube an und
werden Sie ein ***Facebook***-Fan des Goldmann Verlags!